浙江文化研究工程成果文庫

浙江文獻集成

浙江文叢

錢陳群全集

〔第一册〕

〔清〕錢陳群 著　張猛 點校

浙江古籍出版社

圖書在版編目（CIP）數據

錢陳群全集 / （清）錢陳群著；張猛點校. -- 杭州 : 浙江古籍出版社，2024. 8. -- （浙江文叢）. -- ISBN 978-7-5540-3060-8

Ⅰ. I214.92

中國國家版本館CIP數據核字第20241LJ250號

浙江文叢
錢陳群全集
（全七册）
〔清〕錢陳群 著　張 猛 點校

出版發行　浙江古籍出版社
（杭州市環城北路177號　郵編：310006）
網　　址　http://zjgj.zjcbcm.com
責任編輯　劉　蔚
文字編輯　王振中　劉成軍
封面設計　吴思璐
責任校對　吴穎胤
責任印務　樓浩凱
照　　排　浙江大千時代文化傳媒有限公司
印　　刷　浙江新華數碼印務有限公司
開　　本　710 mm × 1000 mm　1/16
印　　張　132.5　　插頁　4
字　　數　1360千
版　　次　2024年8月第1版
印　　次　2024年8月第1次印刷
書　　號　ISBN 978-7-5540-3060-8
定　　價　1000.00圓（精裝）

ISBN 978-7-5540-3060-8
9 787554 030608 >

錢陳群像（蔣型繪）

錢陳群畫像（摘自葉衍蘭、葉恭綽編《清代學者象傳》）

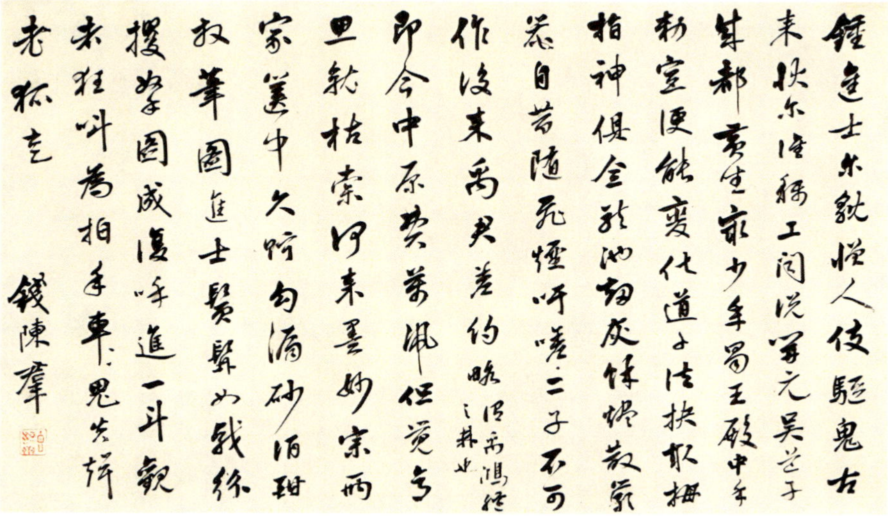

錢陳群《鍾進士歌》

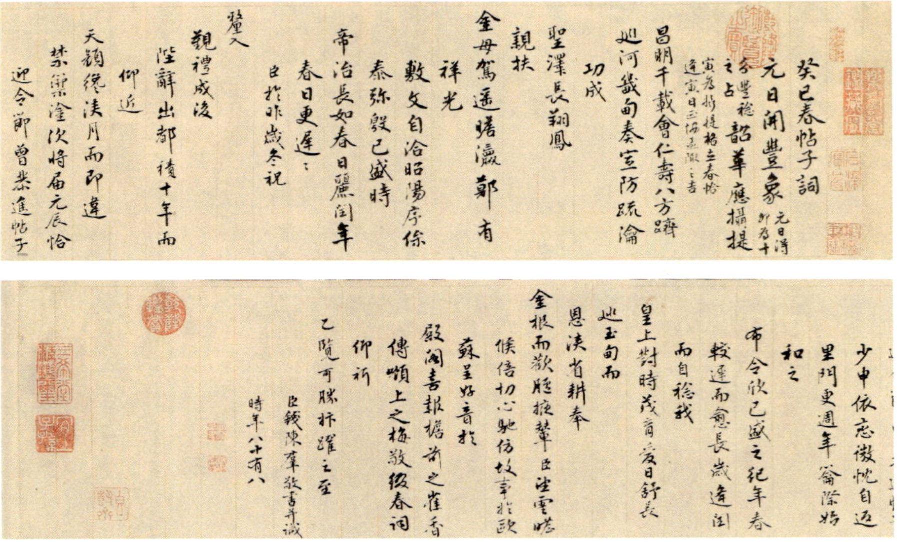

錢陳群《癸巳春帖子詞》

陳書繪、錢陳群書扇面

鸚鵡小幅（陳書繪）

浙江省文化研究工程指導委員會

浙江文化研究工程成果文庫總序

習近平

有人將文化比作一條來自老祖宗而又流向未來的河，這是説文化的傳統，通過縱向傳承和横向傳遞，生生不息地影響和引領着人們的生存與發展；有人説文化是人類的思想、智慧、信仰、情感和生活的載體、方式和方法，這是將文化作爲人們代代相傳的生活方式的整體。我們説，文化爲群體生活提供規範、方式與環境，文化通過傳承爲社會進步發揮基礎作用，文化會促進或制約經濟乃至整個社會的發展。文化的力量，已經深深熔鑄在民族的生命力、創造力和凝聚力之中。

在人類文化演化的進程中，各種文化都在其内部生成衆多的元素、層次與類型，由此決定了文化的多樣性與複雜性。

中國文化的博大精深，來源於其内部生成的多姿多彩；中國文化的歷久彌新，取決於其變遷過程中各種元素、層次、類型在内容和結構上通過碰撞、解構、融合而産生的革故鼎新的强大動力。

中國土地廣袤、疆域遼闊，不同區域間因自然環境、經濟環境、社會環境等諸多方面的差異，建構了不同的區域文化。區域文化如同百川歸海，共同匯聚成中國文化的大傳統，這種大傳統如同春風化雨，滲透於各種區域文化之中。在這個過程中，區域文化如同清溪山泉潺潺不息，在中國文化的共同價值取向下，以自己的獨特個性支撑着、引領着本地經濟社會的發展。

從區域文化入手，對一地文化的歷史與現狀展開全面、系統、扎實、有序的研究，一方面可以藉此梳理和弘揚當地的歷史傳統和文化資源，繁榮和豐富當代的先進文化建設活動，規劃和指導未來的文化發展藍圖，增强文化軟實力，爲全面建設小康社會、加快推進社會主義現代化提供思想保證、精神動力、智力支持和輿論力量；另一方面，這也是深入瞭解中國文化、研究中國文化、發展中國文化、創新中國文化的重要途徑之一。如今，區域文化研究日益受到各地重視，成爲我國文化研究走向深入的一個重要標誌。我們今天實施浙江文化研究工程，其目的和意義也在於此。

千百年來，浙江人民積澱和傳承了一個底蘊深厚的文化傳統。這種文化傳統的獨特性，正在於它令人驚歎的富於創造力的智慧和力量。

浙江文化中富於創造力的基因，早早地出現在其歷史的源頭。在浙江新石器時代最爲著名的跨湖橋、河姆渡、馬家浜和良渚的考古文化中，浙江先民們都以不同凡響的作爲，在中華民族的文明之源留下了創造和進步的印記。

浙江人民在與時俱進的歷史軌跡上一路走來，秉承富於創造力的文化傳統，這深深地融匯在一代代浙江人民的血液中，體現在浙江人民的行爲上，也在浙江歷史上衆多傑出人物身上得到充分展示。從大禹的因勢利導、敬業治水，到勾踐的卧薪嘗膽、勵精圖治；從錢氏的保境安民、納土歸宋，到胡則的爲官一任、造福一方；從岳飛、于謙的精忠報國、清白一生，到方孝孺、張蒼水的剛正不阿、以身殉國；從沈括的博學多識、精研深究，到竺可楨的科學救國、求是一生；無論是陳亮、葉適的經世致用，還是黄宗羲的工商皆本；無論是王充、王陽明的批判、自覺，還是龔自珍、蔡元培的開明、開放，等等，都展示了浙江深厚的文化底蘊，凝聚了浙江人民求真務實的創造精神。

代代相傳的文化創造的作爲和精神，從觀念、態度、行爲方式和價值取向上，孕育、形成和發展了淵源有自的浙江地域文化傳統和與時俱進的浙江文化精神，她滋育着浙江的生命力、催生着浙江的凝聚力、激發着浙江的創造力、培植着浙江的競争力，激勵着浙江人民永不自滿、永不停息，在各個不同的歷史時期不斷地超越自我、創業奮進。

悠久深厚、意韻豐富的浙江文化傳統，是歷史賜予我們的寶貴財富，也是我們開拓未來的豐富資源和不竭動力。黨的十六大以來推進浙江新發展的實踐，使我們越來越深刻地認識到，與國家實施改革開放大政方針相伴隨的浙江經濟社會持續快速健康發展的深層原因，就在於浙江深厚的文化底蘊和文化傳統與當今時代精神的有機結合，就在於發展先進生産力與發展先進文化的有機結合。今後一個時期浙江能否在全面建設小康社會、加快社會主義現代化建設進程中繼續走在前列，很大程度上取決於我們對文化力量的深刻認識、對發展先進文化的高度自覺和對加快建設文化大省的工作力度。我們應該看到，文化的力量最終可以轉化爲物質的力量，文化的軟實力最終可以轉化爲經濟的硬實力。文化要素是綜合競争力的核心要素，文化資源是經濟社會發展的重要資源，文化素質是領導者和勞動者的首要素質。因此，研究浙江文化的歷史與現狀，增强文化軟實力，爲浙江的現代化建設服務，是浙江人民的共同事業，也是浙江各級黨委、政府的重要使命和責任。

二〇〇五年七月召開的中共浙江省委十一届八次全會，作出《關於加快建設文化大省的決定》，提出要從增强先進文化凝聚力、解放和發展生産力、增强社會公共服務能力入手，大力實施文明素質工程、文化精品工程、文化研究工程、文化保護工程、文化産業促進工程、文化陣地工程、文化傳播工程、文化人才工程等『八項工程』，實施科教興國和人才强國戰略，加快建設教育、科技、衛生、體育等『四個强省』。作爲文化建設『八項工程』之一的文化研究工程，其任務就是系統研究浙江文化的歷史成就和當代發展，深入挖掘浙江文化底藴、研究浙江現象、總結浙江經驗、指導浙江未來的發展。

浙江文化研究工程將重點研究『今、古、人、文』四個方面，即圍繞浙江當代發展問題研究、浙江歷史文化專題研究、浙江名人研究、浙江歷史文獻整理四大板塊，開展系統研究，出版系列叢書。在研究内容上，深入挖掘浙江文化底藴，系統梳理和分析浙江歷史文化的内部結構、變化規律和地域特色，堅持和發展浙江精神；研究浙江文化與其他地域文化的異同，釐清浙江文化在中國文化中的地位和相互影響的關係；圍繞浙江生動的當代實踐，深入解讀浙江現象，總結浙江經驗，指導浙江發展。在研究力量上，通過課題組織、出版資助、重點研究基地建設、加强省内外大院名校合作、整合各地各部門力量等途徑，形成上下聯動、學界互動的整體合力。在成果運用上，注重研究成果的學術價值和應用價值，充分發揮其認識世界、傳承文明、創新理論、諮政育人、服務社會的重要作用。

我們希望通過實施浙江文化研究工程，努力用浙江歷史教育浙江人民、用浙江文化薰陶浙江人民、用浙江精神鼓舞浙江人民、用浙江經驗引領浙江人民，進一步激發浙江人民的無窮智慧和偉大創造能力，推動浙江實現又快又好發展。

今天，我們踏着來自歷史的河流，受着一方百姓的期許，理應負起使命，至誠奉獻，讓我們的文化綿延不絕，讓我們的創造生生不息。

二〇〇六年五月三十日於杭州

浙江文化研究工程成果文庫序言

易煉紅

國風浩蕩，文脈不絶，錢江潮涌，奔騰不息。浙江是中國古代文明的發祥地之一，是中國革命紅船啓航的地方。從萬年上山、五千年良渚到千年宋韻、百年紅船，歷史文化的風骨神韻、革命精神的剛健激越與現代文明的繁榮興盛，在這裏交相輝映、融爲一體，浙江成爲了揭示中華文明起源的『一把鑰匙』，展現偉大民族精神的『一方重鎮』。

習近平總書記在浙江工作期間作出『八八戰略』這一省域發展全面規劃和頂層設計，把加快建設文化大省作爲『八八戰略』的重要内容，親自推動實施文化建設『八項工程』，構築起了浙江文化建設的『四梁八柱』，推動浙江從文化大省向文化强省跨越發展，率先找到了一條放大人文優勢、推進省域現代化先行的科學路徑。習近平總書記還親自倡導設立『文化研究工程』並擔任指導委員會主任，親自定方向、出題目、提要求、作總序，彰顯了深沉的文化情懷和强烈的歷史擔當。這些年來，浙江始終牢記習近平總書記殷殷囑托，以守護『文獻大邦』、賡續文化根脈的高度自覺，持續推進浙江文化研究工程，接續描繪更加雄渾壯闊、精美絶倫的浙江文化畫卷。堅持激發精神動力，圍繞『今、古、人、文』四大板塊，系統梳理浙江歷史的傳承脈絡，挖掘浙江文化的深厚底藴，研究浙江現象、總結浙江經驗、豐富浙江精神，實施『「八八戰略」理論與實踐研究』等專題，爲浙江幹在實處、走在前列、勇立潮頭提供源源不斷的價值引導力、文化凝聚力、精神推動力。堅持打造精品力作，目前一期、二期工程已經完結，三期工程正在進行中，出版學術著作超過一千七百部，推出了『中國歷代繪畫大系』等一大批有重大影響的成果，持續擦亮陽明文化、和合文化、宋韻文化等金名片，豐富了中華文化寶庫。堅持礪煉精兵强將，鍛造了一支老中青梯次配備、傳承有序、學養深厚的哲學社會科學人才隊伍，培養了一批高水平學科帶頭人，爲擦亮新時代浙江學術品牌提供了堅實智力人才支撑。

文化是民族的靈魂，是維繫國家統一和民族團結的精神紐帶，是民族生命力、創造力和凝聚力的集中體現。在以中國式現代化全面推進强國建設、民族復興偉業的新征程上，習近平文化思想在堅持『兩個結合』中，以『體用貫通、明體達用』的鮮明特質，茹古涵今明大道、博大精深言大義、萃菁取華集大成，鮮明提出我們黨在新時代新的文化使命，推動中華文脈綿延繁盛、中華文明歷久彌新，推動全黨全國各族人民文化自信明顯增强、精神面貌更加奮發昂揚。特别是今年九月，習近平總書記親臨浙江考察，賦予我們『中國式現代化的先行者』的新定位和『奮力譜寫中國式現代化浙江新篇章』的新使命，提出『在建設中華民族現代文明上積極探索』的重要要求，進一步明確了浙江文化建設的時代方位和發展定位。

文明薪火在我們手中傳承，自信力量在我們心中升騰。縱深推進文化研究工程，持續打造一批反映時代特徵、體現浙江特色的精品佳作和扛鼎力作，是浙江學習貫徹習近平文化思想和習近平總書記考察浙江重要講話精神的題中之義，也是浙江一張藍圖繪到底、積極探索闖新路、守正創新强擔當的具體行動。我們將在加快建設高水平文化强省、奮力打造新時代文化高地中，以文化研究工程爲牽引抓手，深耕浙江文化沃土、厚植浙江創新活力，爲創造屬於我們這個時代的新文化貢獻浙江力量。要在循迹溯源中打造鑄魂工程，充分發揮習近平新時代中國特色社會主義思想重要萌發地的資源優勢，深入研究闡釋『八八戰略』的理論意義、實踐意義和時代價值，助力夯實堅定擁護『兩個確立』、堅決做到『兩個維護』的思想根基。要在賡續厚積中打造傳世工程，深入系統梳理浙江文脈的歷史淵源、發展脈絡和基本走向，扎實做好保護傳承利用工作，持續推動優秀傳統文化創造性轉化、創新性發展，讓悠久深厚的文化傳統、源頭活水暢流於當代浙江文化建設實踐。要在開放融通中打造品牌工程，進一步凝煉提升『浙學』品牌，放大杭州亞運會亞殘運會、世界互聯網大會烏鎮峰會、良渚論壇等溢出效應，以更有影響力感染力傳播力的文化標識，展示『詩畫江南、活力浙江』的獨特韻味和萬千氣象。要在引領風尚中打造育德工程，秉持浙江文化精神中蘊含的澄懷觀道、現實關切的審美情操，加快培育現代文明素養，讓陽光的、美好的、高尚的思想和行爲在浙江大地化風成俗、蔚然成風。

我們堅信，文化研究工程的縱深推進，必將更好傳承悠久深厚、意蘊豐富的浙江文化傳統，進一步弘揚特色鮮明、與時俱進的浙江文化精神，不斷滋育浙江的生命力、催生浙江的凝聚力、激發浙江的創造力、培植浙江的競争力，真正讓文化成爲中國式現代化浙江新篇章中最富魅力、最吸引人、最具辨識度的閃亮標識，在鑄就社會主義文化新輝煌中展現浙江擔當，爲建設中華民族現代文明作出浙江貢獻！

二〇二三年十二月

前言

吴越文化是江南文化的主體，吴越王錢鏐是吴越文化發展的重要推手。錢鏐之後，吴越錢氏家族始終一脈書香綿延，代有人才湧現，被公認爲『千年名門望族，兩浙第一世家』。浙江嘉興錢氏家族是吴越錢氏家族的重要分支，著名歷史學家潘光旦稱之爲『明清嘉興望族中的清門碩望』。自明弘治年間起，嘉興錢氏人才輩出，科甲不斷，先後出現進士十六人、舉人四十餘人，載入《明史》的有四人，載入《清史稿》的有十五人，錢陳群及其母陳書均被詳細載入美國學者恒慕義主編的兩卷本《清代名人傳略》。陳書課子讀書、錢陳群勤學苦讀的事蹟廣爲流傳，爲清代學子心中的楷模，至今仍有影響。有清一代，嘉興錢氏家風醇厚，文名鼎盛，湧現了乾隆年間的江南士林領袖錢陳群、秀水詩派領袖錢載和道咸年間的『嘉興二石』錢儀吉、錢泰吉等傑出詩人、學者。

錢陳群（一六八六—一七七四），字主敬，號集齋，又號香樹居士，謚文端，康熙六十年（一七二一）進士，歷仕康熙、雍正、乾隆三朝，歷任翰林院編修、侍講學士、内閣學士、刑部侍郎等，長期出任提督順天學政，退居後仍得優待，在籍食俸，加尚書銜、太子太傅，死後贈太傅，祀賢良祠。錢陳群爲人嚴謹，爲官清廉，深得皇帝賞識，雍正皇帝誇獎他是『安分讀書人』，乾隆皇帝稱讚他『老成端謹，學問淵醇，優遊林下二十餘年，爲東南縉紳領袖』。錢陳群學識淵博，詩文俱佳，與著名詩人沈德潛並稱爲『東南二老』，名列乾隆朝『五詞臣』和『香山九老』，是康乾盛世文人的傑出代表。

一

錢陳群是吴越王錢鏐第二十五世孫，出自海鹽錢氏，入仕後遷居府城嘉興。海鹽錢氏原爲寒門，明正德三年（一五〇八），錢琦考中進士，官至臨江府知府。錢琦之子錢萱、錢芹和侄子錢薇等三人相繼考中進士，海鹽錢氏遂爲官宦世家。錢陳群是錢薇之後，祖父錢瑞徵是康熙年間的舉人，父親錢綸光是太學生，母親陳書是嘉興名士、太學生陳堯勳長女。

錢陳群幼時曾寄居陳家，故其名中帶有『陳』字，以示不忘陳家養育之恩。錢陳群少時家貧，父親錢綸光長期奔波在外，母親陳書含辛茹苦養育陳群與弟錢峰、錢界讀書成人，《夜紡授經圖》記録了錢氏三兄弟在陳書教導下挑燈夜讀的場景。乾隆皇帝索觀《夜紡授經圖》並錢陳群詩後，題寫『清芬世守』四字誇奬陳書及錢氏家風，並題詩贊曰：『篝燈課子滄安貧，義紡鋤經樂苦辛。家學白楊諳繪事，成圖底事待他人。』『五鼎兒誠慰母貧，唯詩不覺鼻含辛。嘉禾影讀賢媛傳，不愧當年畫荻人。』

錢陳群幼承母訓，刻苦攻讀，他八歲讀《四書》，九歲讀《尚書》，十四歲舉童子試得第一，十六歲應縣試再得第一，十七歲以優貢生資格入國子監。入京以後，囊中羞澀的錢陳群以抄書爲生，後任八旗官學教習。在京期間，錢陳群結識了查慎行、仇兆鼇、安岐等名士，並拜仇兆鼇爲師，積累了豐厚的人脈。康熙四十四年（一七〇五），康熙皇帝南巡，錢陳群赴吴江獻詩二十首，受到獎賞，獲得召試資格，後因母病未赴。康熙四十九年（一七一〇）到康熙六十年（一七二一）的很長一段時間裡，錢陳群寓居天津，與南北名士多有交往。康熙五十三年（一七一四），錢陳群考中順天府鄉試第二十九名。康熙六十年（一七二一），錢陳群考中二甲第十七名進士，金殿對答後，入翰林院爲庶吉士。

雍正年間，錢陳群積極支持改革，多次獲得陞遷，雍正皇帝贊其『不獨文章好，人也好』。雍正元年（一七二三），錢陳群任翰林院編修。雍正五年（一七二七），錢陳群任《大清一統志》纂修官。雍正七年（一七二九），錢陳群隨史貽直、杭奕禄赴陝西宣諭化導，奔走府縣，教化士子，歷時一年，多獲讚譽。雍正十一年（一七三三），錢陳群任左春坊左贊善，次年任翰林院侍講學士。雍正十三年（一七三五），錢陳群任通政司右通政、翰林院侍讀學士，提督順天學政。錢陳群出仕後，母親陳書進京同住。雍正三年（一七二五），陳書自京返鄉探親，因海鹽祖居南樓已給族人居住，遂帶領兒孫在嘉興府城角里街馬家小樓借住，後又在百福弄租房居住，直到雍正末年，錢陳群出資將該房買下。

乾隆年間，錢陳群深得乾隆皇帝賞識，官運亨通，聖眷長盛不衰。乾隆元年（一七三六），錢陳群丁母憂。乾隆三年（一七三八），錢陳群二度出任提督順天學政，選拔培養了翁方綱、紀昀等一大批人才。乾隆七年（一七四二），錢陳群任内閣學士、刑部侍郎，三度出任提督順天學政，與沈德潛總纂《大清會典》。乾隆十二年（一七四七），任江西鄉試主考官。乾隆十五年（一七五〇），二度出任江西鄉試主考官。乾隆十七年（一七五二），因病回家調理。乾隆二十二年（一七五七），錢陳群與長子錢汝誠扈從乾隆皇帝南巡，恩准在家食俸。錢陳群返鄉之後，與乾隆皇帝詩文唱和頗多，職銜一再晉陞。乾隆二十六年（一七六一），加尚書銜，入京參加香山九老會；乾隆三十年（一七六五），晉太子太傅；乾隆三十六年（一七七一），二度入京參加香山九老會。乾隆三十九年（一七七四）初，錢陳群逝於嘉興。乾隆皇帝聞訃深感痛惜，御書悼文，予謚文端，賜銀千兩修建墓地，併入賢良祠。

錢陳群後裔世居嘉興，英才輩出，其子錢汝誠歷任順天府府尹、刑部左侍郎等職，孫錢臻歷任江西巡撫、山東巡撫等職，後世子孫中更是出現了文史名家錢儀吉、錢泰吉和晚清重臣錢應溥等，是名副其實的嘉興望族之首。

二

錢陳群是在清代文學史、文化史上具有一定影響的傑出人物，編校整理《錢陳群全集》，有以下三個方面的獨特文獻價值。

第一，《錢陳群全集》是研究清代文學的重要文獻。錢陳群以文爲詩，醇正博雅，在清代文學史上具有一定影響。他是清代廟堂文學的傑出代表、乾隆朝五詞臣之一，與沈德潛齊名，又是清代江南詩壇的傑出代表，上承浙西詞派領袖、秀水詩派前驅朱彝尊，下啟秀水詩派領袖錢載，影響直至晚清的『嘉興二石』錢儀吉、錢泰吉和秀水詩派殿軍沈曾植，其著作對清代文學研究有重要價值。

第二，《錢陳群全集》是研究清代文化的重要文獻。錢陳群爲官三十年，恰逢『康乾盛世』，曾參與編纂清代重要歷史文獻《大清一統志》《大清會典》，又曾長期擔任順天府學政、多次出任鄉試和會試主考官，選拔了阿桂、翁方綱、錢大昕、劉墉、紀昀等名宦、學者、詩人，因病返鄉後又曾多次迎接乾隆皇帝南巡，其詩集中有大量的序，文集中有大量的奏疏、序跋、書信、墓誌銘、墓表等，其中包含了大量的可供研究清代文化政策演變、科舉制度、皇帝與士林關係、雍乾年間上層人物交遊等資料，對後人研究清代文化多有啟益。

第三，《錢陳群全集》是研究江南文化與家族文化的重要文獻。錢陳群因病返鄉後，蒙恩在家食俸近二十年，除與乾隆皇帝等人交遊唱和外，他還留下了大量關於江南風土人情以及地方歷史文化和社會治理等的詩文；錢母陳書教導錢陳群兄弟三人苦學成才，留下了與『孟母教子』『岳母刺字』等並稱的『夜紡授經』母教故事；錢陳群教導侄子錢汝鼎、弟子黃建中等，留下諸多書信、詩文；《文端公年譜》中收録了錢陳群及其子錢汝誠、侄孫錢載等人的諸多事蹟和文獻，這些是研究江南文化與家族文化的寶貴史料。

錢陳群是清代傑出的詩人、學者、官員，乾隆年間的江南士林領袖，整理他的著作對於中華優秀傳統文化的傳承和文獻資料保存與利用，對於研究清代文學、清代文化、江南文化與家族文化等有着重要意義；也可以爲培育和踐行社會主義核心價值觀、加强新時代中國特色社會主義文化建設、堅定文化自信、推動浙江落實『八八戰略』，建設『重要窗口』、共同富裕示範區等提供借鑒。

三

目前，國内没有錢陳群文獻的點校整理本，影印整理目前主要有三種：

其一，錢陳群著，《四庫未收書輯刊》第九輯第一八册和第一九册《香樹齋詩集十八卷詩續集三十六卷文集二十八卷文集續鈔五卷》（北京：北京出版社，二〇〇〇年）。

其二，錢陳群著，《清代詩文集彙編》第二六一册《香樹齋詩集十八卷香樹齋詩續集三十六卷》，第二六二册《香樹齋文集二十八卷香樹齋文集續鈔五卷》（上海：上海古籍出版社，二〇一〇年）。

其三，錢陳群著，《浙學未刊稿叢編》第四三册《錢文端公手書進呈詩副本一卷》（北京：國家圖書館出版社，二〇一八年）。

另外，臺灣曾出版《文端公年譜》一種：王雲五主編、錢儀吉初編、錢志澄增訂，《新編中國名人年譜集成》第十輯《清錢文端公陳群年譜》，（臺北：臺灣商務印書館，一九八〇年）。這四個版本都是影印本。

另有錢汝誠撰《文端公行述》一册稾本，藏於遼寧省圖書館。

《錢陳群全集》全面搜集、整理與錢陳群相關的資料，對錢陳群的現存著作進行了考辨、標點和校勘，收録《香樹齋詩集》一八卷、《香樹齋詩續集》三六卷、《香樹齋文集》二八卷、《香樹齋文集續鈔》五卷、《文端公行述》及《文端公年譜》三卷。

詩文集部分以二〇一〇年上海古籍出版社《清代詩文集彙編》本爲底本，此本爲清乾隆刻同治光緒間遞修本，收録詩四千一百餘首、文四百餘篇；以二〇〇〇年北京出版社《四庫未收書輯刊》本（此本爲清乾隆刻本）、二〇一八年國家圖書館出版社《浙學未刊稿叢編》本《錢文端公手書進呈詩副本一卷》（此本收詩十六首，已收録在《香樹齋詩續集·卷十六》中）爲參校本。

《行述》以原稾整理收録。《年譜》部分以北京圖書館藏珍本年譜叢刊本《文端公年譜》爲底本，以一九八〇年臺灣商務印書館《清錢文端公陳群年譜》爲參校本。

《錢陳群全集》的編校整理得到了杭州師範大學國學院教授張天傑先生、嘉興錢鏐文史研究會負責人錢霆先生等的鼎力相助，得到了嘉興市圖書館和編者所在單位嘉興學院等的大力支持，在此一併表示感謝。編校整理過程中，或有不當之處，敬請專家與讀者指正。

張猛，二〇二四年三月一日

總目録

香樹齋詩集

目録

序……陸奎勳（四七）
序……汪由敦（四九）
序……彭啟豐（五一）
香樹齋詩集卷一……（五三）
感遇十二首用張曲江韻……（五三）
春日言懷……（五五）
玉紅草堂秋花……（五六）
題丁南村置身邱壑圖……（五七）
別席……（五七）
秋日過龍山人草堂用東坡過雲
龍山人韻……（五七）
讀司馬長卿傳……（五八）
中秋對月……（五九）
題寒塞圖……（五九）
春夜……（五九）
新燕……（六〇）
題柳四十韻……（六〇）
偶題……（六一）
河豚次悔亭韻……（六一）
晚春遊尹兒灣途中口號……（六二）
得家嚴見示詩并述眠食一二敬
步一首……（六二）
得舍弟札云于昨歲臘月舉子喜
示一首……（六二）
寒食雜感三首……（六二）
送陸心臣歸吴門三首……（六三）

初夏艤舟葛沽偶步野寺聯句……（六三）
胡山人指頭墨梅歌……（六四）
午日同人泛舟海神廟因飲于郭
氏園亭紀遊三首……（六五）
螳陣聯句……（六五）
秋村六首……（六六）
題採藥圖……（六七）
晚秋溪圃野眺聯句……（六八）
馮明府夘如有官關中三年矣昨
遺製斸二種云自朔方郡所得
來札况示頗及軍中情狀知小
醜將授首矣喜而有作……（六九）
和吴丈溟南留别原韻……（七〇）
東溟山人乞酒圖……（七〇）
哭婦翁俞檀溪先生用少陵哀汝
陽韻……（七一）
木威次韻……（七一）
紀南郭村舍事二絶句……（七二）
來　禽……（七二）
龍山人席上送吴丈溟南還苕上……（七二）
鴈　聲……（七三）
爲陳緘菴侍講題西溪探春圖……（七三）
津水早春詞……（七三）
春水詞……（七四）
周樂亭司馬弄鈸器行……（七四）
爲蔡繡璽題秋冬射獵圖用昌黎
劉生詩韻……（七五）
傾蓋亭……（七五）

香樹齋詩集卷二

香樹齋詩集卷二……（七七）
五日泊舟吴門同弟峰作用昌黎
秋懷十一首韻時余將北上話
别敘情語無倫次……（七七）

過莘縣作……（七八）
秋暮玉紅草堂夜席醉歸聯句……（七八）
次答楊慶門……（七九）
同東溟蔗村溪堂小飲……（七九）
下第後玉紅草堂觀劇……（八〇）
鸊鵜篇……（八〇）
巨磁螺觥……（八一）
池中蒲……（八一）
團扇詠……（八一）
古情曲三首……（八二）
方子春……（八二）
十錦舞并序……（八二）
柬胡象三……（八三）
戲書蘭陵老人事……（八三）
伽南花……（八三）
早秋同人泛舟觀荷因飲于大覺
禪舍分賦……（八四）
傅天民來得張豈石詩喜賦……（八四）
擬南歸婦有難色戲贈一絶句……（八四）
秋日訪蔗村歸來馬上作……（八四）
哭座主高安徐先生五十韻……（八五）
新齋盆桂下獨酌……（八六）
除夕哭奠先嚴畢同弟妹侍老母
守歲感述……（八六）
春日從邏水經壺溪用孟襄陽尋
香山湛上人韻……（八六）
春遊即事……（八七）
次韻東坡和子由記園中草木十
一首并序……（八七）
哭弟峰五首……（八九）
食蠶豆作……（九一）
盛山人晉由葺城來訪……（九一）

乳　燕……（九一）
初夏登南樓有懷埜堂從姪用東坡聞子由瘦韻時姪方銜恤南還……（九二）
午日感懷……（九二）
語溪晚泊……（九二）
西興雜詩……（九三）
贈嵊縣宋明府……（九三）
剡城縣齋題壁……（九四）
上虞道中……（九四）
嵊縣道中……（九四）
贈薛明府……（九五）
晚抵富春……（九五）
生日自題……（九五）
擬夜飲朝眠曲……（九五）
水車行……（九六）
秋日書齋即事……（九六）
秋日村居雜興次從侄桐巢原韻……（九七）
挽家留耕文學……（九八）
晚泊秦塘次從姪葯房韻……（九八）
邗溝旅舍附家書後寄弟妹效昌黎……（九八）

香樹齋詩集卷三……（一〇一）

記　夢……（一〇一）
贈曹榕齋明府……（一〇一）
歲暮次韻答張湄洲……（一〇二）
空谷春曉……（一〇二）
以園茶餉東溟……（一〇二）
次答程静山表弟……（一〇三）
海光寺開河工成用東坡水官詩韻同襄上人作……（一〇三）
病起遣悶……（一〇四）

夏日龍山人齋頭小飲盡醉龍明府文玉作詩嘲余醉時狀次韻爲答 ……（一〇四）
題裴廣文所畫鍾馗圖 ……（一〇五）
遊沽水草堂 ……（一〇六）
馬瓔花書感 ……（一〇六）
西淀觀荷夜宴歌 ……（一〇七）
早秋病起喜古香練湖夜過因留小飲用王右丞田家有贈韻 ……（一〇七）
懷張二孝廉客河間用王右丞贈張五諲三首韻 ……（一〇七）
古香書屋觀演劇 ……（一〇八）
移居二首柬古香 ……（一〇八）
送紅薑上人歸會稽兼懷俞次公太守 ……（一〇九）
訪湘上人 ……（一〇九）
清閟軒燈下題白菊 ……（一〇九）
同人詣童上舍城南别墅看杏花將上馬矣適禮闈報捷促予北上走筆留别 ……（一一〇）
諸襄七孝廉以母夫人所繡千佛幛子索題 ……（一一〇）
哭奎兒 ……（一一〇）
舍弟主恒就婚江右寄新昌丞徐丈 ……（一一一）
答范丈省齋 ……（一一一）
花燭詞爲同年勵衣園吉士賦 ……（一一一）
秋日偕同年喬丹葵俞尹思遊郊外宿村舍用韋蘇州灃上精舍韻 ……（一一三）
題畫梅送甘耕道選君之任麗江 ……（一一三）
觀燈詞 ……（一一三）

送院長阿公再使高麗……（一一三）
述　志……（一一三）
恭輓聖祖仁皇帝四首……（一一四）
送高安朱公省親還里有序……（一一四）
小忽雷有序……（一一六）
寄盛山人匏菴……（一一七）
次答襄七……（一一七）
聽姚十五琴……（一一七）
新霽同從姪埜堂兄弟夜話……（一一七）
寂上人水仙畫册……（一一八）
寄諸城王丈……（一一八）
次韻送同年關淩雲歸粵東……（一一八）
柬古香……（一一九）
春　雨……（一一九）
初夏侍母遊豐臺作……（一二〇）
送吴涴陵之臨川……（一二〇）
同年程冠文編修遺駝羹……（一二一）
風氏園古松形如偃龍高不過丈
餘陰可庇廣筵五六自朝簪泊
名流逸士涉獵游覽者往往攜
榼與壺藉其下爲樂歸必爲詩
以記之蓋二百餘年以來風天
雪地策馬而過者無虚日不獨
春秋佳日然也今年七月暑甚
同人遊黑窰廠歸取道松下則
見凋落無餘本已離地惟枝與
葉薪之櫔之因思凡木長於高
岩深谷不脛而入工師之手者
維才之故剪伐是媒獨此樹散
屈自放幾於不才終其天者而
所遭若是莊叟見之又當何如
也同里符曾見余賦詩屬其友

人汪靄圖之并誌數語云……（一二二）
贈劉康成……（一二三）

香樹齋詩集卷四

耤田禮成頌有序……（一二三）
日月合璧五星聯珠頌有序……（一二四）
青海平定鐃歌三章有序……（一二六）
南歸登舟寄劉爾鈍庶常……（一二七）
柬陳秉之前輩……（一二七）
柬登州蔡太守前輩……（一二八）
歲暮雜咏時侍母假歸移居郡城作……（一二八）
春日賦得雪花二首……（一二八）
春日遊東湖……（一二九）
題江上舍書齋後小山……（一二九）
訪馬丈未值即次令子墨林侍御見遺原韻……（一二九）
重過蘇菴題壁……（一三〇）
送張兄瓜田外史北上時余乞假里居張從江右歸……（一三〇）
訪訥上人不值用少陵重遊何將軍山林五首韻……（一三一）
追步先大人贈放眉菴曉上人韻……（一三一）
同弟界作……（一三一）
初夏朱子觀成招集敬業堂題盆中山躑躅時余將北上……（一三二）
南徐道中……（一三二）
將之如皋道經海陵聞曹榕齋明府至因止宿圓通菴是夕得雨
贈慧上人……（一三三）
海陵道中……（一三三）
夏日過淮南與汪閑緑前輩話舊至于信宿將告別矣辱投二詩

一章蒙示獎賞所不敢當庶幾
勉旃其次省志自厲實可共敦
三復瓊瑶如進衛武賓筵之戒
申之鄙俚用彰秦穆悔過之文
非投贈送别尋常往復比也 …………（一三四）
答陳子翽前輩用少陵贈鄭十八
賁韻 …………（一三四）
訪張丈豈石于蘇橋行署未值用
少陵答崔評事韻奉寄兼柬子
翽前輩 …………（一三五）
西　淀 …………（一三五）
西淀觀晚荷 …………（一三五）
保陽旅舍題壁 …………（一三六）
送同年謝又紹編修歸閩縣 …………（一三六）
送同年陸陸堂檢討歸當湖 …………（一三六）
秋日同人集琳光禪院 …………（一三七）
人日同年梁仙來明府招同人集
寓齋分韻 …………（一三七）
二月朔日雪後集浣青樓效六一
居士禁體并和其韻 …………（一三七）
送同年沈敬亭吏部出守閩中 …………（一三八）
爲徐上復水部題小影兼送之任
留都 …………（一三八）
贈黄實君侍御 …………（一三九）
題汪千波户部黄山採藥圖 …………（一三九）
寒食同人集敝齋白山桃花下用
昌黎李花二首韻 …………（一三九）
題畫鶻 …………（一四〇）
爲同年勵衣園題郊居園（圖） …………（一四〇）
再爲衣園題下直圖 …………（一四一）
題沈丈紫巖小影 …………（一四一）
王丈舒岩八十 …………（一四一）

送沈立夫編修奉母歸吴門 ……（一四二）
爲沈椒園上舍題南階初卉圖 …（一四二）
秋夜集香樹齋送王明府歸任城 …（一四二）
送符上舍歸武林用少陵别董頲
韻 ……………………（一四三）
王瑟齋給諫納姬賦贈三絶句 …（一四三）
送同年蕭朗甫吏部省親歸蔣陵 …（一四三）
香樹齋詩集卷五 ……………（一四五）
次韻送同年蔣迪夫省親歸吴門 …（一四五）
九日同吴眉菴前輩張雪子上舍
王斗南明府集陶然亭 ………（一四六）
斗南所藏古印章有書畫船三字
吴眉菴前輩見而悦之斗南携
以贈次日眉菴以長歌致謝索
余同和 ……………………（一四六）
和斗南韻送玉笥師歸杭州 ……（一四七）
遲姚十五孝廉不至 ……………（一四七）
墨露酒歌薄圖南前輩齋頭同王
樓山給諫賦 ………………（一四七）
題汪震潛西曹黄山紀遊卷 ……（一四八）
次韻題澄懷園泛舟圖爲姚太夫
人作 ……………………（一四八）
題談是山太守談河圖 ………（一四九）
敬題家慈夜紡授經圖有序………（一四九）
湓陽村舍有老農來餉果者感其
意受之 ……………………（一五〇）
衡文楚南道出正定有懷弟界劾
力軍前 ……………………（一五〇）
朗陵道中 ……………………（一五一）
信　陽 ……………………（一五一）
遂　平 ……………………（一五二）
洪山舖題農舍壁 ……………（一五二）

宿蒲圻縣延壽寺……（一五二）
廣勝精舍次壁間韻……（一五二）
自東湖至山坡得雨是夕宿驛旁
古刹次日曉發……（一五二）
自湘陰至長沙用香山韻……（一五三）
次答永西曹……（一五三）
星沙客舍懷王瑟齋觀察並促其
北上時余方病起述意道想情
見乎詞……（一五三）
久病初起喜聞于午晴編修自粤
西典試回京訪余於客館即訂
同行……（一五四）
雲夢道中……（一五四）
應山早發……（一五四）
相逢行贈萬開遠太守王具區茂
才……（一五四）
送陳生樹葵歸湘潭……（一五五）
月蝕執事太常作……（一五五）
王給諫分餉橄欖露二絶句……（一五五）
題張上舍虚谷幽篁獨坐圖……（一五六）
題同年勵衣園小影三首……（一五六）
次韻送陸儆岩前輩歸嘉興……（一五七）
題彭翰文殿撰靈芝卷後卷爲張
天飛編修筆……（一五七）
題林豫仲庶常鄧尉探梅圖……（一五八）
送沈孝廉下第歸里……（一五八）
得蔗分餉王給諫……（一五八）
題王宗之編修齋中盆梅……（一五九）
贈王太守次張鶴來前輩韻……（一五九）
題從姪天谷不如飲酒圖……（一五九）
代柬示舍弟主恒時弟宰醴泉……（一六〇）
白鹿原……（一六〇）

謝家嶺用王右丞田家韻……（一六一）
自白鹿原至田家宿……（一六一）
登太白廟古閣……（一六一）
張烈婦詩……（一六二）
王明府遺畫蘭竹並綴以詩次韻
　爲答……（一六二）
病起喜得汪謹堂編修寄懷二首
　兼惠佳茗次韻奉答……（一六二）
附原韻……汪由敦（一六三）
題溪堂洗硯圖……（一六三）
溧陽師命題瓶中梅花……（一六三）
題王明府所畫素蘭圖有序……（一六四）
春夜同黄生懋德自旅舍步至温
　泉作……（一六四）
題仇英所畫鍾馗移居圖……（一六五）
題　畫……（一六六）
曾以絹素索溧陽師書兩閲月未
　見擲還頃接緘云尚須少遲戲
　呈二絶句……（一六六）
盧抱孫明府餉六安茶……（一六六）
王參藩聞余歸自關中寄詩道想
　次韻爲答……（一六六）
附原韻……王　恕（一六七）
一琴員外邀同西𤟭吏部謹堂編
　修集賜書堂即席分賦……（一六八）

香樹齋詩集卷六……（一六九）

沈子大太守以木字韻見懷奉答
　一首時沈就王參藩幕……（一六九）
附原韻……沈起元（一七〇）
次酬鄭檢討江前輩……（一七〇）
陽城師故宅有感……（一七一）
追和漁洋山人韻贈趙東籬……（一七一）

東籬以索詩入都予適在假乃布席門外以俟余感其意扶病接見復次前韻……（一七一）
薛節婦詩……（一七二）
輓静海冢宰勵公次鄒太和前輩韻……（一七二）
答鄭筠谷前輩用王右丞韻……（一七三）
題謹堂所撰烈婦邵孺人傳後……（一七三）
高明府歌……（一七三）
題同年王甘泉侍御秋花卷……（一七四）
俞尹思太守以冀州改知磁州走筆送别……（一七五）
答應科目諸生……（一七五）
題王公衡少司空觀潮圖……（一七六）
題徐上舍峰泖圖用東坡煙江疊嶂圖韻……（一七六）
送同年邵學之匭使典江右試……（一七六）
寄懷竇聞子次青立韻時聞子官蜀中……（一七七）
次韻題吴編修歸櫂圖……（一七七）
許觀察分餉所製貢墨因録東坡咏墨詩奉酬並題一絶句……（一七八）
張溥三久客梁宋間昨寄詩告歸鶯脰湖次韻奉答……（一七八）
題商寶意編修鏡湖載書圖……（一七八）
立春夜燈花同葉上舍承點聯句……（一七九）
題相馬圖……（一八〇）
次答汪凝之上舍遊楚南……（一八〇）
集香樹齋山桃花下小飲用昌黎山石韻……（一八〇）
題王上舍竹韻泉香圖……（一八一）
戴四素存得孫志喜……（一八一）

上元夜踏燈歸集徐桐村編修齋分得動字……（一八一）
題戴巨川庶子畫馬……（一八二）
春　雨……（一八二）
謹堂自留館後與予比鄰先後八載晨夕無間極同舍之好癸丑四月除左春坊贊善予以菲才忝居右職遭際清時同官相勖敘交言情喜賦二章奉贈用新城王尚書喜羨門卜鄰韻……（一八三）
附和韻……汪由敦（一八三）
病起走謁臨川師席間出季子賦稿因題一絶句……（一八四）
萬字兆前輩寓齋紫藤盛開延諸公吟賞主人以花製餅餌侑酒客啖之稱善時群未在席意其法與槐葉冷淘相似即次監川師韻……（一八四）
題晴嵐畫册……（一八四）
題謹堂雨中趨直圖……（一八四）
端午日同謹堂侍講侍直勤政殿紀恩述景二十韻……（一八五）
題徐丈小影……（一八五）
吴眉菴前輩視學畿輔歲餘河間府學宫古柏枯復生於應爲瑞諸生繪圖以獻因題一首……（一八六）
齋中山桃……（一八六）
題李蔚林詩稿……（一八六）
題　畫……（一八六）
題張鸕洲柳漁小影……（一八七）
大宗伯吴懸水前輩屬題芭蕉……（一八七）
白海棠詩……（一八七）

九日同人集寓齋分韻 ……………（一八八）
題史頡甫笑對梅花酒一壺小照 ……（一八八）
題晴嵐畫芍藥 ………………（一八八）
送姚十五省覲歸桐城 …………（一八九）
姚十五又屬題折柳圖 …………（一八九）
次葉恒齋舍人移居原韻 ………（一八九）
冬夜同人集寓齋分韻得絲字 ……（一九〇）
桐城相國仿高青邱意作漁樵耕
　牧詩次韻四首 ………………（一九〇）
次答王樓山見懷原韻 …………（一九一）
送海昌相公致政歸里 …………（一九二）
梅功升明府被鴻博薦召試後還
　任候進止賦此志別 …………（一九三）

香樹齋詩集卷七

……………………（一九五）
盧孝子詩 ……………………（一九五）
許別駕渭符寄懷于午晴詩五章
音節清越漢魏餘響也適得渭
符尺牘依韻奉寄兼似王孟亭
太守 ……………………（一九六）
題蔣漱芳師記夢册 …………（一九六）
題竇靜菴先生訓子圖卷應令嗣
聞子請也時聞子之官蜀中兼
以誌勉 ……………………（一九七）
冀州試院夢見瑟齋晨從邸報中
得瑟齋中春所寄書一音問耳
形於寤寐先物之兆不可不以
詩紀之用王龍標鄭縣宿陶太
公館中贈馮六元二韻並約巨
州李六丈同作 ………………（一九八）
附前題 ……………李　紘（一九九）
自瀛海之津門將發軔矣時雨大
至遂不果行約同志分韻以誌 …（一九九）

附次韻……………………李　紘（二〇〇）
附次韻……………………邊連寶（二〇〇）
附次韻……………………蔣　溥（二〇一）
静安試院落齒……………………（二〇一）
潞河曉發……………………（二〇二）
薊　州……………………（二〇二）
恭輓世宗憲皇帝四首……………………（二〇三）
乙卯十月廿三日恭和御製二律……（二〇三）
十月三十日世宗憲皇帝誕辰也
　皇上恭謁雍和宫祭奠畢復哀
　吟以志思慕敬依御製元韻一
　首……………………（二〇四）
勵衣園閣學於直廬庭際疊石引
　水栽竹數竿顔曰竹溪並爲圖
　以記之屬題……………………（二〇四）
題楊忠愍公疏稿手蹟用東坡輓
　韓康公三首韻……………………（二〇四）
題晴嵐藕香書屋圖……………………（二〇五）
晴嵐得余所藏陳道復墨花長卷
　用東坡題煙江疊嶂圖韻作詩
　貽余奉答一首……………………（二〇五）
題徐雪柯先生殉難卷後……………………（二〇六）
贈沈東甫有序……………………（二〇七）
五月朔謁先武肅祠見競渡作……（二〇八）
安平泉和東坡韻……………………（二〇八）
泊嶼城同文虎作……………………（二〇八）
秋初過汪舜陶范湖別業……………………（二〇九）
久未得埜亭姪信適陶氏甥有黔
　中之行却寄一首用少陵贈鄭
　諫議十韻敘事紀恩告哀言别
　情見乎詞……………………（二〇九）
秋日家鴻博坤一同陳明經梧軒

朱濬起王乙皃兩茂才過訪分韻 ……………………（二〇九）
題同年邵峙東編修使蜀圖 ……（二一〇）
中秋後一日集回谿草堂咏盆中佛手柑分得屑字 …………（二一〇）
題徐澂齋前輩吴淞歸隱圖 ……（二一〇）
後九月九日即事 ……………（二一一）
登鍾際飛平遠樓用韋蘇州善福精舍韻 ……………………（二一一）
冬日訪戴巨川學士于吴江禪舍未值用韋蘇州郡齋感秋韻 …（二一一）
題王玉舉明府繞屋種梅圖 ……（二一二）
爲第五叔題松下道服圖 ……（二一二）
題盛明府文炳長風破浪圖 ……（二一二）
雪夜懷汪謹堂學士即次却寄原韻 ……………………………（二一三）
附得集齋先生手書奉寄 … 汪由敦（二一三）
題何東江寒郊走馬圖 ………（二一三）
題眉菴中丞畫竹石 …………（二一四）
題聽鴻樓詩卷 ………………（二一四）
楊叟惠盆松賦謝 ……………（二一四）
喜瓜田外史歸自睢陽用工部江外草堂韻 ……………………（二一四）
寄懷蔣永年倉曹 ……………（二一五）
同里諸子以角里踏燈詞約余同作余雖閉户家居而報賽祈年用存采風之義亦詩人所不廢也 ……………………………（二一五）
將之魏塘守風雙溪曹榕齋明府止宿明日復留馮樹臣少司寇齋頭竟日始發 ……………（二一六）
莊氏女字于陳未聘而陳氏子死

女奔喪如婦禮事與共姜類爲詩記之 ……（二一六）
題蔣西曹小影 ……（二一六）
題同年陸陸堂檢討山堂讀易圖 ……（二一七）
題陸念劬徵士打鐘掃地圖 ……（二一七）
春日檢原配俞淑人手評李玉溪詩得三絶句 ……（二一七）
二月初三日爲太夫人降辰憶隔慈容再更霜露繐幃瞻拜哀愴良深成長律一首示弟妹子姪同作 ……（二一八）
附同作 弟界 ……（二一八）

香樹齋詩集卷八 ……（二一九）

春日集朱潛起茂才桐陰書屋送祝豫堂上舍北上用少陵遊何將軍山林之四 ……（二一九）
題董明府朝真圖 ……（二二〇）
白燕詩 ……（二二〇）
題瓜田外史畫山水 ……（二二一）
題瓜田外史畫 ……（二二一）
自秦塘泛舟至邏水作用少陵春歸韻 ……（二二一）
沈固廬出心齋夫子愛蓮圖屬題得四絶句 ……（二二二）
題懷橘圖贈沈童子 ……（二二二）
同年潘銘三孝廉自保陽歸出所畫壯心千里圖題一絶句 ……（二二三）
題　畫 ……（二二三）
題姚道山太守竹林彈琴圖 ……（二二三）
代柬呈玉笥師兼懷樓山 ……（二二三）
夏日招同傅上舍沈明經泛舟西湖得六絶句 ……（二二三）

落帆亭餞席贈馮樹臣少司寇用
少陵渼陂行韻……………（二三三）
中秋日淩晨渡揚子江寄兒子汝
誠兄弟……………………（二三四）
汪淳修別駕招遊平山堂出雲在
前輩寄懷詩見示次韻奉贈兼
柬雲在知余渡江後近狀也…（二三四）
山陽舟次題汪西泉觀泉圖用漁
洋山人淮北晚行寄廣陵故人
韻…………………………（二三五）
再題解琴圖用漁洋山人寄宗定
九韻………………………（二三五）
唐榷使英監造景德鎮甆器告成
爲陶成圖以紀其職屬余題之…（二三五）
宿遷舟次得唐榷使寄詩依韻和
答時唐秋祀淮黄後陪河道總
制閲視河工………………（二三六）
題雲海歸蓮圖并序…………（二三六）
宿遷雞……………………（二三七）
晚渡駱馬湖………………（二三七）
九日懷春明諸公……………（二三七）
次答鄭荔鄉太守……………（二三八）
微山湖……………………（二三八）
舟中坐雨二十韻……………（二三八）
割　柿……………………（二三九）
汪舜陶索賦讀書秋樹根圖得一
絶句………………………（二三九）
再視學政出京留別午晴……（二三九）
紀　事……………………（二三九）
趙州試院喜雨柬制軍孫懿齋前
輩…………………………（二三〇）
過雨花寺次吴懸水宗伯韻……（二三〇）

古槐篇爲鄭太守作……（二三一）
八月十四日自威縣至南宮途中
用白太傅韻三首……（二三一）
王樓山觀察除廣東布政使却寄
二律……（二三二）
曲周道中用香山韻……（二三二）
威縣曉發次潘茂才韻……（二三二）
秋夜客舍題壁次香山韻……（二三二）
鄭海峰太守惠梨……（二三三）
天雄學署雙柏次范丈省齋侍御
原韻……（二三三）
附原韻……范長發（二三四）
秋　稼……（二三四）
楊青谷太守見先慈手澤於村塾
中覓以歸余賦謝……（二三四）
晨起集諸生講孝經畢敬誌……（二三五）
示姜勳……（二三五）
題晚香堂步李文貞公韻……（二三五）
紀雪東孫制軍前輩……（二三六）
雪夜宿肥鄉客舍與潘茂才奕……（二三六）
元旦次彭芝庭侍講韻……（二三七）
人日西淀歸直口占……（二三七）
過鄚州……（二三七）
上巳前一日瀛州公廨即事分韻……（二三七）
東安曉發……（二三八）
自寶坻玉田至豐潤作……（二三八）
渡灤水作……（二三八）
送鄭海峰前輩歸山……（二三八）
贈姜藥……（二三九）
楊村題壁……（二三九）
重過楊村……（二三九）
楊村喜晤彭承祚別駕……（二三九）

夏日遊水西園次韻 …………（二三九）
過龍山人玉紅草堂感舊 …………（二四〇）
哭高章之尚書 …………（二四〇）
秋雨次鄂休如宮尹韻 …………（二四一）
晚晴次休如韻 …………（二四一）
八月十六日恭和御製元韻 …………（二四一）
次韻寄懷青谷太守 …………（二四一）
寄懷尹元符副憲時元符以養母
　旋里 …………（二四二）
題夏叟林亭 …………（二四二）
次韻奉答嚴松占明府 …………（二四二）
與石圃論酒 …………（二四三）
暮抵臨洺 …………（二四三）
鴿房 …………（二四三）
立春前一日成安道中見雪 …………（二四四）
大閱恭紀有序 …………（二四四）
訪存畏前輩留飲 …………（二四五）
天雄試院得姚範治編修箋云以
　奉養母大夫人請假旋里行有
　日矣陳群于役畿南不獲郊餞
　爰製長律言情敘別庶幾繞朝
　贈策之風用托元白代書之義
　兼寄令兄象山觀察道冲太守 …………（二四六）

香樹齋詩集卷九

…………（二四七）
信都試院喜雨 …………（二四七）
往時學使者下車供帳甚盛厥後
　相繼簡任於此者多清節素著
　之前輩以次刪除惟卧室内設
　一帳寒則禦風夏避蚊蠅余前
　後視學於此凡七年涖瀛郡者
　四將行必撤帳歸所司曰明年
　來無煩改作也辛酉春復來見

帳極新因識數語並綴以詩知
繼余而役於此者必朝右大君
子慎乃儉德有同志焉……（二四七）
宋貞媛詩……（二四八）
柬黄懋德明府……（二四八）
雨後校士與司鐸諸公偶論書法
並商推課士規條即次彦兮廣
文見貽原韻……（二四九）
孫孝子詩……（二四九）
季弟主恒將之永豐賦長律示之
俾觸目警省爲官箴之一助云…（二五〇）
顧用方少司馬惠太極硯賦謝八
章即以硯銘爲韻……（二五〇）
題馬文毅公彙草辨疑遺集後…（二五一）
謁袁了凡先生祠……（二五一）
北平使院三松歌用壁間李孝廉
東檴韻……（二五一）
附原唱……李東檴（二五二）
和……范長發（二五三）
北平曉發次慎齋中翰韻……（二五三）
豐潤道中次慎齋韻……（二五四）
經盤山作……（二五四）
得陶未堂手緘却寄用李青蓮答
元丹邱韻……（二五四）
次韻題梅循齋前輩采葵圖……（二五四）
題鄂怡雲詩稿……（二五五）
次韻敬酬范省齋先生兼送南旋…（二五五）
附原韻……范長發（二五六）
桐城相國七十壽……（二五六）
辛酉初冬幼海孝廉出樓山中丞
所寄叢祠廢營殘陽初月四律
讀而愛之即約幼海同和既從

郵亭得樓山尺牘並近稿數十
首四詩在焉幼海與余去閩嶠
六千里而性情所感若相符合
一吟詠之微流連引人至於如
此然則輕用其性情與自靳其
性情者非性情之正亦非詩之
正也以初月居後作者亦或有
意於其間乎長至日香樹居士

錢陳群識……（二五七）
題挈黿圖……（二五八）
春懷二首寄答王樓山中丞……（二五八）
登李白樓……（二五八）
涿鹿道中聞客詠竹垞鴛湖櫂歌
口占一絶……（二五九）
春帖子詞……（二五九）
樓山中丞寄近詩題云於公廨夢
見修亭苦吟長律醒時猶記鶱
元二韻因依韻作詩以記其事
亦成一首……（二五九）
送岑藕生宦閩中……（二五九）
正月十四夜同人名攢一篇小集
分得心字……（二六〇）
移寓賜園喜謹堂至兼呈同直諸
公……（二六〇）
恭和御製耕耤禮成元韻八首……（二六〇）
賦得春蠶作繭限十五咸……（二六一）
丹鳳曲……（二六一）
賦得卷幔山泉入鏡中……（二六二）
送朱源長主簿……（二六二）
張庶子鵬翀以春林澹靄圖進呈
御覽蒙賜題六絶句恭和元韻……（二六二）
題林上舍涪雲陶舫硯譜……（二六三）

恭和御製賦得既雨晴亦佳元韻 …（二六三）
午日賜物恭紀二首 ……（二六三）
恭和御製夏日御園閒詠元韻八首 ……（二六四）
恭和御製食荔支有感元韻 ……（二六五）
代東寄春暉學士前輩 ……（二六五）
次答田退齋小宰 ……（二六六）
恭和御製落葉詩元韻六首 ……（二六六）
恭和御製冬日瀛臺即事元韻 …（二六七）
重陽前二日次于耐圃殿撰韻 …（二六七）
次韻周蘭坡檢討移居 ……（二六八）
代東滄亭乞茗 ……（二六八）
望雲思雪意恭和御製元韻 ……（二六八）
謹堂少司馬職思齋落成同人小敘分韻得月字 ……（二六九）
長至前一日同延清總憲衣園納言恒軒退齋兩少宰齋宿仁壽寺延清出王書城總憲所寄貢柑見惠各賦一律兼懷書城 …（二六九）
次退齋韻 ……（二七〇）
春帖子詞 ……（二七〇）
正月二十一日雪 ……（二七〇）
恭和御製元旦試筆元韻 ……（二七〇）
恭和御製正月初十日立春元韻 …（二七一）
雪獅次矩齋韻 ……（二七一）
上巳後一日孫端人中允張雪薖編修過敝齋夜話分得玉字 …（二七二）
春暮同人集松裔少宰遠香亭得深字 ……（二七二）

香樹齋詩集卷十 ……（二七三）

和東村集陶韻 ……（二七三）
晴嵐學士示姚三崧編修奉太夫

人移居詩次韻 ……（二七三）
松 ……（二七四）
恭和御製柳絮元韻 ……（二七四）
題金慎齋西曹東征贈策圖 ……（二七五）
送蔣明經假歸鴛湖 ……（二七五）
送尹元長大司馬總制兩江 ……（二七五）
恭和御製御門日雨元韻 ……（二七六）
賦得折檻旌直臣得交字 ……（二七六）
送蔣恒軒少宰巡撫湖南 ……（二七七）
題家挹清小影 ……（二七七）
題陳上舍對牀風雨圖 ……（二七七）
題　畫 ……（二七八）
寄懷同年宋西犴太守 ……（二七八）
恭和御製對雨元韻 ……（二七九）
題晴嵐光禄桃花流水扁舟圖 ……（二七九）
德司空太夫人八十壽次西林相
國韻 ……（二七九）
秋日喜退齋少宰晴嵐光禄過雙
樹軒小敘 ……（二八〇）
冬日同謹堂少司馬晴嵐光禄虚
亭祭酒宿煙郊村舍 ……（二八〇）
聖駕東巡盛京恭謁祖陵大禮慶
成詩 ……（二八〇）
春帖子詞 ……（二八六）
送張約齋少宗伯予告歸桐城次
桐城相國元韻 ……（二八六）
送春日過退齋邸寓送盧抱孫同
年之官保陽 ……（二八六）
遇擔上芍藥買數朵歸口占 ……（二八七）
恭和御製四月朔日作元韻 ……（二八七）
恭和御製進宫見路旁麥苗待澤
孔亟秋禾尚未佈種惄焉有憂

賦以自咎元韻……（二八七）
懷西軏……（二八八）
孚嘉世講以陪祀賢良祠詩見示次和一首用志先業……（二八八）
衣園中丞晴嵐銀臺於扇上合作枯木竹石贈延清總憲次延清韻……（二八八）
乾隆九年六月上以御製墨蘭並題詩一首賜左副都御史臣勵宗萬因得敬閱恭紀九韻……（二八九）
藕絲次横山副憲韻……（二八九）
題茉莉……（二九〇）
恭和御製夜雨元韻……（二九〇）
恭和御製甘霖既沾詣暢春園問安恭慰聖母望歲之誠并成長句用誌盛德元韻……（二九〇）
恭和御製秋夜泛湖賦唐文皇爽氣澄蘭沼之句得詩五首……（二九〇）
恭和御製泛月有作元韻……（二九一）
恭和御製九日奉皇太后登高元韻……（二九一）
恭和御製九日題菊花韻……（二九二）
爲天瓶大司寇題項孔彰仿韓晉公五牛圖……（二九二）
恭和御製秋日奉皇太后遊玉泉山周覽西海近郊穫事即景賦詩十四韻……（二九二）
駕幸翰林院分賦得講字……（二九三）
恭和御製駕幸翰林院賜宴分韻聯句後復得詩四首并示諸臣元韻……（二九三）
帝臨四章章六句……（二九四）

棘之光六章一章八句二章四句
三章七句四章六句五章六句
六章四句 ……………………（二九四）
長至前二日齋宿仁壽寺示誠兒 …（二九五）
仁壽寺贈史上舍時與誠同肄業
於此 ……………………（二九五）
小除夜詠懷用延清總憲冬夜詠
雪韻 ……………………（二九五）

香樹齋詩集卷十一 ……………………（二九七）

春帖子詞 ……………………（二九七）
乙丑元旦詣翰林院謁至聖祠次
延清總憲韻 ……………………（二九七）
退齋少宰招觀方南藩伯抱孫都
轉奕以齋禁未與代柬走謝並
訂後期 ……………………（二九七）
恭和御製新春試筆元韻 ………（二九八）
恭和御製新月元韻 ……………（二九八）
試燈夜同人集雙樹軒酒後踏燈
分得金字池字 ………………（二九八）
題同年盧抱孫刺史出塞圖 ……（二九九）
退齋少宰歸陽城後代柬寄懷 …（二九九）
次韻景菴囧卿齋宿即事 ………（二九九）
題沈敬亭同年虛直圖 …………（三〇〇）
題蘇武牧羝圖 …………………（三〇〇）
題介學士野園圖用東坡詩韻 …（三〇〇）
題　畫 …………………………（三〇一）
晴嵐閣學奉敕作五君子圖御製
七言古風賜之恭和元韻 ……（三〇一）
題晴嵐所畫墨水仙次延清韻 …（三〇一）
題鍊雪銀臺爲謹堂大司寇畫墨
梅小景 …………………………（三〇二）
恭題御畫盤山橘樹 ……………（三〇二）

長至前二日陪謹堂尚書齋宿白雲亭枕上偶成 ……………（三〇二）
陪懿齋延清兩總憲東長少宗伯齋宿仁壽寺前韻和延清作 …（三〇三）
虞山相國官少宗伯時畫歲寒三友圖懸於後堂並題長律群攝容臺次韻題後以志墨寶永爲春官佳話也 ……………（三〇三）
謹堂尚書疊白雲亭韻見寄奉答一首 ……………（三〇三）
春祈龍神廟得雨偕晴崖大京兆行報祀禮用王荊公西太一祠韻 ……………（三〇四）
題元圃圖册子次清漣學士韻 …（三〇四）
題任香谷大宗伯曝書圖 ………（三〇四）
沈孝子詩 ……………（三〇五）
人日病起走筆示汝恭兼與汝誠兄弟讀之各賦見志 ………（三〇五）
上元後一日下直閉門懷人時季弟曉村除歸州未赴從姪埜堂觀察居鹽官程氏女馮氏妹聞來㰶居度歲舅氏山鶴信至云兩子頗見頭角兼録百燈詩見示一官匏繫親串跡疎喟然長嘆間適謹堂尚書從賜園中寄新詩一紙云正月十四夜園居讀蘇詩上元過祥符僧房七絶有一室清風冷欲冰之句因用其韻成七律五首兼寄凝之粤中宇秀家鄉余讀之不覺感觸遂依韻仿體分寄所懷詩成并呈尚書一覽知志各有適而波

瀾莫二云……（三〇六）
花朝前一日謹堂大司寇約同詣南苑直用退之寒食日出遊韻…（三〇七）
主恒弟挈四兒出都愚堂馮妹丈及家受之兩孝廉皆同行是日遣汝誠汝恭汝懿三子送至長新店余退食蕭齋與老妻對坐口號二絶句……（三〇八）
送朱玉階編修省親歸里……（三〇八）
德星聚以星字爲韻……（三〇八）
蔬林尚書齋中藤花盛開集同人小飲得堂字……（三〇九）
恭和御製出古北口元韻……（三〇九）
出塞行次景菴侍讀韻……（三〇九）
墖子頭……（三一〇）
羊腸河……（三一〇）
恭和御製多倫諾爾元韻……（三一〇）
恭和御製上都懷古元韻……（三一一）
次和介景菴侍講秋日塞上雜詩十首……（三一一）
恭和御製進張家口元韻……（三一三）
沈閣學德潛乞假還吴門御製五言長律賜之尋奉旨贈其先人如其官復賜詩褒其孝行既成出内府金以攽稽古之榮千載罕遇同朝紳士洎輦下名宿仿唐賀知章還四明山故事咸賦詩贈别群得五言古詩一首…（三一四）
恭和御製正月十六日奉皇太后瀛臺看煙火即景燈詞元韻…（三一五）
謹堂尚書令嗣勖初就婚毘陵詩以志喜……（三一六）

奉敕題返照入江翻石壁歸雲擁
樹失山村圖 ……………… (三一六)
題鄒小山大廷尉懷西圖册子 … (三一六)
次張司寇韻題伍逸園先生清秋
讀易圖 ……………… (三一七)
送延清總憲之漕帥任 ……… (三一七)
贈崇如孝廉隨漕帥公任 ……… (三一七)
張晴嵐閣學輓詞 ……… (三一八)
春正八日同汪尚書魏侍郎齋宿
即事 ……………… (三一九)
奉敕恭擬和敬公主花燭詞 …… (三一九)
題慶雲溪所畫山水長卷 ……… (三一九)

香樹齋詩集卷十二 ……… (三二一)

歷代帝王道統圖讚 ……… (三二一)
恭和御製欲雨元韻 ……… (三二五)
恭和御製雨元韻 ……………… (三二五)
恭和御製玉甕歌元韻 ……… (三二六)
和從姪益翁歸來詩原韻十首 … (三二七)
拱極城 ……………… (三二八)
恩惠寺 ……………… (三二八)
過新城作 ……………… (三二九)
新城曉發行十里登舟至雄縣用
蘇潁濱郭熙横卷韻 ……… (三二九)
任邱代柬邊鴻博連寶 ……… (三三〇)
交河道中 ……………… (三三〇)
立秋日廣川道中作 ……… (三三〇)
棉　花 ……………… (三三〇)
孟廟二詠 ……………… (三三一)
梟嶧道中 ……………… (三三二)
嶧縣渡水 ……………… (三三二)
彭城道中見秋燕 ……… (三三二)
徐州懷古 ……………… (三三二)

柳前舖曉發遇雨過呂梁洪新橋作 ……（三三三）
臨淮旅舍 ……（三三三）
晚稻 ……（三三三）
吴牛 ……（三三四）
鷺 ……（三三四）
廬江懷古 ……（三三四）
浮槎山 ……（三三四）
弔龔尚書墓 ……（三三五）
自舒城至桐城看山作 ……（三三五）
小池驛和壁間韻 ……（三三五）
楓香驛次静山侍御韻 ……（三三六）
停前驛題壁 ……（三三六）
嘲坤一 ……（三三六）
黄梅旅宿 ……（三三六）
山行 ……（三三七）
潛山 ……（三三七）
贈馮静山侍御 ……（三三八）
渡潯陽得舍弟消息已於十日前挈隨兒西去黯然久之成二絶 ……（三三八）
句 ……（三三八）
琵琶亭次韻 ……（三三八）
東林寺和王文成題壁韻 ……（三三九）
渡潯陽江經廬山至德安次香山德安趨潯陽韻却簡柱川太守 ……（三三九）
唤渡亭次韻 ……（三三九）
楊柳津詞二首 ……（三四〇）
山下渡曉發 ……（三四〇）
陪蒼崖參政前輩小飲次韻 ……（三四〇）
十四夜作 ……（三四〇）
十五夜喜雨畫壁遣興漫題四絶句 ……（三四一）

榜發後登明遠樓見百花洲上有被放者徙倚水濱若不能歸者愀然有作用涪翁詠李伯時韓幹三馬韻……（三四一）
附和詩……金德瑛（三四二）
重陽前一日同諸公晚出至公堂觀屏風所刊御製題貢院詩遂登明遠樓用韋蘇州郡齋雨中與諸文士燕集韻……（三四二）
彭樂君方伯黃訒菴觀察蔣肇予施棠村兩副使李仙蟠參政招同馮静山侍御開静菴大中丞金檜門學使高魏公總戎讌集百花洲賦謝二首兼以誌別……（三四三）
登滕王閣……（三四三）
廬山桂答白太傅即用其韻……（三四三）
口占贈彭樂君方伯……（三四四）
樂君方伯以文待詔詩卷見示並餉酒肴即用待詔排律韻題於卷尾……（三四四）
江行有遺千里鏡者笑而還之并繫以詩……（三四四）
呈谿父梁先生……（三四五）

香樹齋詩集卷十三

香樹齋詩集卷十三……（三四七）
弋陽舟次灘行聯句……（三四七）
次坤一過弋陽五十里江山勝絶即目成歌韻……（三四八）
附原作……錢載（三四八）
晚　泊……（三四九）
琴硯銘……（三四九）
江行題紅葉……（三四九）
答唐莪村方伯……（三五〇）

江山船謡六首……（三五〇）
自桐廬解纜風順午後即抵錢塘
　江干口占一絶……（三五〇）
夜過塘棲……（三五一）
冬日題煙雨樓……（三五一）
和陶詩……（三五一）
恭和御製戊辰仲春東巡祭闕里
　秩岱宗初四日自京奉皇太后
　起程元韻……（三六〇）
恭和御製過容城元韻……（三六〇）
恭和御製萬柳堤元韻……（三六〇）
恭和御製趙北口水圍詩元韻……（三六一）
恭和御製趙北口即景元韻……（三六一）
恭和御製河間道中元韻……（三六一）
恭和御製登景州開福寺塔元韻……（三六二）
恭和御製衍聖公孔昭焕率所屬
　執事官竝博士弟子來謁詩以
　示之元韻……（三六二）
恭和御製至德州山東巡撫阿里
　衮率所屬來接詩以示之元韻……（三六二）
恭和御製高唐覽古元韻……（三六二）
恭和御製所見元韻……（三六三）
恭和御製春分日即景元韻……（三六三）
恭和御製汶水吟元韻……（三六三）
恭和御製滋陽覽古元韻……（三六三）
恭和御製杏二首元韻……（三六四）
恭和御製闕里祭先師禮成八韻
　元韻……（三六四）
恭和御製賦得手植檜元韻……（三六四）
恭和御製謁元聖祠元韻……（三六五）
恭和御製祀少皥陵元韻……（三六五）
恭和御製謁孔林酹酒元韻……（三六五）

恭和御製祀岱廟元韻 …………（三六五）
恭和御製五大夫松元韻 …………（三六六）
恭和御製對松山元韻 …………（三六六）
恭和御製登封臺元韻 …………（三六六）

香樹齋詩集卷十四 …………（三六七）

恭和御製恭依皇祖登岱詩韻 …（三六七）
恭和御製閱濟南兵元韻 …………（三六七）
恭和御製謁舜廟元韻 …………（三六七）
恭和御製上巳日曉行即景元韻 …（三六八）
恭和御製濟南府海棠正開對之有作元韻 …………（三六八）
恭和御製百花洲詩用宋曾鞏韻 …（三六八）
恭和御製鵲華橋元韻 …………（三六九）
恭和御製歷下亭元韻 …………（三六九）
恭和御製登會波樓元韻 …………（三七〇）
恭和御製濟城春望元韻 …………（三七〇）
恭和御製清明即景元韻 …………（三七〇）
恭輓孝賢皇后詩五首 …………（三七〇）
奉敕按月題雕牙畫册得四月 ……（三七一）
恭和御製浴佛日三首韻 …………（三七一）
晚集雙樹軒用漁洋山人即事二首韻 …………（三七二）
程氏女汝慎孀居里門奉姑撫遺孤克盡婦道從姪野堂觀察爲青松以似昨冬余蒙恩假歸省墓滿日北上屬題數語用志存省 …（三七二）
又題畫竹 …………（三七三）
送陸根堂太史歸嘉興 …………（三七三）
題松濤散仙圖應制 …………（三七三）
題張日乾舍人望雲圖 …………（三七四）
恭和御製秋日含經堂元韻 ……（三七四）
恭和御製恭詣泰陵致祭發軔京

師秋光助感馬上成吟聊抒愴
悼元韻……（三七四）
恭和御製秋麥元韻……（三七四）
恭和御製躬謁泰陵致祭感成長
句元韻……（三七五）
恭和御製恭祀泰陵禮畢將迴鑾
徘徊愴慕載詠三章元韻……（三七五）
八月二十有三日先皇諱日也前
一日臣陳群扈從恭謁山陵得
遂瞻仰是日復與陪祀恭紀二
首……（三七五）
恭和御製迴鑾即景元韻……（三七六）
恭和御製石門店元韻……（三七六）
恭和御製紅葉元韻……（三七六）
次松泉尚書接駕長新店元韻……（三七七）
山左有秋奏至御製五古一章宣
示近臣敬誌一首……（三七七）
題蔣茗生歸舟酒醒圖……（三七八）
題鏡香居士清宵見月圖……（三七八）
題秋江返棹圖……（三七八）
題虞美人……（三七九）
恭和御製今秋各省告豐者多既
慰以懼并示近臣元韻……（三七九）
恭和御製茹古涵今元韻……（三七九）
恭和御製九日漫賦元韻……（三八〇）
秋杪啟事詣香山行宮松泉尚書
訂宿賜園同薌林尚書清話感
舊即事得二十一韻……（三八〇）
恭和御製賜傅恒經略金川元韻……（三八一）
恭和御製瀛臺賜經略大學士傅
恒及諸將士食元韻……（三八一）
恭和御製十月十三日雪元韻……（三八一）

香樹齋詩集卷十五

雪夜關外旅舍聽索侍御彈琹用東坡題韓幹馬韻……（三九〇）
恭謁福陵……（三九一）
恭謁昭陵……（三九一）
望北鎮……（三九一）
贈高使君兼寄呈東軒相公……（三九一）
與盧抱孫太守夜話……（三九二）
自遼海還朝經北平太守盧君邀同春圃尚書小飲用蘇詩韻……（三九三）
寄懷彭芝庭少司寇次謹堂少師韻……（三九三）
廢　苑……（三九三）
哭黄海州……（三九四）
磨房驢……（三九四）
恭和御製集鳳軒詩元韻……（三九四）
題程莘田學士緑雲借憩圖……（三九五）
題張鏡壑宫贊爲景菴少宰圖文待詔溪山深雪意用蘇長公煙江疊嶂詩韻……（三九六）
歲暮下直與汝誠夜話取案頭宋史讀之輒以共勉適有人至晉楚即郵寄弟界並示汝恭汝隨衰白景況情見乎辭……（三九六）
恭和御製書福字詩元韻……（三九七）
恭和御製上元燈詞元韻……（三九七）
曉出西郊……（三九七）
顧用方總制有夢中遲松裔侍郎不至得句云松披雲半嶺人立月三更醒而續成六韻並繪圖以寄松裔邀余同和……（三九八）
奉敕恭製定太妃九十壽詩……（三九八）
奉敕題畫……（三九八）

六月廿有四日出都途次即事 …（四〇二）
次史西山編修韻 ……（四〇二）
新城旅舍暑甚步至龍興觀納涼作 ……（四〇二）
叔度與予同出國門既渡涿水知予將與西山前去以長歌遺西山篇中及賤子獎讚逾分固不敢當至極道西江山水之美殆詡其所有以窘迫我也白侍郎答微之詩序云微之將欲窮我耶兵法有置之危地而後存者仍用元韻示之於是詩亦云 …（四〇三）
與鄭荔鄉太守二首 ……（四〇四）
題孟氏林亭 ……（四〇四）
自臨淮至盧江凡三日得八絶句
聊誌田家風物云爾 ……（四〇四）
謁包孝肅祠 ……（四〇五）
貧士歎 ……（四〇五）
古剎納涼次西山韻 ……（四〇六）
秋夜乘輿山行至桐城寄姚編修張明府 ……（四〇六）
太湖縣次韻 ……（四〇七）
黄梅口號二絶句 ……（四〇七）
渡潯陽江有序 ……（四〇七）
東林寺次吴眉菴少司馬題壁元韻 ……（四〇八）
廬山雲海歌次西山韻 ……（四〇八）
附原韻 ……史貽謨（四〇九）
黄吏巨儒年八十餘執事試院甚勤示一絶句 ……（四一〇）

香樹齋詩集卷十六

中秋日雨後協一堂閲文彭樂君 ……（四一一）

方伯李蒼厓前輩各遺桂一枝

贈謝一首呈同事諸公 ……（四一二）

丁卯秋校文於此樂君方伯手植

桂樹十餘株於檐下今秋復來

見有作花者喜而有作 ……（四一二）

贈蒼厓前輩二首次西山編修韻 …（四一三）

廬山桂有序……（四一三）

予再典豫章試事竣林青圃學使

楊卓菴總戎彭樂君方伯徐階

五觀察李蒼厓參政施棠村蔣

安亭兩副使邀同史西山編修

阿補堂大中丞集百花洲酒半

大中丞指壁間石刻謂予曰此

居士三載前集此敘事詩也今

日之會不可以無詩盍依前韻

爲之遂援筆以賦時乾隆庚午

九月十四日 ……（四一三）

寄懷尤溪干静專明府 ……（四一三）

與趙虚齋太守話舊 ……（四一四）

渡潯陽江閲京兆題名知籜石被

放悵然有作 ……（四一四）

十月十五日荏平道中馬上見遊

絲作 ……（四一四）

聖駕幸豫詩謹序……（四一四）

恭和御製登華蓋峰歌元韻 ……（四一七）

恭和御製恭奉皇太后南巡啟蹕

近體言志元韻 ……（四一七）

恭和御製良鄉行宫元韻 ……（四一八）

恭和御製良鄉行宫侍皇太后宴

兼陳火戲元韻 ……（四一八）

恭和御製聞山東得雪元韻 ……（四一八）

恭和御製上元前夕行營觀煙火

即事元韻……（四一九）
恭和御製趙北口行宮作元韻……（四一九）
恭和御製鄭州道中元韻……（四一九）
恭和御製再和沈佺期望瀛州南樓韻……（四二〇）
恭和御製燕九日觀燈元韻……（四二〇）
恭和御製曉行元韻……（四二〇）
恭和御製過景州元韻……（四二一）
恭和御製入山東境元韻……（四二一）
恭和御製過德州元韻……（四二一）
恭和御製平原行元韻……（四二二）
恭和御製閲本元韻……（四二二）
恭和御製齊河道中作元韻……（四二二）
恭和御製恭依皇祖南巡過濟南韻……（四二三）
恭和御製過泰山恭依皇祖詩韻……（四二三）
恭和御製望岱廟元韻……（四二三）
恭和御製渡汶水元韻……（四二三）
恭和御製喜晴元韻……（四二四）
恭和御製望蒙山雪色再成元韻……（四二四）
恭和御製雁元韻……（四二四）
恭和御製郯城道中元韻……（四二四）
恭和御製入江南境元韻……（四二五）
恭和御製恭依皇祖示江南大小諸吏詩韻……（四二五）
恭和御製宿遷道中作元韻……（四二五）
恭和御製見新耕者元韻……（四二六）
恭和御製惠濟祠元韻……（四二六）
恭和御製賜沈德潛元韻……（四二六）
恭和御製清江浦元韻……（四二六）
恭和御製題釣魚臺元韻……（四二七）
恭和御製示江蘇學政莊有恭元

韻 ……（四二七）
恭和御製過淮安城元韻 ……（四二七）
恭和御製舟行元韻 ……（四二七）
恭和御製維揚雨泛元韻 ……（四二八）
恭和御製塔灣行宮恭依皇祖詩
韻 ……（四二八）
恭和御製天寧寺小憩元韻 ……（四二八）
恭和御製渡江駐蹕金山元韻 ……（四二八）
恭和御製初登金山得句元韻 ……（四二九）

香樹齋詩集卷十七

香樹齋詩集卷十七 ……（四三一）
恭和御製遊金山寺用蘇東坡韻
兼效其體 ……（四三一）
恭和御製試中泠泉元韻 ……（四三一）
恭和御製登金山塔頂元韻 ……（四三二）
恭和御製江月元韻 ……（四三二）
恭和御製自金山放舟至焦山用
東坡韻 ……（四三二）
恭和御製遊焦山作歌元韻 ……（四三三）
恭和御製焦山古鼎歌和沈德潛
韻 ……（四三三）
恭和御製甘露寺和蘇東坡韻 ……（四三四）
恭和御製潤州道中作元韻 ……（四三五）
恭和御製過常州府城元韻 ……（四三五）
恭和御製寄暢園元韻 ……（四三五）
恭和御製惠山寺元韻 ……（四三六）
恭和御製惠山聽松菴用竹鑪煎
茶因和明人題者韻即書王紱
畫卷中 ……（四三六）
恭和御製汲惠泉烹竹鑪歌元韻 ……（四三六）
恭和御製雨中遊錫山元韻 ……（四三七）
恭和御製駐蹕姑蘇元韻 ……（四三七）
恭和御製奉皇太后遊虎邱即景

元韻 ……………………………（四三七）
恭和御製虎邱寺和東坡韻 ……（四三八）
恭和御製遊支硎元韻 …………（四三八）
恭和御製寒山千尺雪元韻 ……（四三九）
恭和御製華山元韻 ……………（四三九）
恭和御製聽雪閣元韻 …………（四三九）
恭和御製駐蹕靈巖元韻 ………（四四〇）
恭和御製鄧尉香雪海歌并命沈
德潛和韻元韻 …………………（四四〇）
恭和御製宴準噶爾夷使元韻 …（四四一）
恭和御製再遊支硎元韻 ………（四四一）
恭和御製舟發姑蘇元韻 ………（四四一）
恭和御製題楊補之梅花三疊圖
元韻 ……………………………（四四一）
恭和御製紫陽書院題句元韻 …（四四二）
恭和御製入浙江境元韻 ………（四四三）
恭和御製舟過嘉興元韻 ………（四四三）
恭和御製三月朔日車駕至杭州
駐蹕之作元韻 …………………（四四三）
恭和御製吴山大觀歌元韻 ……（四四四）
恭和御製巡幸杭州恭依聖祖詩
韻 ………………………………（四四四）
恭和御製出錢塘門由段橋至聖
因即境近體二律元韻 …………（四四四）
恭和御製聖因行宫即景元韻 …（四四五）
恭和御製和蘇東坡遊西湖三首
韻 ………………………………（四四五）
憇聖隱上人禪房云是舍弟界讀
書處因題一首 …………………（四四六）
奉敕恭和表忠觀詩 ……………（四四六）
扈從西湖寓先武肅祠内苧村張
兄自嘉興來止宿夜話即次見

遺原韻 ……………………（四四六）
附原韻……………………張　庚（四四七）
恭和御製湖心亭元韻 ……………（四四七）
恭和御製天竺寺元韻 ……………（四四七）
恭和御製飛來峰歌元韻 …………（四四七）
恭和御製韜光元韻 ………………（四四八）
恭和御製登六和塔作歌元韻 ……（四四八）
恭和御製雲棲元韻 ………………（四四九）
恭和御製錢塘觀潮歌元韻 ………（四四九）
恭和御製净慈寺元韻 ……………（四五〇）
恭和御製題敷文書院元韻 ………（四五〇）
恭和御製西湖晴泛元韻 …………（四五〇）
恭和御製題小有天園元韻 ………（四五〇）
恭和御製雲林寺二十韻元韻 ……（四五一）
恭和御製渡錢塘江元韻 …………（四五一）
恭和御製禹廟覽古元韻 …………（四五一）
恭和御製蘭亭即事元韻 …………（四五二）
恭和御製自紹興一日渡江至聖
因寺行宮元韻 ……………………（四五二）
恭和御製登北高峰極頂元韻 ……（四五二）
恭和御製觀採茶作歌元韻 ………（四五三）
恭和御製湖月元韻 ………………（四五三）

香樹齋詩集卷十八

聖主南巡頌有序……………………（四五五）
恭和御製閱杭州旗兵元韻 ………（四五九）
恭和御製聞河南得雨志喜元韻 …（四五九）
恭和御製經嘉興問蠶事未興因
而有作元韻 ………………………（四六〇）
恭和御製仿惠山聽松菴製竹爐
成詩以詠之元韻 …………………（四六〇）
恭和御製迴鑾至蘇州駐蹕元韻 …（四六〇）
恭依御製和沈德潛山居雜詠十

首元韻……………………（四六一）
恭和御製聞京師得雨志喜元韻…（四六二）
恭和御製江寧駐蹕恭依皇祖詩
韻……………………………（四六二）
恭和御製謁明太祖陵元韻……（四六三）
奉命祭卞忠貞公祠祀畢步至墓
下觀顔平原所書碑恭紀……（四六三）
恭和御製報恩寺六韻元韻……（四六三）
恭和御製登報恩塔作歌元韻…（四六四）
恭和御製靈谷寺六韻元韻……（四六四）
恭和御製題太平箭元韻………（四六四）
恭和御製閱兵元韻……………（四六四）
恭和御製登雞鳴山即事元韻…（四六五）
恭和御製寶華山慧居寺元韻…（四六五）
恭和御製長江夕照歌元韻……（四六五）
三月廿九夜陪高東軒相公汪謹
堂少師執事金山寺時上駐蹕
金山遂止宿東軒直廬用東坡
自金山放船至焦山韻………（四六六）
恭和御製洪澤湖元韻…………（四六六）
恭和御製觀打魚元韻…………（四六七）
恭和御製閱豆班集堤工元韻…（四六七）
恭和御製過宿遷元韻…………（四六七）
恭和御製登陸元韻……………（四六八）
恭和御製桃源耕者元韻………（四六八）
恭和御製入山東境元韻………（四六八）
恭和御製渡沂水元韻…………（四六九）
恭和御製賦得麥浪元韻………（四六九）
恭和御製過泰山作歌元韻……（四六九）
恭和御製謁岱廟元韻…………（四七〇）
恭和御製渡運河即事元韻……（四七〇）
恭和御製迴鑾趙北口駐蹕元韻…（四七〇）

恭和御製恭奉皇太后南巡迴鑾之作元韻 ……（四七〇）
恭和御製午日奉皇太后圓明園觀競渡元韻 ……（四七一）
恭和御製靈巘積翠元韻 ……（四七一）
次黄崑圃先生庚午十月六日集新孝廉舉同年會用王文恭癸卯公宴詩韻 ……（四七一）
秋日病起李廉衣編修戈芥舟庶常汪康古孝廉家坤一鴻博集香樹齋小飲汝誠汝恭侍坐分韻得啗字 ……（四七二）
附和詩 汪由敦 ……（四七二）
秋杪遇遊萬柳堂感舊 ……（四七三）
秋村晚眺 ……（四七三）
味經少司寇屬題碧山吟社圖 ……（四七三）
後序 ……（四七五）

序

江左詩人，予爲作序者甚夥，而拙集所存寥寥。一則以人之未足重，一則以詩之無可傳也。或詰予曰：『雲卿、延清之屬，其人何若，其詩曷嘗不傳？王籍《入若耶溪》，片什亦傳，崔信明「楓落吴江冷」單句亦傳，何必斤斤去取爲？』予應之曰：『人有功德者，何必立言？如以言，其可傳者亦多，何必韻語？若詩可而人否，世自有傳之者，何必予爲之揚波？惟人與詩兩可，則予序固將藉之流傳耳。』同年友錢君主敬，其人不凡，即予同譜中，亦屬傑出。其詩不朽，在吾黨同學中，未見有先之者也。君以甲午舉順天，至辛丑偕予成進士，入史館，應制鴻文，一時莫與抗手，非獨以韻語擅場也。君嘗自言：『我詩五言第一，諸體次之。』契闊者十餘年，益信斯言之不妄也已。先聖經解云：『温柔敦厚，詩教也。』嘗持此説以觀唐賢詩，尚不可多得，何況宋元以下？今乃得之於君，蓋作者自有其根柢，觀者亦別具有賞識焉。當其弱冠里居，孝親友弟，睦婣族戚，所謂仁義之人，其言藹如者也。及乎壯歲登朝，忠於君，信於友，志在行道濟時，兼利民物，則猶少陵之許身稷契，而昌黎之洞視萬古、愍惜當時者也。且夫情隨境遷，賢者不免，以杜詩之雄壯，不能不悲歌于同谷，以韓詩之奇闢，亦且感歎夫藍關。君由講官僕直內廷，遭逢盛際，喜起賡歌，詩之中正和平，固其所也。乃至奉使邊徼，戎馬倥偬，雪山瀚海之區，嚴寒墮指，懸釜絶炊，極羈旅之坎坷。而發爲詩歌，從無悲涼激楚之音，非由德性堅定，有不爲外境所摇奪者歟。乙卯、丙辰之交，視學畿輔，不徒甄拔孤寒，大正文風，廣勵士行，兼舉鴻博之材，以應制科，贊助聖朝，菁莪雅化。宜乎海内傾心，不啻瞻泰山而仰北斗矣。迨讀禮言旋，鶴阡手築，以祥琴之餘暇，自定《香樹齋詩集》若干卷。將付剟工，俾予作序。予言不足重君詩，而君詩適足傳予序。爰揭温柔敦厚之微旨，以爲溯源洙泗，自可兼括兩漢三唐，而樹詩林之標準。若夫立格之高，取材之博，用意之雋永，選辭之雅潔，他人所挾以自豪者，就君詩視之，不過一鱗片甲，而非神龍所護之珠，予固未敢舉以贊誦矣。乾隆戊午夏六月，當湖年弟陸奎勳序。

序

少司寇柘南錢先生，以所著《香樹齋詩初集》若干卷授剞劂。由奉教日久，嘗屬爲之序。刻垂成，趣序益亟。爲歷數先世遺集，序之皆當代名人，由敦益惶恐謝，而先生敦索不已。當康熙丁酉，由敦初至京師，先生以五經名孝廉噪都下，議論飈舉，奕奕如神仙中人。雍正甲辰，由敦選庶吉士，先生已前三年入館，從修後進禮。迨僦居比舍，時時過從益密。後同官春坊，同侍起居注。由敦荷今皇帝簡直内廷，先生亦已先入直。至今十餘年，晨夕同出入。又同事秋官，六寒暑間，得叩涉端緒。先生早歲稱詩時，海内二三鉅公，以唐音宋調，樹壇坫赤幟，先生天才踔厲，杼軸不名一家，顧選言命章，往往凌轢三謝、江、鮑，吐屬名雋，風力遒上，無一語蹈時蹊。中年遭逢盛遇，敭歷中外。持節所至，若宣諭陝右，度關隴，絶並塞荒徼，衡校湖沅，視學畿輔，再典江右鄉試。公餘游覽紀行，抒懷贈答，篇什益富，汪洋渾浩，不可端倪。如宿將御百萬師，衡軸鳥蛇，奇正莫測，不事古兵法，而神明自合。又如長江波濤，喬嶽雲雨，起伏變滅，觀者目炫神悚。每直廬輯集，公私題詠，多出譚笑之餘，屬草未竟，輒争就攫觀，造語必創獲出意表。禁中曲讌，給筆札聯句，人占名不過二三韻，由敦嘗並案，見先生伸紙預拈强韻，排警句，比散，未出者率數倍。今春扈從南巡，迴蹕登金山，奉命偕節相高公詳定試卷。夜半竣事，由敦急索舟渡江，而先生赴高公約，即事用東坡潭字韻成長篇，詰朝書素卷見示。居恒酬應，坌集縑楮，充几榻中，夜爇燭呵凍，雨汗不自已。而其他嗜好，亦未能悉屏，先生處之沛然，嘗自詫連數夕達旦，未嘗有倦意。論者亦以是推先生天才，而先生殊異絶人，顧不在此。比定詩集，及門士或效忠爲争友，删削至十二三不止，先生竟割愛從之，其通懷下善又如此。間竊論先生於詩，興會佳，師法古，性情摯，效之者盡力奔逐，不能得一二。竊惰如由敦，日以先生自箴砭，迄如駑足之追天驥。用敘述平生所企慕弗逮者弁之，庶讀者有以得先生之真。時乾隆十有六年八月既望，同館後學汪由敦序。

序

柘南先生既刻《香樹齋詩集》成，寄一編眎予。予方以校試事，由錢唐至金華，舟中讀之，凡三日，既竟復讀，不自休。乃掩卷而歎曰：予追隨先生於直次且十年，見先生酬應百忙，嗜古成癖，苦吟不休。而不知先生根柢深厚，含孕百家若此其至也。其取材之浩博，如觀滄海，入珠宮，珍貝陸離，爛然奪目。其使筆之沉著，如巨靈擘山，獅子搏象，神斤妙運，動以全力。其摹寫景物，則山水煙雲，花鳥變態，盡入鈞陶，而無雕鏤之迹。謂是學韓、蘇而得其神髓者，至于緣情綺靡似竹枝，一唱三歎似樂府，則又尋流溯源，直追騷雅之遺矣。緬惟先生遭際聖朝，歷踐卿貳，出則掌文衡，視學京畿，奉使於楚，于陝，于江右，足迹幾半天下。入則珥筆禁廷，翔步花磚，每有賡和，輒蒙睿賞。扈從塞外、山左、江南之作，意愜語警，尤以險韻見長，非有倍萬人之才者，能之乎？況乎天性過人，明發有懷，情見乎詞。其他懷弟、訓子、憶友之什，意思深長，綽有風人之致焉。嗚呼！觀止矣。昔杜子美言詩『語不驚人死不休』，韓退之言詩『横空盤硬語，妥帖力排奡』，而白傅期于老嫗都解，張子厚云『致心平易始知詩』，陸務觀云『詩到無人愛處工』。諸賢持論，若枘鑿不相入，而揔歸于兩是。今之詩家，患在空疏淺薄，皆由嚴儀卿『詩有别才，匪關學』一語啟之，天下豈有學力未充，而可與言詩者哉！先生于學博綜瀏覽，上自漢、魏、盛唐，下至宋、元、明諸大家，靡不出入其間。所以掉鞅詞壇，迥超凡近也歟。豐自幼學爲詩，竊喜踐迹春明，得步先生之後塵。邇者再攬星軺，過長水之區，訪由拳之蹟。本朝文苑，若朱竹垞、彭羨門、高江村、曹倦圃諸公，皆著作斐然，而竹垞爲最。今先生輝映後先，堪與之伯仲無疑也，豐又何能已于序言歟？長洲館侍彭啟豐拜撰。

香樹齋詩集卷一

感遇十二首用張曲江韻

纖絺御當夏，涼風弄明潔。林鳥相鳴飛，坐令失佳節。名花如美人，無言自怡悦。感兹遲暮心，未忍輕一折。

日景静虚晝，草木含孤清。顧吾亦何得，獨坐終移情。飛沉理所適，造化乘至精。誰能見此意，吾亦感吾誠。

弱水不可楫，扶桑高無枝。獨立窮縹緲，遐想終何爲。人生多勝慮，所即常如斯。分安力可赴，莫若吾自知。豈學亡羊者，終身悲路歧。

曩者窮幽遐，曾與畸人見。誰知隔形骸，終此異鄉縣。安得毛羽生，相從非空羨。舉手謝流輩，幸勿驚怪變。

春條無寒榮，東海豈西流。人生各有與，安能外朋儔。衆知非所尚，幽秉慕前修。努力在中道，此意何悠悠。

高雲有時出，好鳥復辭林。而我獨何爲，空懷雲鳥心。江魚亦何肥，江水亦可深。中流失短楫，浩淼不可尋。坐令端居士，日暮感寸陰。

林月上清暉，虛堂聞歎息。美人守空簾，春風移顏色。何如九疑仙，雲煙垂兩翼。往來一氣中，誰與爲服食。

觀居卧滄海，夕川氣溶溶。遠意不可極，神物實所鍾。微珍表草木，積靈發蛟龍。寂寞會元化，仰俛感心胸。安得飯牛人，一笑聊相從。

張樂御雜縣，三日不一顧。偶然違舊林，曾雲隔海樹。雖無矰弋加，而此實所懼。萬物皆有托，豈能易好惡。畢志無歧趨，於焉終吾慕。

佳人在南國，内美復信修。思之日將夕，延佇何悠悠。雙魚隨波去，但見空煙浮。群動各有適，而我獨淹留。

雙鳥辭故林，欲歸歸未得。弋者傷其雌，孤雄垂兩翼。美人不可見，芳樹成相憶。勉强受春風，繁花少顏色。況此離憂人，對之情何極。悠然罷琴書，寂寞聞太息。

高樓吹玉篴，動我故園思。秋風厲衆草，華露發芳蕤。物候易爲感，榮悴何足悲。平生獨往意，欲語更共誰。少壯成虛擲，駕駟其焉追。微音一相契，如與夙昔期。期君不可致，幽夢何遲遲。惟餘千里月，夜夜照簾帷。

春日言懷

古縣華亭外，橫山邏水邊。舊宮仍一畝，拙計復經年。潑甕鵝兒酒，緣溪燕尾船。村墟猶宛在，鄰舍已蕭然。但覺艱難慣，時驚歲序遷。心情娱草木，問訊有詩篇。翠竹依垣直，黄柑隱葉圓。薄寒分繭日，小暖采茶天。風俗惟知儉，陰晴亦偶偏。蛇迴盤遠徑，虹勢起平川。農具家家足，天燈夜夜懸。風狂飛柳絮，月白簸榆錢。飄泊多如此，浮沉太可憐。畦分如布局，溝響似鳴泉。牕紙蜂能破，簾花燕欲穿。灌園童僕課，餉榼野人肩。僧熟呼爲友，官閑笑備員。耕耘勞任力，藜藿飽隨緣。此意誰憐惜，吾行自穩便。一從違夙昔，有夢入雲煙。照耀金鋪側，依稀玉犬前。俄聞升月窟，但見引群仙。麟脯調初錫，霓裳曲盡傳。無由叫閶闔，獨立淚潺湲。醉污將軍席，狂驚公子筵。清詞回律吕，霜筆奪鷹鸇。罪過如聞譴，虚空冀少悛。檢身惟悔悟，斂鍔在戈鋋。大道原歸一，初基豈達權。外形終自得，碍物便拘攣。始覺謙能益，因知忿可蠲。扣盤同捫籥，夢泣且從畋。不歷人情幻，誰參物理全。寸心良有以，至論不須宣。莊叟論齊物，揚雲擬草玄。欲浮汝墳宅，未買洛陽田。風物三津合，波濤少海連。飴鹽霜路白，鮭菜網餘鮮。詞客曾携屐，佳人或扣舷。遺聲飄絳雪，流韻灑華箋。豪素情逾愜，歡娱興屢牽。豈惟遺岑寂，直欲慰迍邅。況有隱淪輩，都將城府捐。有時言燕燕，或感涕漣漣。得意論揚搉，如黽合澠瀍。門多新漲水，地有未開阡。春菜常盈把，春犁試一鞭。唫風聆細細，弄月愛娟娟。晚浴城壕馬，晴喧池柳蟬。逕荒猶種菊，衣薄未裝綿。供客無兼味，傳家有舊氊。依人供祿米，讓婦賣花鈿。惒跡經三載，栖心托數椽。碧深春岸草，紅坼野塘蓮。激楚工垂手，偃師戲弄拳。爲矜五侯鱠，多賤廣文饘。翠袖移蘭楫，蠻靴躍錦韉。去時塵滾滾，别後水涓涓。賣解孤城外，招巫古廟壖。意錢肩擔博，鷹架臂韝纏。此地承平久，由來風物妍。迹因迷去住，腸每覺迴旋。分已辭霄漢，仙猶美偓佺。有心窺秘景，無術問高褰。嘲笑憐桃核，飛騰謝木鳶。守雌違衆尚，祛妄懺前愆。妙道寧能喻，靈根不受鐫。是流終脉脉，爲草必芊芊。自亮操能固，何愁質尚孱。豈堪抛玉尺，徒手學衡詮。

玉紅草堂秋花

叢桂已飄雪，逕菊猶自秘。爽氣發階除，秋花韞深媚。妠嫋呈芳姿，涼風吹薜荔。移栽寒玉甃，稍稍得位置。或奪刑猩脣，或亂鸚鵡翠。舞若雙鳳翅，墜若明璫珥。分如并剪裁，冰薄綴蟬翅。萃如織罽成，燦爛初出笥。豔若嫁姬姜，臨妝展雲帔。淡若西施愁，含顰感顣頞。悠然轉側間，比並窮擬儗。主人情更深，對此心已醉。在御歡晨夕，奇寵埒近嬖。蝶輕晚更多，蜂繁暖偏致。蟋蟀鳴前墀，空庭喜無事。幽獨誰與諧，孤清一況示。詩成花不語，默然會此意。

題丁南村置身邱壑圖

丁子讀書淡塵慮，居然庚桑巢畏壘。尋常邱壑不挂眼，欲與巨靈攫勝概。空山澒洞落寒碧，幽澗無人聞謦欬。懸崖緑草迴春姿，風生元窅送晻曖。回看人境厭喧卑，放聲長嘯隘大塊。吁嗟群嬉多攘攘，争都陽明如引隊。終古重溟蹇巄間，狐跳鬼啼白日晦。爾今獨往恣冥搜，王喬應真契幽昧。索我題詩酌我酒，我能爲爾發清裁。詩成願語圖中人，此志慎勿中道刻。雷奔電掣日輪疾，人生壯盛不可再。我亦行將挾金策，朝餐清風夕沆瀣。

別　席

文酒傾心憶昔時，狂來楊孔只呼兒。同車紫陌曾分果，拂袖紅箋共賦詩。息羽倦飛遲北溟，勝遊往跡數南皮。元瑜公幹才都盡，那得陳思不淚垂。

秋日過龍山人草堂用東坡過雲龍山人韻

乘興訪小隱，及兹秋容好。不見幽人迎，恍如詣安道。是時天氣清，陳市盛梨棗。閉門白日長，但聞閒禽噪。地僻無人過，荒徑不曾掃。要知静者心，卜築多草草。花頭雨後繁，籬腳風前倒。苦學斷尾鷄，庶幾天可保。修詞源不窮，浴德身自澡。一卷玉紅詩，菟裘欲終老。晴陰問漁樵，家常話村媪。魚眼茶鑪沸，鴨頭清厨芼。引睡一牀書，古人見懷抱。余亦山中人，濯纓苦不早。新涼動襟袖，坐揖霜月皓。此際無賞音，微吟自慰勞。

讀司馬長卿傳

束髮拜常侍，十年不得遷。孝景薄詞賦，藩室方下賢。何況鄒枚侶，遊説多資援。一朝因病免，去志良已堅。同舍有諸子，高館列華筵。撰述陳奥旨，疑義得所詮。賦成欲投筆，千載重瑶篇。

賢王風已逝，遊宦久不遂。一官既落拓，欲處不擇地。厚禄有故人，委曲聊況示。過從舍都亭，禮數亦頗備。餬口雖細故，重爲邑宰累。豪富伺當塗，程卓時倒屣。恭敬信云謬，王吉誠解事。

高酣盡傾座，賢令肅趨蹌。辭謝復前奏，爲鼓一再行。佳人托知音，黯焉感中傷。近前羞對面，起徙斂羅裳。車騎既閑雅，況此盛文章。賤妾悲離鸞，上客羈孤凰。願言結孳尾，飛去南山陽。

才子方倦遊，多不事規矩。彼美結同心，玩世托慢侮。恥從昆弟貸，甘與傭保伍。春風飄滿旗，柳暗迷花塢。上客呼進酒，嘉蔬列萸蒟。販糖與賣餅，混迹何足數。三復自敘傳，一洗拘儒腐。

孝武事窮遠，闢土通沫若。持節漢使來，所過多驚愕。四乘達成都，除道忞陵轢。連雲列前驅，利弩明鋒鍔。門下獻牛酒，停車各酬酢。笑指舊酒壚，往事誠戲謔。

中秋對月

清魄平分分外圓，空階獨立對嬋娟。香凝鳳腦成千縷，拍按霓裳第一絃。雲氣遠含銀漢碧，水紋寒浥露華鮮。夜來儘有淒涼夢，莫向瓊樓高處傳。

題寒塞圖

高城鬱寒色，素練起霜風。月印飛沙白，楓連野燒紅。砧聲殘夢裏，雁影亂山中。莫謾愁邊苦，終成衛霍功。

春　夜

春夜未成寐，閒庭獨立時。風恬花舞緩，雲散月行遲。幽意忽不樂，芳心將共誰。由來當此際，無處不相思。

新燕

花外歸來帶晚暉，雙雙猶自故飛飛。薄寒低幕輕陰裏，小語東風蹴一圍。當年畫棟記偏真，芳樹含情惜晚春。解事喃喃如欲問，倚闌不是舊時人。

題柳四十韻

河流冰解陽和動，甲坼膏深霢霂霑。荑向春風偏獨受，茂資沃土亦須占。化工隱隱初移候，幾處青青便壓檐。來夢舊袍和汁染，入宮新樣鬭腰纖。輕依翠幕陰宜錸，斜掠紅樓勢欲阽。疏處漁舟停碧渚，深時酒肆失青帘。凝妝少婦樓頭見，遠役勞人馬首瞻。官道鳥啼花寂寂，深閨人去晝厭厭。枝催別席曾翻曲，絮落他時似撒鹽。濯濯王恭姿可擬，飄飄張緒態能兼。綺牕閑倚陰初密，金殿新封色更添。再入中書題識在，重來司馬淚痕漸。魯賢號邑傳貞白，漢將名營見整嚴。葉或成書呈瑞讖，質因先隕比衰髯。風裁輕試并刀利，煙籠低侵嵇竈黔。地識青浮誇孝緒，春迴栗里憶陶潛。武昌堤外謳歌遍，歸化城邊歲月淹。渤海内遷知獨盛，匡時外謫孰趨炎。風歌樊圃含譏刺，雅興鳴蜩怨佞憸。唤急聲藏泥活活，飛遲栖共鳥鶼鶼。影移薄暮深妝閣，晴拂游絲繞鏡奩。每到垂時思効順，更於低處欲鳴謙。纔經驪唱腸先斷，少借東風意亦廉。杏粥村中寒未歇，餳簫聲裏氣俱甜。唫傳謝女因風起，鞭趁王孫任手拈。絲亂倩誰裁作錦，線長好擬織成縑。輕陰小展眠初穩，驟暖頻開浪更恬。野外半犁煙淡蕩，溪前一抹雨䨠䨴。易添羌笛淒涼怨，爲近章臺薄倖嫌。低拂春星長似帶，欹連新月利於鐮。遠迷俠騎流金彈，静擁書堂鎖玉籤。翻巷已侵苔逕輭，通池還有水花黏。熏蘭燈炧掩濃暈，油壁車遲襯薄幨。懶試草華閒禁籞，愁生隋苑暗珠簾。眼凝花淚啼多濕，眉壓峰痕黛更尖。麴動紫塵纔細細，風吹白帢亦襜襜。早鶯撼曉能藏影，驕馬嘶春正脱拑。斜擬迴身呈舞袖，攀憐別韻動蜚纖。愁深客舍羈關塞，夢到鄉園舊里閭。賀老風流誇絶調，詩成誰復下針砭？

偶　題

秦時封禪漢齋房，燐草豐碑鎖夕陽。獨有遺民餘校尉，見人猶自説興亡。
步虚聲裏斗初迴，懺盡塵根得得來。聞道連宵聽説法，講堂誰數茂先才。

河豚次悔亭韻

吟成北宋誇雙絶，東坡、聖俞皆有詩。乳號西施鱠作鯖。已遺餘聲長水族，每從知味博佳名。晚隨細雨吹波浪，暖帶腥風上市城。付與春厨須好手，莫依坡老説輕生。

晚春遊尹兒灣途中口號

緩策城西去，春風一徑斜。緑深郊外寺，紅落雨餘花。細浪溪頻轉，輕帆柳半遮。相期有之子，遲暮漫興嗟。

得家嚴見示詩并述眠食一二敬步一首

卅年投轄苦留賓，小技文章自有神。花向胡僧曾乞種，酒攜社叟便呼鄰。長貧未厭青氊舊，老健難禁白髮新。風物園林誰管領，最憐六十二三人。

得舍弟札云于昨歲臘月舉子喜示一首

憐余十載客，摇落感悲辛。故壘驚風墮，新雛入夢頻。麒麟應有種，抱送屬何人。最憶含飴處，温然一室春。

寒食雜感三首

漠漠春郊暮氣沉，每逢此日感微吟。風塵未染初時服，節序偏催故國心。桃綴小紅然似火，柳含淺緑嫩于金。新來社燕如相識，幾度窺簾送好音。

碧天雲影弄輕陰，風物多堪入短吟。楊柳只知縈别恨，杜鵑空自托春心。縞衣隊裏人如玉，油壁車中鈿是金。細雨西陵歸路晚，東風送盡管絃音。

輕陰斜日正沉沉，越客孤懷動晚吟。陵寢十三狐兔跡，春光八九燕鶯心。魂銷碧燐依芳草，夢繞空堂鎖欝金。步屧歸來隄外路，荒原樵牧有餘音。

送陸心臣歸吴門三首

菜花黄後河豚上，梅子青時野蕨肥。天意特教三月閏，故遲風物待君歸。

寒食初過春未遲，女娘祠畔動歸思。餳簫杏粥村村是，最愛停車小立時。

木蘭舟上酒初巡，野墅花村泥晚春。白紵歌翻紅袖舞，百分船送乍歸人。

初夏艤舟葛沽偶步野寺聯句

挂席欲觀海，江干蹔弭枻。恢台夏日長，佟鉉闃寂蕭寺閉。即此釋塵踪，錢陳群於焉醒夢囈。科頭傲古佛，鉉煩慮棒殘偈。潮平漲餘腥，陳群雲薄翳午霽。舉網躍銀刀，鉉趁晴晒雪鱀。樹色極天末，陳群水光吞野際。遥情静入禪，鉉妙義空參諦。機忘禽不驚，陳群性覺物堪貰。大地着爾我，鉉浮生本疣贅。煙景幻文章，陳群桑麻約身世。飄飄風襲衣，鉉反反草侵袂。麥晴浪初匀，陳群秧密針尚細。何必桃源遊，鉉始適漁父計。俗淳村自稠，陳群才拙匏可繫。嗟哉俛仰間，鉉閲兹優游歲。禮法依三古，陳群精髓馳六藝。耻爲俗士知，鉉動合王者制。神旺悲澤鷄，陳群刑污笑貪彘。起滅争刹那，鉉拘墟總沾滯。抱甕老漢陰，陳群樂魚味莊惠。蟣蠓與蜉蝣，鉉聚散成殀殪。雲氣沉大荒，陳群濤聲激西澨。胸襟瀉萬頃，鉉耳目净一切。川流積晝夜，陳群槖籥有渟洩。於道日已完，鉉守躬云未逮。執雌物莫踰，陳群任剛質先敝。靈淵處默貞，鉉理窟窮奥詣。小知徒斤斤，陳群迂談何泥泥。罔兩嗤牟尼，鉉嫦娥羞后羿。獨見枉是非，陳群盜名劇垂戾。與君偕自然，鉉忘言得微契。澄照悟根夙，陳群素交歡砥礪。無將冰柏心，鉉苦逐炎涼勢。群動過眼紛，陳群華年惜波逝。臨眺散羈愁，鉉步屧忘倦勩。海門遠棹歸，陳群溪口明霞繼。隔林五兩招，鉉印泥雙屐蹶。響亂沸蛙蚓，陳群香觸烹蝌鱖。樽酒聊共斟，鉉前津會同濟。深淺各有宜，因時善厲揭。陳群

胡山人指頭墨梅歌

胡生畫梅師元章，指頭更比毛錐强。濃拖淡抹枝欲動，須臾萬朵浮寒香。家近西溪恣磅礴，雪後孤山多色澤。心追目運手畫肚，夜半東風落晴壑。興酣寫出江南春，千枝萬枝皆傳神。不將顔色悦俗眼，要使清氣留乾坤。

午日同人泛舟海神廟因飲于郭氏園亭紀遊三首

岸闊危樓迴，争傳賽海神。癡邪一巫語，感動幾村人。地豈同湘俗，民猶與鬼親。夾堤芳草路，頃刻踏爲塵。

鄰舟雙槳急，笑面似相迎。帬屐依林净，笙歌帶水明。名園遲落日，葆羽隔重城。不覺熏風外，閒雲向晚生。

洽侶忘機者，滄洲在目前。風高無住鳥，潮長有歸船。人隔煙波裏，村深緑樹邊。追歡餘興在，此會復明年。

螘陣聯句

餘酣猶未醒，一夢入槐根。盛晉 白墮銷春骨，玄駒引醉魂。裘璉 欲陰看礎潤，驟暖覺襟煩。錢陳群 穴處知天候，群居荷地恩。晉 微腥聊自慕，異族各稱尊。陳群 蠻觸誰强弱，君臣計并吞。晉 雄心殊渺渺，壯志亦軒軒。陳群 野戰豈家國，遠謀庇子孫。璉 令嚴排錯落，仗整絶讙喧。陳群 更迭分雙翼，縱横開入門。璉 藏深依古砌，用間伏枯眢。已下三十句皆陳群續。 轍亂沉蛙鼓，飲旋浮土樽。朽薪驚草木，敗羸給壺飧。地利泥初坼，天時雨未昏。芥舟争渡北，雲勢忽追奔。蹂躪已云極，功勳莫漫論。受降輸版隸，請救尚資援。列隊如繩直，飛馳擬紅痕。攻瑕先鋭利，守壁重屏藩。土壤新封據，和親舊媾婚。所争止纖細，搆怨失寒暄。嗟爾於區宇，如沙著溟鯤。浮生托造物，一粟見崑崙。致死多緣欲，忘亡孰與存。由來秦漢代，戰哭有乾坤。

秋村六首

築　場

黄雲覆邱壠，禾稼初登場。及兹晴色佳，一理遥外荒。礫确務盡去，鏡面起中央。由來西成候，未弛東作忙。明當駕碌碡，勿使牛力傷。

編　籬

門户有鎖鑰，村落資藩籬。涼露摧葭茁，晴課編茅茨。周遭見縱横，麂眼多參差。疏愛叢菊補，短任檐陰垂。晚圃利灌溉，别逕聊通池。

割　菜

平生慕淡泊，嘉蔬情頗耐。連畦藝已豐，灌溉功亦倍。霜芽一鋤熟，肥脆迎刀碎。物生以類搎，雜處豈惟菜。所以杜陵老，興刺苦苣輩。

打　豆

北地田苦潦，麥收還種豆。力勤歲兩熟，不在禾黍後。株株抱日乾，粒粒迎風瘦。如走大小珠，迸落勢頗驟。安得半菽飽，永言終吾壽。

除　架

得魚自忘筍，蔓落已除架。斷壺垂其上，冷蛩怨其下。物蒙難自立，援引感資藉。束置且勿用，陳材未盈把。明年濃陰時，復此消長夏。

授　衣

村女無遠志，自浣架上衣。溪外逢少婦，但見雙淚揮。問婦何所思，夢傍邊城飛。陰山八月雪，漢將方合圍。何因寄刀尺，夫壻猶未歸。

題採藥圖

濕翠沾衣細雨催，空山事事盡幽哉。世人未解用無用，君意欲居才不才。果熟秋林和露摘，藥分仙種倚雲栽。他年我亦隨行脚，許共長鑱托命來。

晚秋溪圃野眺聯句

結廬遠喧卑，隱跡歲將紀。高睇邈俗情，錢陳群野卧愜幽旨。雖無負郭田，佟鉉亦有臨門水。漁唱晴更多，陳群砧聲冷逾起。鄰浣憶吾衣，鉉網鮮供客匕。帆影暗庭樹，陳群波光動牕紙。籬菊鑄新黄，鉉坡蓼綴餘紫。鴻陣迴圓沙，陳群燕泥虚故壘。蒹葭懷遠人，鉉遲暮感彼美。力穡勤蓋藏，陳群爲園藉栖止。妻孥貧不厭，鉉比閭洽可以。穀升雜書琴，陳群賓至飭簠簋。瓦釜烹鷄蘇，鉉形鹽下馬齒。嘲鴨習能言，陳群狎鷗盟可指。侶我素心交，鉉玩兹閒居理。雲霽凈空碧，陳群霜明湛沉滓。澄泓堪鑒容，鉉幽貞足考履。薙草逕步寬，陳群決渠畦脉駛。芋落葉填巷，鉉瓜斷蔓垂庳。慣勩常運甓，陳群荒業倦書柹。敢偷四體勤，鉉終切三農倚。糟牀需新秔，陳群竹簏隱敗綺。報歲迎村巫，鉉薦新肅家祀。餉兒豐梨棗，陳群媚婦貸簪珥。免俗誠未能，鉉浮生聊復爾。迤邐越陌阡，陳群徘徊傍荆杞。萋萋蒿里琴，鉉漠漠潢汙坻。鷹疾奮攫拏，陳群豕涉亂清泚。青蟲寒不唫，鉉短蛇枯欲死。物情多脆促，陳群天道任成毁。憑弔曰來歸，鉉緬矚一遥跂。門臨官道傍，陳群棲隱孤村裏。隔岸閃金戈，鉉鳴礮驟鞭弭。小隊列郊坰，陳群元戎鎮邊鄙。即今講武臺，鉉自昔屠狗市。霜電耀繽紛，陳群旗旌光旖旎。承平戰不忘，鉉專座恩獨恃。紅顔歌舞人，陳群白眼豪俠士。胸中藏甲兵，鉉腕底藴經史。贈答慕回路，陳群歡愛欽蘇李。高咏激哀商，鉉微音中清徵。企道絶浮嗜，陳群潛光安衆耻。超然禽向儔，鉉庶乎慶惠似。卻妄夢無營，陳群視内身可委。精爽與天游，鉉動息爲化使。中情懷枌榆，陳群變性豈橘枳。泉石痼已深，鉉疏懶病方始。杜老憶同谷，陳群庚桑僑畏壘。勿令猿鶴嗤，鉉終遂漁樵喜。富貴苟非道，一笑遺敝屣。陳群

馮明府夘如有官關中三年矣昨遺製罽二種云自朔方郡所得來札況示頗及軍中情狀知小醜將授首矣喜而有作

故人官秦曲陽裔，秋來遺我雙織成。一如素練卷霜雪，輭皴白氎駝毛輕。其一鴉青奪羽色，從縹返窺中微赬。可憐尺素來千里，開緘淅淅風沙鳴。書中未言相思字，但訴煩劇心怦怦。昨年匹馬入關去，正值大軍事西征。案前簿領方撥遣，郵卒馳報來官兵。羽隨一鴈度寒塞，雲逐萬馬臨長城。曾冰踏蹴汗駝背，石路流水聞輷輷。一行作吏但負弩，垢面急出郊坰迎。憶昔小醜初肆虐，六龍時御天子行。鼎魚穴蟻苦奔竄，血路頃刻窮孤麖。啣枚夜發西涼道，獲醜未及熟晨羹。邊民豈識神武事，但覺不廢春時耕。渠魁已殄衆悉遣，碑版封識鯢與鯨。白楊黄蒿暗古道，陰風颯颯飛鼯鼪。即今餘孽亦易與，奈何歷歲猶未平。聞説伊吾老酋長，突騎助順葵欲傾。況復老將簡充國，出師煌煌頗有名。朔風夜吹寶刀凍，天山月落星斗横。輪臺城頭雪三丈，都護鐵衣如雪明。由來此物稱獸合，未可深入當其攖。時議屯田就水草，散布要害聯行營。古稱邊將在久任，擇良撫字侔父兄。我聞其言心欲動，拔劍起舞聲錚

我有短褐縫大布，日高睡足形神清。安得樓蘭速斬送，九重閶闔陳韶韺。太平無事日歌詠，長官勤職安民泯。君門尺五萬里隔，何由一請中軍纓。故人憐我貧無賴，殷勤遠送惠亦宏。

和吳丈溟南留别原韻

愛讀南華秋水篇，相攜常伴枕函邊。黄鷄白酒能留客，細雨斜風好放船。待訪蘋洲尋舊約，重搴芳草是何年。樽前欲别柴桑老，招隱書成一惘然。

東溟山人乞酒圖

黄鷄啄黍翻酒旗，藍髿十五當壚姬。糟牀滿注盛鴟夷，乳花欲潑香風吹。門迎渌水臨官渡，里中俠客通朝暮。一盞新羅一笑斟，寶鈿金丸落無數。東溟山人何老醜，持瓢倔强來乞酒。頭蓬面垢眼光碧，膽氣已能吞數斗。藍橋之下瀨水邊，英雄失路多可憐。有酒在手且盡醉，須臾暮景浮蒼煙。回頭但見山色青，溪流曲曲如有情。拍手大笑歌一曲，響入空天振林木。一瓢乞得吾何耻，但得有求盡如此，一日一醉吾老矣。

哭婦翁俞檀溪先生用少陵哀汝陽韻

昨者歲在午，哭我閨中人。東風吹白骨，細草生三春。雙眼淚欲枯，奈何悲更頻。星躔移大野，漢廷失詞臣。疾疢需藥物，佽助倚交親。醫窮扁俞術，命殞風雪晨。昔憶抱經藝，獻書謁清塵。承恩冠多士，行役肅駪駪。漢中及巴蜀，踰跨唯一身。珥筆趍殿陛，柔翰何麟麟。而我屬秦聓，陪歡追蹄輪。問奇探鉛槧，義類日以新。忘憂嗜麴糵，邈俗遺金銀。箴規論密勿，稽首曾拜陳。召見賜顏色，嘉納荷皇仁。嗚臯有振羽，廣川無沉鱗。十載冰雪操，夙夜懷憂勤。一朝委榛莽，到門感朋賓。遺容想繐帳，殘書襍芳茵。翻讀絶筆文，涕淚揮衣巾。靈幃照短燭，明滅無精神。夜哭枚少妻，悲慟驚四鄰。啼號小兒女，似解父子倫。仁政先惸獨，皇皇感通津。匍匐敦古處，由來存縉紳。愧無黄門誄，詩成餘悲辛。

木威次韻

殷勤撥動小紅籤，顆顆珠琲綠玉纖。包匭寧辭南貢遠，封題早避朔風尖。齒牙初着休輕擲，茗椀諸香略并兼。堪笑土人無解味，春盤一例付青鹽。

紀南郭村舍事二絶句

十四沙彌太可憐，雙林月黑度金泉。由來寒女無榮慕，不獨貞元謝自然。
來亦如煙去似風，飄然鸞鶴失空中。雲堂霧館無消息，孟浪憑他青鳥通。

來禽

物候移時序，園林已晚春。奴看名作木，婆復號爲蘋。細雨花初展，薄陰香未勻。閒繙殘晉帖，此樹最宜人。

龍山人席上送吴丈溟南還苕上

衝炎入都十日住，得通半刺斜街路。歸來高卧津水濱，閉門愛讀閒居賦。三津水氣接百川，遠樹夕陽鎖煙霧。霜落高旻叫晚鴻，沙明淺岸迷歸鷺。上客停橈細雨時，吟箋十幅餘情愫。南鄰老人情更多，一生只有林壑痼。菊花欲殘秋欲老，對酒當歌百不顧。芳吹隨風飄玉屑，寒葩入夜凝珠露。人生相知重意氣，偶然一笑終成故。禽向原非廛俗儔，巢許本無廊廟具。我曹盡醉勿復辭，吟成餘響空堦度。

鴈聲

似解憐同調，長鳴意不孤。遠難勝斷續，哀更想勤劬。曉月有時有，霜林無處無。一聲天外落，秋思滿江湖。

爲陳緘菴侍講題西溪探春圖

春風二月吹城隅，薄陰天氣鳴鵓鴣。西溪梅花萬株發，繁英欲吐含明珠。皚皚暖霧暗山谷，幽尋曲徑多縈紆。風流逋老躅已往，春山寂寞形神枯。先生好古足高致，珊然裙屐携長鬚。咀嚼香韻入牙頰，點埃不遺侵肌膚。偶然一別梅花去，故園夢隔空踟躕。紅塵十丈踏不歇，此意坐令孤山孤。追隨曉漏得清暇，吟詩潑墨傳斯圖。何當歸作西溪主，朋侶會召高陽徒。芒鞋布韈忘檢束，急呼奚童進百壺。

津水早春詞

臘鼓聲欲動地翻，迎年兒女巷曲煩。石國花兒擅胡舞，朱毛火毯明華軒。商家少女嫁及時，妝成啼笑爭春温。殷勤餽遺道相望，連畛接陌無空村。我來此土兩閱歲，梅花夢斷西溪魂。閒騎老段遶河去，馬蹄踏蹴冰花痕。七十二沽水勢活，凍紋開處飛潺湲。平林晻曖歸欲暮，弄晴野鳥鳴高原。

春水詞

絶似裙腰十幅裁，小橋深處妾門開。東風慣作波濤勢，一夜郎船過不來。

周樂亭司馬弄鈸器行

紛然衆懸音易淆，就中更數金難調。漢隸樂府識遺制，小者爲鈸大者鐃。鼓聲鉦鉦不可止，遂使此義降其驕。周郎顧曲多風騷，雅弄得法神飄飄。華堂酒半動高興，促管繁絃流不定。周郎戒客勿復譁，我能爲爾發清聽。疾徐頓挫皆中節，檀板牙笙悉相應。小聲淅瀝如滴溜，大聲喳喳如獅吼。開如邢尹鏡出奩，欲照妝成勢相鬭。合如老蚌孕明珠，包含恐使晶光漏。有時欹斜縱虚擊，側落空飛如霹靂。有時中分翼勢成，如湧扶桑雙合璧。全神反復自摩盪，輕生因心不可狀。仙期束手懷智驚，小部梨園誰敢抗。十年作郡吳山主，苦學吳儂善吳語。姑蘇城外春正深，歌吹家家無處所。風流司馬皂蓋來，此器曾將傳治譜。而今跨馬遊津水，猶遺賓筵羨餘技。銅鞮唱罷幡綽老，淚濕青衫暗彈指。僚丸庖解各有師，況此中多闔闢理。我有新翻鐃曲詞，因風吹入長安市。新聲直欲寄諸軍，月落邊城壯士起。

爲蔡繡壑題秋冬射獵圖用昌黎劉生詩韻

生不願學阮與劉，妄想欲致神仙儔。惟願千里提劍遊，小隊簿領西涼州。涼州雪色滿山陬，狐啼虎嘯寒壑幽。從軍未厭十年留，第如滇池集江洲。明鋒利弩魚膈浮，毒氣殺草鷩潛虬。鎩翮廢足群嬉愁，鑾靴躍馬矜名流。危陂絶磴不可由，捲旗掩旆愁雲收。未敢一笑輕迴眸，軍中立信紅顔酬。豈肯娓娓私綢繆，寒雲蔽天輪臺秋。奇勳須縛單于頭，長揖爲謝東諸侯。拖豬作膏麋作羞，曼姬鬬捷争猿猴。我亦對此筆欲投，安能閉户攻文修。急抛殘書釋鋤耰，許作後勁圍三周。應弦踢趹如雨稠，没石飲羽矢力優。歸來一室且小休，持此意氣酬恩讐。

傾蓋亭

昔我游青徐，曾拜鮑子墓。是時薺麥濃，迴岡日欲暮。荒碑巋然存，高義神所護。樵牧遺荆棘，不敢竄狐兔。斯人不可期，停策有餘慕。兹來傾蓋亭，危橋尚可渡。至人無苟合，握手契情愫。豈必青山盟，自與白石固。傾蓋義取新，齊相念在故。紛紛意氣交，邂逅毋自誤。

香樹齋詩集卷二

五日泊舟吴門同弟峰作用昌黎秋懷十一首韻時余將北上話别敘情語無倫次

梅雨法百草，華滋自薿薿。我生習行役，策策殊未已。櫂歌晚更多，偏入離人耳。愁腸如迴環，無滅又何起。與爾本兄弟，意氣友生似。企道期冥心，壯盛不可恃。守理有獨知，妙各無殊軌。黽勉復黽勉，慎勿矜小喜。

與爾各壯盛，而我獨憔悴。感逝餘哀音，勞生役大地。世網多紛觸，任投何可恣。自笑耿介懷，仰俛與俗異。于道苟未充，我生安足貴。

弱冠事遠遊，意氣何淩淩。豈謂鴻鵠才，拘閡同秋蠅。秋蠅不可止，徒爲俗所憎。我懷惟耿耿，獨見標孤稜。靈羽自遠弋，潛鱗詎能罾。糟醨信可啜，齷齪吾未能。

華年無停流，志士得深警。文章浄浮滓，餘嗜雋亦永。矜新已成故，病懦方就猛。譬如汲華池，所恃萬丈綆。曾交老蒼輩，師資亦自幸。冥心企前修，罪悔庶以屏。

四海吾兄弟，短燭憐共影。雨止流螢出，微星呈冏冏。爾歸依枌榆，我行逐萍梗。何當振清鑣，皇路任馳騁。獨知豈終秘，願言畢所請。

履高貴視下，望明惟處暗。燭幽義自超，適旨理無憾。從來陽都宅，群嬉鬼所瞰。返聽音已微，太羹味自淡。舉世震紛葩，波瀾日以濫。蛙鳴翻池濱，狼藉亦云暫。急灘下孤櫂，飄泊不可纜。所以古哲人，至隱必推勘。相期在問學，豈憂石與甔。

爾子既離褓，爾婦亦閑好。人生有家室，自立苦不早。我甫育弱息，婉孌各相保。寸羽懷遠人，未用問榮槁。會合固有期，茲別何足道。

過莘縣作

龍潛有靈淵，驥伏無殊秣。相傳古元聖，於茲曾被褐。治亂多乘除，至人有窮達。從來發跡艱，豈必病宰割。夏日非終淪，夏祀方虔遏。誰爲溝中推，復作市朝撻。偉哉樂道人，擔荷同一撮。古廟枕池隍，畦流通濊濊。歲時肸蠁餘，野老設粗糲。至今黄馘夫，負耒輕管葛。

秋暮玉紅草堂夜席醉歸聯句

暇日多招尋，樂事任討取。況當逢好秋，佟鉉亦復速良友。暖氣融華堂，錢陳群晚景射高牖。疊菊繞如屏，鉉覆觥列似㟝。姻黨召何甥，陳群密親迎謝舅。賓從接魚麗，鉉詞源驚瀑吼。箏搊鶴舞翻，陳群笙擨鶯喉走。衆奏亂歡聰，鉉兼腥飫饞口。伎戲呈偃師，陳群伶歌擅撫缶。花香媚綺羅，鉉牕明淨塵垢。席還懸不移，陳群簾捲鈎頻扣。坐起爭喧呶，鉉歡飛亦良久。別館啟金魚，陳群沉雲宿蒼狗。厨人厭烹炙，鉉觴政嚴勝負。燭跋猶晶熒，陳群果實重分剖。攫啖沁餘酣，鉉徵劇進群醜。舄履錯逢迎，陳群衣幘濺抖擻。賞民留我輩，鉉尚齒後諸叟。主人望耆英，陳群從子名太守。玉樹茁芝蘭，鉉錦衣輝印綬。漢隸秩二千，陳群趙客多十九。車騎充門閭，鉉肥遯安畎畝。牙籤富百城，陳群彩毫傾八斗。令德予所欽，鉉薄俗習豈狃。相勖燕衎間，陳群毋忘管絃後。情因知己深，鉉誼共飲醇厚。不須投轄期，陳群能有吐茵咎。乘興發嘯歌，鉉持以報瓊玖。巷柝促鳴鷄，陳群鄰燈搗殘臼。扶兒叩館扉，鉉簷月過荒柳。陳群

次答楊慶門

狀日爭扣槃，寸籥復訛秉。摻音感鍾期，真賞逝已永。有口不能陳，如渠輒塡哽。一聞達者言，委心期内省。衆尚紛雷同，厲踔得深猛。汲古思逢原，岌岌抱斷綆。獨知雖自私，執陋終可哂。積照起陽阿，餘爓失耿耿。因明始見昧，比並方自儆。愧我夜螢光，依君朝日景。新詩顔謝流，大雅振袖領。吹噓恨未能，兹情渺微憬。

同東溟蔗村溪堂小飲

昨憶去京國，過眼驚三春。故衣出敝笥，猶帶輪蹄塵。生平重舊侶，顔色常如新。風力欲

撼柳，池色初照人。寸鱗膾既美，杯茗味亦真。溪毛雖薄物，吾聞羞鬼神。舉世失此意，冕裳多荆榛。所以杜陵老，結習惟南鄰。衆知徒自騁，獨好非共珍。行樂易脆促，何如實賤貧。至哉橋公言，隻鷄慰情親。

下第後玉紅草堂觀劇

飄零我亦是書生，對策從軍兩未成。一自春燈低唱罷，明朝小巷賣花聲。
三寸黄冠綰碧絲，妝成十六女沙彌。無情最是長眉佛，訴盡春愁總不知。

鬬鶉篇

饑鷹無遠思，脱臂甘半肉。黄雀來空城，争逐秋塍粟。謀生在一飽，畢命嗟碌碌。兹鳥田鼠化，毛羽亦何彧。地勢産陰原，時序得寒肅。朱門盛招邀，華館通片牘。輪蹄踏香塵，裘馬十二族。囊錦絲青絲，調性有專蓄。膊堅浄浮膏，觜鋭淬利鏃。思奮聳燕頷，張怒轉隼目。擊虚多窺伺，完神善瑟縮。勝或餘勇賈，敗或垂翅衄。豈惟決雌雄，實爾係榮辱。投貝争翻箱，棄珠空返櫝。最憐逐北情，耻就紅妝宿。倘許借背城，寸功庶可録。小物本無知，微情警覆餗。作詩壯其意，臨風欲痛哭。流傳到邊城，聊與諸軍讀。

巨磁螺觥

海水枯朔風，負物失去勢。況此蝸牛王，厥質本沾滯。肉乾委濁沙，解脱如蛇蜕。大邑傳其形，賓筵多點綴。外豐黝然瑩，中理潤而細。口張空學箕，後削巧偷髻。碧深奪玻瓈，㲉皺堆牡蠣。舉如獻士瓜，去本僅名蔕。置如犀首陳，仰俛一角觜。項領蟾頸直，蹩躠龜尾曳。方斟疑漏竭，驟盈識中閉。能受固難量，欲吸更無際。近身即酡顔，試捧早汗袂。是非欹器觀，滿澆何易蹶。就中高陽徒，不敢一睥睨。觴令苦孱弱，非爾誰鼓厲。尋常未相當，以之嚴罰例。酒盡客亦醉，貯水依窮砌。

池中蒲

朱明盛百卉，暖氣發氤氲。離離池中蒲，密密自繽紛。條抽初試劍，葉暗仍堆雲。鋒避儵魚影，深藏花鴨群。所思隔湘水，空煙沉夕曛。道遠莫之致，獨立望夫君。

團扇詠

托體事依人，便與用相背。本期懷袖珍，豈意中道廢。捐棄時使然，君心自可耐。願化明月光，出入隨君佩。明月有虧時，晝夜復嬗代。在愛不可恃，識理唯善退。惜哉班婕妤，茲意何終昧。

古情曲三首

爨妾鑄吴鈎，截犀復切玉。隨君萬里行，不需帛與粟。海水有時枯，蜉蝣不知老。君如長不死，與君金光草。裁書畏遠道，張燭避高堂。堂高燭易暗，道遠書難將。

方子春

若有人兮水之湄，頎然而長兮不與我私。我聽既黜，我明亦瘵，欲鼓枻以追隨兮，望不可極。遠莫致之，大道必晦。至人無爲，契形者合，契神者疑。嗚呼！吾師兮使我情移。

十錦舞并序

乞者某，懸諸音器于肩膊間，手動足跳，衆音齊發。復間以歌，亦菴有節奏，自號十錦舞。昔坡公以目視飛鴻、足數梯級爲盡人所難，今茲舞者，殆其人乎。夫骸職之官，用則神，神則安；不用則逸，逸則墮。從勞得逸，因變能通，乞乎進乎道矣。

左手撾鼓聲不頹，右手鳴金音不叛。其餘衆器襍然陳，大小纍纍如珠貫。復間以歌節不亂。乞乎乞乎，爾聰有兼聞，爾目有並見。爾身爲崇牙，爾伎何絢練。飲爾酒，食爾飯，呼童解爾懸，揮巾拭爾汗。吾聞伶官多隱者，爾豈其人托侮謾。乞乎乞乎，簡兮簡兮。日方中兮，舞將萬兮。

柬胡象三

可笑城西胡秀才，顛狂日日醉春醅。青衫但着酒痕濕，白眼知爲餘子開。驟雨夜深驚老屋，空階晝静合莓苔。病夫也向花欄坐，不見君攜雙屐來。

戲書蘭陵老人事

長劍五器皆屬鏤，短劍秘飾雙明珠。星文電掣來須臾，空中已落使君鬚。當其混迹走泥塗，俛首猶辱劉寬蒲。使君懼，一何愚。老人自有殺身耻，豈肯細碎仇鞭膚。不如且去蘭陵市，醉來調笑酒家胡。

伽南花

萬里伽南草，名僧乞得歸。不知秋露重，但覺夜香微。綰結青絲細，迎刀緑玉飛。明朝續花譜，持此補芳菲。

早秋同人泛舟觀荷因飲于大覺禪舍分賦

蘭若名仍古，修靈靜者便。繁花依徑曲，老樹得秋先。地僻偏留客，心空不碍禪。如何落日意，故故促歸船。

傅天民來得張豈石詩喜賦

病免歸來四月初，閉門長日賦閒居。醉從當夘葛巾酒，飯佐迎潮藿葉魚。枕上乍回千里夢，雲閒忽枉故人書。因君不覺成相憶，一種風情是起予。聞說裝傾三尺劍，癡情欲買折腰官。背郎君已成張季，春隱誰曾羨伯鸞。溪靜閒鷗無遠夢，秋空蒼隼有高翰。由來塞草傷時節，不獨江蘺與楚蘭。

擬南歸婦有難色戲贈一絶句

鷓鴣啼向南枝老，鴈堺聲依塞月高。給與千錢且歸去，他年詞賦有枚皐。

秋日訪蔗村歸來馬上作

得意清言白日遲，故人分手重差池。鳥窮遠勢歸偏疾，船趁輕潮晚更移。小巷蟲聲都欲徧，荒塍瓜蔓不勝垂。蒼茫十里秋村路，況是林煙入暝時。

哭座主高安徐先生五十韻

吾師南州秀，寒素挺英傑。幼罹武功孤，照字薪夜爇。奧義窮典墳，星圖契圭臬。十年未窺園，薜衣嘗百結。盛世多遭逢，遂與幽人别。神駿騰雲衢，威鳳翔丹穴。校書承明廬，奥旨啟秘鐍。洎乎秩稍遷，益勵冰霜節。平生弘獎多，氣誼自高揭。況當名位崇，倫鑒重甄别。群也斥鹵民，獨往意孤孑。繭足走京師，麻鞋困蹩躠。襜帷識大賢，屏立心已折。遂從魯諸生，跪起殿綿蕝。摩挲石鼓文，爵犨讀未闋。散衙晚鳥啼，檜影上碑碣。側身羹墻間，禮數亦頗閲。攻瑕削般柢，黜異去俳譎。文章歸彀率，巧力任拾決。輦下方賓興，簡畀煩匠哲。心矩運精明，誰敢將肘掣。愧無醇儒姿，異數荷殊設。因知溲勃才，良醫未深絶。侵星謁公顔，秋風棘初撤。公曰命之爲，此理非言説。阮家信多賢，豈忍遺諸侄。群侄汝翼、元昌亦以文章受知于公。甲午之役，皆未獲售，公深致惜焉。縱爾一目加，吾氣已如閉。由來愛惜深，常恐失提挈。時方理嫁衣，針箱襍綵纈。自謂扶搏上，追風夔與卨。詎料值數奇，中道復差跌。門下多同官，而此仍卑劣。土偶任故泥，方輪誤舊轍。短劍倚漂零，十載困風雪。公每見而憐，煩曲慰疲苶。召群到後堂，坐與諸子列。復出所篹書，疑義許共析。初覺櫪馬情，仰秣脱銜紲。亦如吹天風，瑶草散香屑。歸來卧海濱，對之自怡悦。微旨偶一遭，長日忘暑熱。故人從北來，剥啄聲何烈。開軒揖故人，雙眼淚枯蔑。乃知哭寢餘，驚告日初昳。陰精蝕蝦蟇，斗樞失喉舌。豈惟恩誼私，實傷梁木折。奔訃窘卒中，徒步裳欲裂。不見授書人，臨風但嗚咽。奚當從濟陰，黄石感一瞥。

新齋盆桂下獨酌

芳物先秋意，香從雲外賒。博山回艾納，天女散瑶華。色借鵝兒酒，氣分蟾背茶。吟殘襟袖冷，纖月挂檐斜。

除夕哭奠先嚴畢同弟妹侍老母守歲感述

鷄豚供已號爲虞，轉眼音容與歲俱。身世料無人子分，阽危猶仗友朋扶。鴈當失侣難成序，烏爲驚栖更惜雛。春菜春盤何草草，不堪和淚獻屠蘇。

春日從邏水經壺溪用孟襄陽尋香山湛上人韻

命楫遵枉渚，晨色延遠翠。孤遊無定適，曠寄隨所至。薄陰暗嵐影，浮香亂花氣。堤迴勢轉寬，村稠景偏邃。自我違幽人，十載勞清寐。豈惟枌榆感，亦復今昔異。細草淺見沙，嫩竹深藏寺。弱鱗無遠情，獨鳥有歸意。悠然與之遭，塵鞅吾終棄。

春遊即事

春溪一洄溯，曲曲地何偏。漲急疑翻水，橋低欲碍船。孤村連雨氣，遠鳥失林煙。不覺輕陰裏，已過寒食天。

平蕪深野色，極目遠天浮。寒食雨中樹，美人雲外樓。鷄鳴當午飯，犬吠有歸舟。十里春風路，花時一日愁。

次韻東坡和子由記園中草木十一首并序

群自弱冠去井里，不見鄉園草木十有餘歲矣。其間省覲者二，取孥者一，皆淩寒而歸，不暖席而去，未及花時也。去秋，遭私艱奔歸，歲暮復有天倫之戚，偷息數椽，更何心草木耶。獨是家嚴以樹藝娱晚，每家釀初篘，群季會召，月夕花天，情話相洽。俛仰之間，竟成物在手澤之感，其能去於懷哉。昔東坡、潁濱同官遊宦，往復無間，致足樂矣。然其次章云：『飄零不自由，盛亦非汝能。』末次云：『歸來寫遺聲，猶勝人間曲。』群與兄弟，才遇不及二公，而同學師資，庶可比焉。未及壯年，凋謝若此，後之視昔，更何如耶？興物感吟，并索幼弟界同作。

跣足出國門，揮泪别朝彦。偷生時幾何，復遭天倫變。悲仍魂更摧，神奪氣忘倦。塵垢任毛髮，散失從書卷。棄置枚乘妻，春來失嫵婉。在感物易嬰，當戚理難遣。心荄不可夷，利斧豈圖蔓。芳意未足矜，零落到蘭畹。人生何脆促，寂寞時已晚。

種竹未盈畝，森森已成林。粉白脱蛇腹，勁節似可矜。一朝風雨驟，摧折亦能任。可憐雙躑躅，阿那啼紅襟。薔薇初濯露，幼妹不忍簪。鸎粟呈五色，黯質隨淺深。物理一盛衰，人事混廢興。采采園中薆，忘憂吾未能。

紫藤苦依樹，藤垂樹已老。樹老藤欲扶，危枝不可倒。草木有佽助，相持理所造。物性本如斯，不假人力巧。嗟藤力幾何，盡爲所依耗。如何荆與榛，繁刺徒草草。

庭松蔭雖卑，意氣頗能拔。雜諸品彙中，孤清自相插。蔓草纏其根，春來盡萌蘖。呼童蕴崇之，力倍功何約。仰見碧梧桐，高花乳初潑。歸持桐葉凋，去復桐花落。

淺淺池中水，九節挺菖蒲。曾聞仙人術，能理髮與鬚。如何當夏長，隕落先秋枯。池邊雙花鴨，安穩忘江湖。江湖吾已倦，對此感勤劬。朱遂閒居志，安得菟裘圖。

就中當歸花，姌嫋開獨早。似感遊子情，驚心在親老。移植北堂陰，勿爲烈日槁。十年事依人，飄泊帽仍皂。風木有餘悲，覩此傷懷抱。佇立一涼然，回首髮已縞。

徘徊步前墀，徙倚到東廳。東廳朱橘樹，嫩刺密于釘。吾弟所手植，移根自中庭。暗葉堆晴霧，瘦影肅冷泂。夕陰上翠篠，相映一色青。吟罷角弓詩，冷風送泠泠。

憶昔暮春時，上冢南山南。雛松分葱倩，靈藥摘芳甘。長鑱荷之歸，宿露相滋涵。驕童亦好事，往往盈筐籃。即今已如此，吾衰其何堪。況忍別此去，赧焉中懷慙。時余方出游江右。

妝戀庭幃侍，曾未賦遠遊。草木得孤寄，曠言適清幽。一朝狂飈發，亂葉堆滿溝。開落不自守，時命其焉留。安得長困屈，靈川護潛虬。春雷信可躍，尺木不敢偷。

同懷吾三人，嬉遊猶在目。汝骨連崇阿，汝魂結雲麓。孤露見二雛，眼漆齒如玉。妝樓泣少婦，芳草爲誰緑。昨夜夢中來，秀句證秋菊。用東坡夢子由事。弟吹伍員簫，兄擊漸離筑。予館于津水。何當傳逸響，幽韻繞山曲。

紅杏與白李，熠熠爭相知。春風何爲爾，俯仰有餘悲。朝權無夕榮，狼藉在河湄。吾少識此理，夙昔本相期。陶令愛籬菊，楚客咏江蘺。芳樹不可憶，何以療我飢。

哭弟峰五首

孟冬奔私難，徒步返家園。弟驚我歸速，倉遽爲母言。幼妹與少弟，遲我于前軒。相抱一痛哭，日影暗高原。我罪已難逭，勸慰誼何敦。謂當共携手，長奉北堂温。誰知命力促，朝饔夕不飧。二豎爲盜賊，胠篋劫璵璠。欲賡惠連句，歎息聲已吞。

吞聲復多憶，憶昔腸如結。我少苦尪羸，汝生實魁傑。八歲通經義，大旨見優劣。十二學草書，闊略肘難掣。十六工文章，冥心會衆説。聯袂走閟宫，鄉譽方軾轍。汝伎未逢時，歸來輒扃鐍。坦情馳平原，奥歷窮嵽嵲。有時氣底滯，枯木才既竭。曾荷母氏憐，終見汝嘔血。一朝隸仙籍，五斗炊已徹。我非江文通，安能寫永訣。

永訣不復道，言念生別離。汝角猶在總，我車方告脂。牽裾沾玉柱，雲色何多奇。十年走燕市，菽水未曾治。汝亮不我責，知我丁窮時。寄言須努力，規瑱足師資。昨夏理歸策，塵篋振纖絺。相逢褓啼笑，鬑鬑各生髭。上堂拜父母，見汝婦與兒。園葵侑家釀，勸我斟酌之。行樂未浹月，府吏前致詞。謂當公車去，火馬我復騎。嗟汝無一語，揮淚立河湄。

河湄不忍別，送我於中路。凝滯舟不前，梅雨江南暮。去歲四月，余以省覲，歸里月餘。北行，弟買舟送至吳門，復留數日，極歷覽之勝。平生同遊，如是而已。晨發遵官渚，遂見虎阜樹。攜汝上連岡，同弔要離墓。知汝有深情，臨風未忍訴。我去汝亦歸，當去復迴步。岸花與堤柳，不爲離人住。歸來遭夏涼，舌强形如塑。後接弟札云：『別去，歸舟經太湖，狂風大作，單衣殊不能耐，始念出門人當益自珍重也。』縟響翻鳴蛙，流形亂走兔。泡影識浮生，轉睞已成故。心知理終遣，在戚豈任數。安得大返香，長使汝顏駐。

駐顏亦可時，惻惻汝不還。耳驚敬姜哭，衣憐稚子攀。巾箑澤未散，書琴塵欲漫。便房啟陰户，重壤閉崇山。先人有吉地，緑水鳴環環。置汝于其側，汝心亮已安。一日一回看，壠草春風寒。憒臆積邱峙，痛泪翻河乾。徒令楚老至，長歎悲芳蘭。

食蠶豆作

清明浴蠶子，此豆已脱花。洎乎蠶初眠，豆藠嫩于芽。再眠豆已好，三眠豆更奢。連筐野老餉，緑玉浄無瑕。對之不忍食，豈惟感年華。夜來蠶已繭，軋軋鳴繅車。麥蘛又新薦，豆老漸堆沙。

盛山人晉由葺城來訪

木門同作客，别汝又經年。家近撈蝦渚，歸當吠蛤天。能詩何太瘦，强飯是真仙。一夜黄梅雨，由拳正刺船。我亦家多難，歸來卧海濱。感携磨鏡具，來慰廢莪人。草木傷時節，衡茅洽隱淪。何當重相訪，同採碧溪蓴。

乳　燕

乳燕不知愁，朝朝污畫樓。風時都欲去，飛勢未能收。力量已如此，江湖豈自由。深閨解憐惜，特地敞簾鉤。試飛知有日，學語未曾工。花外微微雨，堂前正正風。觜猶黄半脱，頷已紫全封。莫訝襹褷意，青冥路可通。

初夏登南樓有懷埜堂從姪用東坡聞子由瘦韻時姪方衙恤南還

汝書慰母强食肉，訊之使云仍進粥。登樓日暮望汝歸，黄蒿滿逕飛蝙蝠。我從昨歲返廬舍，風物惟驚舊時俗。茶膏潑乳漱清沆，蔗漿流匙碎寒玉。學書近抄陀羅經，奉母時貸鄰家粟。生計倘許問樵蘇，不材猶可群麋鹿。昨夜夢汝過淮泗，雙足彳亍扶童僕。凭闌流目極高雲，萬里孤飛下黄鵠。

午日感懷

閉户易爲感，鄉園見物華。已過熟梅雨，又聽繅絲車。草長没蒲艾，池荒喧黽蛙。倦來聊一枕，終是夢天涯。

破楚門東路，曾同令弟遊。殘杯留緩吹，細雨送輕舟。豈獨茱萸感，聊將角黍投。招魂吾欲賦，腸斷暮江頭。

語溪晚泊

濃鋪草色没裙腰，楊柳陰中路更遥。簾幕微風來燕子，池塘細雨種魚苗。市喧終古通吴會，水勢平分到霅苕。日脚低垂帆影外，篷牕開處霧全消。

西興雜詩

小女雲鬟傍曉梳，高樓臨水入空虚。偶然嫁得陶朱壻，從此門楣不讀書。
蠣殻牕多面面開，斬新畫舫剪江來。居民不識三閭怨，曹女祠邊乞福回。
駟馬馳歸夾道看，餓夫皮相本寒酸。買臣自是尋常事，刀筆由來作大官。
永嘉遺俗至今傳，事佛精勤倍可憐。香願年年還不盡，何曾孟顗不生天。
南陽之宰竟成禽，鳥盡弓藏恨更深。燈火吴山丞相廟，千年猶照越人心。
劫火昭陵付刹那，鼠鬚繭紙近如何。自從内史留餘愛，緑水家家養白鵝。
回種胚腥未可私，郭東風月此相宜。桃虚村是前生業，宋祖何曾殺客兒。
迤邐西興十里程，裙腰淺草匝孤城。如何一様晴江水，多説錢清水更清。

贈嵊縣宋明府

風雪木門别，思君又一年。才如吴季重，吟寫剡溪箋。官閣山雲裹，人家竹石邊。曹娥江上路，多説使君賢。

剡城縣齋題壁

四圍蒼翠碧空濛，坐聽松濤吼遠風。但覺白雲生户牖，不知身已入山中。山爲屏幛石爲梯，一道金泉入剡溪。雨露九天呼吸近，回頭應覺衆峰低。鹿胎秘景接金庭，紫府真人此錬形。一片霞光收夕照，千年王氣鎖星亭。須洞風生雨脚回，翠微深處散輕雷。匆匆又渡曹江去，一棹真如雪夜來。

上虞道中

古路曾厓外，蒼茫面水亭。村多防虎栅，僧熟點茶經。雲重晴疑雨，山深晝欲暝。片帆風不定，獨鳥下煙舲。

嵊縣道中

灘名因險得，歷歷記灣環。竹筏通商舶，松門閉水關。天連一線遠，人似五溪蠻。仙蹟金庭在，吾衰好駐顏。

贈薛明府

昔賢垂釣地，靈跡尚堪尋。暮雨灘聲急，寒煙樹色深。故人浣花客，十載此鳴琴。猶記修門別，清樽與共斟。

晚抵富春

毒炎飛暑路，南陸迴朱明。草覆孤城合，潮吞晚岸平。片帆隨鳥下，古渡有雲生。十里桐江棹，看山不記名。

生日自題

由來希曠景，幽意寄前賢。犬子文章在，客兒山水緣。艱虞時已後，遊歷地仍偏。何日歸栖隱，春畊紫邏田。

擬夜飲朝眠曲

此長吉題也，譏時公子沉慾逾度，自伐厥性。與樂府短歌諸篇首節相比，而激楚過之，固有『未遇君子知無補，于世以汨没於斯』者。視長吉所題，似同而實不同矣。

金烏欲沉鳴鷄促，箏人合處飛醽醁。日移高牖睡不知，訝問月色來何遲。夜飲朝眠神易敝，但願皇帝萬萬歲。臣時執戟陪從回，左調秦聲右楚袂。

水車行錢子抱疾里居時，守令多苛政，篇末諷之。

土龍晝不飛，木龍昨夜死。紛紛鱗鬣不可數，蜕骨綿亘一千里。老農望雨兩眼穿，驕陽十日如枯煎，臨流四顧聲潺湲。上雨不到地，下水不上天。轉機爲環運骨節，渴鯨頃刻奔飛泉。拙哉漢陰人，獨守抱甕智。聖人仁天下，豈一手足利。村村啞軋踏欲翻，火雲炙背炮且燔。嬌兒斷乳啼不歇，濁溝匍匐如孤豚。東田日出西田雨，大婦不語少婦語。如今癡龍多失職，行見上帝來殺汝。汝鬣我織，汝珠我賈。還見藥店中，汝骨供萬杵。

秋日書齋即事

秋雲易爲雨，明暗復何常。況此湖海國，水府鬱蒼茫。昨夜火星流，枕簟生微涼。晨興潄流瀣，牙頰潤清芳。疏牕延瓜蔓，緣隟入我牀。貧屋無宿儲，瓶罍盛餘糧。候换多遠思，俗儉寡歡場。既感異鄉夢，仍懷故土傷。千里未授衣，哀鴈何翺翔。縱復理征策，忍令孤榆枋。

秋日村居雜興次從侄桐巢原韻

修竹媚清池，日暮藹寒色。驕陽非久居，涼飇互爲客。窮巷促織鳴，乘時已鼓翼。恬適我則然，何用相警迫。

薄寒未裝綿，纖絺猶在服。登樓挹淺翠，南山初出沐。人事少將迎，即此遠煩觸。悠然太古情，餘善會深穆。

沉陰積四野，只尺步亦難。扶兒過前村，榛莽冒清寒。危橋方避險，微逕始就安。薄遊任所適，趨蹶神終完。況復一尊酒，倒屣陳餘歡。

企道無岐營，清寐得安吉。持此以平生，願言豈能必。舉世震浮名，紛葩多失實。至哉陶淵明，歸來但種秫。

幽尋亦無端，迤邐逢舊侶。市喧隔深林，漁煙起遠渚。興盡復來歸，頹然就安處。明當晨興時，近局邀鷄黍。

孤芳賞殘英，獨飲愛餘瀝。物理無常盈，於此寄深惜。莫學池中鱗，終羨雲間翮。願借魯陽戈，百年迴過客。

挽家留耕文學

雷夜玉樓迴，才人應選初。士傳柳下誄，家有茂陵書。秋菊自披逕，春泉還繞廬。宗支更凋謝，獨立一欷歔。

晚泊秦塘次從姪葯房韻

猶共扁舟宿，南湖帶古城。水村千杵急，蟹舍一燈明。霜月晴逾迥，風帆晚更輕。離人當此夜，難忘故園情。

邗溝旅舍附家書後寄弟妹效昌黎

三日拜阿母，弟妹送我前。平生習行役，衣袂不曾牽。是日初挂席，晚泊于由拳。明擬侵晨發，促買吴趨船。童僕三兩輩，擔牖到船邊。就中最癡童，跪我進一言。云負覊絏來，離家將十年。小人亦有母，倚我粥與饘。僦居府廨側，風雨支一椽。期我三日假，聊展母子歡。此意不可强，暫遣返家門。我留復三日，兀坐如枯禪。及至長征時，霜月正上弦。群從會來送，揮手南湖干。湖干風水利，北指如飛鳶。吴郡多故人，欲往自無顔。遂宿寒山寺，飯下縮項鯿。吴歈無停響，竟夕不成眠。石銚漱清茗，知是第二泉。雲陽一寸陰，長江已蜿蜒。命楫觸朝霧，水勢浮空煙。金焦隱見裏，對而何有焉。須臾抵瓜步，榜人告言旋。謂當冰欲合，官人莫流連。夜來擁襆被，朔風侵兩肩。欲車轄無脂，欲舟迷巨川。飄泊古揚州，親知半凋殘。片刺謁大吏，門者不得宣。江都有邑宰，乃是項子遷。憐我鄉里人，分一月俸錢。吴船稍撥遣，進退仍迍邅。毛公昔從事，曾延半而緣。作椽十餘載，苦未脱笞鞭。邀我到荒署，爲我進一餐。坐中四三人，皆是其同官。或眇一左目，或垂頭童然。或爲抱關者，或從萬里遷。停杯各相視，餘態陳寒酸。見我意憔悴，勸慰千萬端。云昨奉公委，溽暑馳長安。過我津水舍，曾致存問温。見我兩驕兒，總總髮已鬈。大兒纔五歲，論語終一篇。小兒甫脱襁，隨兄步亦聯。生兒如此二，諒當名位全。毛公心眼人，相士有本原。況當風塵中，慷慨一飯恩。明朝典春衣，輕裝上征鞍。裁詩與弟妹，瑣屑不足觀。不讀已可想，讀之自可憐。勿令阿母見，祇覺增憂煎。

香樹齋詩集卷三

記　夢

夜夢東溟叩我廬，練裙椶帽擕長鬢。手持一杯據枯梧，高談雄辯皆唐虞。須臾蔡侯飄然至，吟髭數莖清風梳。遺我佩劍古屬鏤，又見大江從意造。畫船簫鼓鳴相呼，妖姬豔妾貂襜褕。進前知是佟字季，殷勤致我雙鯉魚。三子相視但一笑，千里如合節與符。龍東溟佟蔗村自昔別津水，蔡侯繡壑況復歸專諸。精誠所至便會合，未之思也言非虛。人生相逢本如夢，飲酒哭泣分悲娱。作詩瑣屑示三子，刻舟求劍真成愚。

贈曹榕齋明府

東阿有才子，作吏古平恩。政簡驅千牘，民龐聚一村。棗香村酒熟，鳥下訟庭喧。早得烹鮮意，由來吾道尊。

昔從渡西翼，紆路此相尋。煖閣圍輕舞，紅燈出緩音。唫箋應好在，轍跡至今深。三載重來訪，依然對古岑。

歲暮次韻答張湄洲

往交老蒼輩，知子夙昔深。從來疎問訊，良晤阻至今。爲歡時既後，積疴形亦侵。未報漢庭策，已盡秦游金。素業抱净凶，微音感寸心。詩書足冥討，隱淪洽幽尋。逕蕪衡過客，園荒猶鳴禽。寒風迴虚閣，夜雪明空林。適兹頹暮影，怡我高曠襟。懷舊嘆零落，悟寂等飛沉。永日惟獨立，短夢憑孤衾。此意誰能亮，逸響聞清吟。

空谷春曉

曉步園林日半竿，暖回澤國氣猶寒。東風着樹初分剪，弱羽依人不畏彈。沙際雪消春有路，雲間書阻恨無端。移時手汲銀瓶水，尚見霜華壓井榦。

以園茶餉東溟

家近横山麓，分茶趁晚陰。曾標静女格，要見廉夫心。用東坡詩意。意薄仍千里，贈微聊一涔。莫嫌滋味淺，不似酒杯深。

次答程靜山表弟

與子相見初，年各未二十。同客五茸城，氣誼頗自俠。是時秋正深，林皋有鳴葉。裙屐盛招邀，詩篇矜敏捷。晨遊母並駕，夜泊或連楫。更約登子堂，琴尊復高集。爲歡時易過，屈指辰屢浹。就食走山東，辭子攜長鋏。欲留既不能，聊以我袪執。相送十餘里，朔風晚來急。長揖古寺邊，承塵飛野鴿。抱此區區意，夢寐必相接。我北而子南，十載同轉睫。憶昨歲在酉，子竟辭鄉邑。走馬梁宋間，來應京兆帖。魚目既共珍，夜珠仍守匣。歸道取津水，相對但於邑。遺我以南金，投我以佳什。感子辭旨深，厚意久未荅。何幸風塵中，雲水復會合。我鬢已二毛，子年亦過卅。昔遊不可追，後别況重疊。人生百年内，聚散兩相躡。贈子我何言，黽勉期自立。慎勿相見時，對酒忽不愜。

海光寺開河工成用東坡水官詩韻同襄上人作

蹄涔搊海水，湧勢能稽天。洎乎脉漸平，曲曲能通船。荒逕就新闢，浩淼接重淵。每於鈴語靜，傾響聞鼉黿。雨餘聲更劇，狼藉蛙黽翻。岸草自披拂，毵毵如雙鬟。未栽垂陰柳，已冒成房蓮。土人利灌溉，畚锸力亦蠻。一泓開鏡面，照影飄旗旜。迴環斜抱寺，弓痕列彎拳。飛或信天鳥，潛或講堂鱣。吾師施功德，百族争相扳。信呈潮汐候，道感晝夜川。琴心流遠際，鐘韻浮虚烟。物我本無競，身世兩不關。絲緡伊可設，笭箵會須編。榛莽憶他日，疏鑿記今年。刹那歷萬劫，塵之恐非難。鑒止識現在，觀空浄諸禪。庶幾會此意，磅礴鴻濛前。

病起遣悶

亂髮猶難梳，垢面聊自沐。平生誰與諧，舉念違萬族。四愁陋張衡，七發窮枚叔。此意不可傳，庶幾善幽獨。

明月但司昏，白日只知曉。晝夜無通方，何況天地表。至人尸其艱，並濟中自擾。悠然與之忘，此旨會深窈。

好風被草木，生意不可逃。顧吾本無心，俛仰時一遭。鴻飛縱避弋，冥冥終爲勞。何如絶遠舉，寂寞以自豪。

夏日龍山人齋頭小飲盡醉龍明府文玉作詩嘲余醉時狀次韻爲答

遣興莫如詩，掃愁莫如酒。狂客風已邈，此意更何有。三年棲海濱，遂識東溟叟。真率忘主賓，入坐互左右。白雨暗江雲，鳴蟬移高柳。潑墨揮數行，闊略誰引肘。臨池解大意，對紙不辭否。重以君相愛，下筆自忘醜。雖非酬繡袍，進酒輒大斗。如川赴鯨吞，如鼠飫貍口。妖姬復跪陳，斟酌不停手。主人默無言，微笑但肯首。移時就頹然，醉鄉覺長久。潦倒從人扶，座客不知某。堂上已留髡，燭滅未敢苟。但記語顛狂，封識慎餘訛。期我他日來，仍當爲我壽。屢舞不知疲，聯吟誤前後。煩觸搖其精，谷神不自守。多君款款意，獨自伴陳朽。急難重扶持，玆義握樞紐。豈比行路人，見之欲生嘔。況當濁溝翻，階除厭卑湫。我醒如逃亡，君坐如木偶。我意不自安，那惜銜泥走。歸來夜已殘，鳴雞方報丑。柝卒稍知避，我心猶自忸。將曙初聞蠅，餘吐聊嗾狗。顧此終宴歡，豈敢遺八九。依稀枕簟間，趙女雜秦缶。余本江左人，羈旅情亦狃。近學嵇康懶，毛孔積寸垢。好風時一遭，放情同脱杻。愧乏舟楫才，仰答聖明后。挽俗惟風詩，伎薄意則厚。看君出山去，幽壑我誰耦。寸羽枉故人，珍重逾瓊玖。新篇續賓筵，朗誦當矇瞍。豈惟規瑱陳，實欲情誼剖。與君回路期，風雨幸無負。由來貧賤時，一笑易爲友。

題裴廣文所畫鍾馗圖

鍾進士，爾貌憎人伎驅鬼。古來狀爾誰稱工，聞説開元吴道子。成都黄生最少年，蜀王殿中手敕宣。便能變化道子法，抉用拇指神俱全。龍池劫灰餘燼散，嚴器自昔隨飛煙。吁嗟二子不可作，後來禹君差約略。禹鴻臚之鼎，遺余《鍾進士抉鬼圖》，用第二指，蓋仿吴法也。即今中原費萬紙，但覺意思就枯索。廣文墨妙宗兩家，篋中況貯勾漏砂。酒酣放筆圖進士，鬚髯如戟紛攫拏。圖成復呼進一斗，鬼車失聲老狐走。鬼乎，鬼乎，爾縱能披狂跋扈肆爾醜，終不能以并州之刀，湛氏之劍，截去廣文手。

遊沽水草堂

一水南塘路，園門隱蓼汀。名花依舊檻，高柳護虚亭。已自諧雲侶，無勞問客星。移時傳更酌，宿酒未曾醒。

自昔多相訪，重遊到草堂。風流真管領，樂部有排場。竹韻傳深語，荷香散淺凉。夜來開遲月，猶自泛壺觴。

曉枕高樓上，星文射牖明。衆芳浮氣静，群籟送聲輕。宿雨香猶濕，濃陰緑漸平。淩晨一吟眺，沆瀣有餘清。

馬瓔花書感

仲弟主静在時，患陰重疾，往往而劇，然亦無甚害也。僧雲治自號能治，謂曰：『但食馬瓔花子升許可已。』弟如其言，食之，嘔血而死，今三易寒暑矣。康熙五十九年六月，同人遊沽水别墅，適見此花，泫然有作。

放眼驚奇卉，江南最恨花。名猶傳夜合，色已奪朝霞。赤箭應輸毒，神芝終自賒。幾回傷棣萼，腸斷夕陽斜。

西淀觀荷夜宴歌

乘青舫，揚素波。波如鏡，舫如梭。中流捩花衝波去，轉入荷花最深處。炎飈停馭日正曛，澮沱十里鋪紅雲。須臾對花列青兕，繁絃復自花中起。餘聲細韻浮空煙，宿鳥驚過紅燈前。海風吹雲散微雨，千花萬花如欲舞。明月上，席未移。香氣動，襲纖絺。殘杯急管意俱促，水光鱗鱗碎緑玉。曰余歸，擊蘭槳。樂有極，歌慨慷。東方星稀猶醉眠，夢中飛上華峰顛。

早秋病起喜古香練湖夜過因留小飲用王右丞田家有贈韻

秋雨日霡霂，不辨門前路。抱疴守敝廬，稍得静裏趣。茗椀無俗嬰，藥裹有常務。笋輿枉故人，握手話情愫。陳歡具尊醪，討古理章句。由來相愛深，托義重詞賦。詎計夜方長，但覺來何暮。草蟲鳴已微，纖月隱庭樹。別去莫悵怏，兹會料應屢。道念苟共存，雲水自成遇。不知流光催，芳菲暗中度。

懷張二孝廉客河間用王右丞贈張五諲三首韻

憶昨相見時，值子行役遠。憐我千里來，爲我進一飯。軺車已告脂，殘書束數卷。寒風上髩鬚，孤館坐偃蹇。驚聽河冰開，復見春草軟。獨賞感芳菲，聊以此自善。泊然無所營，但覺心懷緬。有得契方深，外物嬰終淺。況當一尊酒，時時自煩遣。

暮春曾致書，徂夏猶客居。涼月上銀海，城郭浸空虚。賢哲風已逝，往躅無一餘。千年故河道，秋雨泣枯魚。近聞諸吏局，法網節目疎。仰俛歲云宴，胡不返敝廬。詩成復相憶，寂寞唯愁予。

林響換鳴鳥，饌鮮易游鱗。豈惟感物候，念子猶沉淪。昨聞役轉徙，衣沾上谷塵。不知當途者，誰復憐故人。尋常但相遭，坎壈況纏身。未覺琴尊近，因知童僕親。攤書念朋舊，臨風振衣巾。期子重自愛，庶幾保其真。

古香書屋觀演劇

白玉帶，紅錦囊。追風馬，青絲韁。征袍短後紫驌驦，七星寶刀千金裝。輕馱國色走倉皇，一身護持脱虎狼。飄然攜之歸故鄉，朝發廣武暮太行。功成不受一飯報，長揖遠去何堂堂。道安已死押衙老，伍員但乞瀨女漿。英雄本色壯士腸，能令座客肅然屏立斂衣裳。是時高軒秋正涼，樽中有酒燭有光。曲終且莫收排場，吾欲圖之筆苦僵，放聲大叫東丹王。

移居二首柬古香

招賢豈必説平津，春隱何妨就海濱。兩字漫題通德榜，一瓢粗養不才身。門閭自喜無高駟，禄米猶堪仰故人。奇服自驚還自愛，芳蓀杜若盡爲紉。

詩囊酒戔不須肩，此日居然葛穉川。鄉夢但憑秦吉了，生涯終是信天緣。巷聲晚過餳簫擔，水響朝飛海客船。漸覺心情成獨往，閒來趺坐似逃禪。

送紅薑上人歸會稽兼懷俞次公太守

念爾還初地，松門隱碧蘿。不知塵事遠，但覺鳥聲多。水曲煙皆合，山暝雨乍過。因風懷孟顗，幽思近如何。

訪湘上人

扶杖此相迎，言歸自化城。衣驚尚方帛，飯進水田秔。欲問無生旨，笑看池影清。從來幽意愜，能悟不能名。

清閱軒燈下題白菊

村落微霜後，高齋見此叢。自明非映月，不動已含風。欲就杯仍把，重尋意未窮。今宵許相對，豈是學陶公。

同人詣童上舍城南别墅看杏花將上馬矣適禮闈報捷促予北上走筆留别

上苑紅雲一望賒，鞭絲遥指日初斜。情知火馬争看處，輸與南莊處士家。

諸襄七孝廉以母夫人所繡千佛幛子索題

早有迦陵報好音，净便香裹夜初沉。咒他佛面如人面，見汝多生歡喜心。

哭奎兒

我客於津以有汝，汝之來也丁我窮。我纔一官滯京師，宵夢往往見汝凶。家書累言汝病劇，急來視汝已無功。願汝苟延息殘喘，衣汝食汝爲疲癃。豈知庸醫早誤汝，致汝萬毒攻喉嚨。清和晦日汝忽去，殤之下也寧云童。哭汝哭汝汝不知，遺汝雙環看汝終。汝生六年誰不愛，喪汝非他汝之聰。汝聰誤汝還誤我，我念汝聰心夢夢。汝之笑語不可記，但記一二傷我胸。傷之尤者日之昨，猶能背書悦汝翁。願汝他生不識字，碌碌長大爲村農。

舍弟主恒就婚江右寄新昌丞徐丈

三十不官亦不娶，李頎句。十年兩作修門聚。我昔貧依晉昌宅，喜汝連牀復聯句。里中賢尉我故人，錫汝嘉姻托情愫。中間暌隔各千里，牕駒一隙流烏兔。功名細瑣不足言，況遭家難亦云屢。我行汝居兩不辭，行如追亡居如寓。去年通籍始承恩，自欣幽草分朝露。今年喜汝奉母來，槐陰潑花燕初乳。相對一月意漸親，衝炎復遣西江去。只因念汝未成人，豈忍經年隔雲樹。臨風爲報故人知，丈夫遲暮非無故。

答范丈省齋

夢入錫簫塞月高，林依薝蔔首頻搔。借他一掬蹄涔水，傳與諸軍説冷淘。
春日先憑賦授衣，鷹文繡色有光輝。情知哈密瓜期早，不待深閨問瘦肥。

花燭詞爲同年勵衣園吉士賦

花外重樓啟玉鈎，争看紅鼓引鳴騶。東風十里斜街路，一簇輕雲最上頭。
紫鳳朝來第一聲，衆仙同日下三清。郎君本是瀛洲客，青鳥無煩問姓名。

秋日偕同年喬丹葵俞尹思遊郊外宿村舍用韋蘇州灃上精舍韻

褰裳事遊覽，紆策投疎林。偶違塵氛迹，遂怡静者心。平生擲居諸，未解惜寸陰。回睇西山景，暝色煙俱沉。村醪亦可酌，所喜偕知音。野老延止宿，場圃一徑深。檻猿意本放，性適豈自今。坐久寂無語，頽然遺華簪。

題畫梅送甘耕道選君之任麗江

使君度嶺穿雲去，壓帽迎幢一萬枝。乞得硬黄傳粉本，長教寒壑有春姿。

觀燈詞

并刀剸犀復切玉，以之割取十丈龍宫燭。更嬴囊中五色雲，散入君家軒牖生絪緼。欹如陀羅照清浄，一臂一燈一明鏡。直如平川水一行，縹綷摇曳含晶光。方者如圭圓者璧，空明動盪射琥珀。清光映花花映人，烘枝炙萼多精神。天街燈市歌如沸，自是太平餘樂事。偶然同作探春遊，佳會逼迫相勾留。月光如霧迷歸路，我亦隨車且歸去。勸君呼童好貯百盞瑠璃紅，明年更試落燈風。

送院長阿公再使高麗

重瞻使節下青霄，烏嶺鷄林路正遥。新砑白硾如鏡面，濃鋪黄漆似芭蕉。最先歸化衣冠地，獨厚加恩明聖朝。留語玉堂諸弟子，好濡珥筆補風謡。

綸綍初頒雨露新，藩邦稽首折風巾。使星舊是乘槎客，屬國原多秉禮臣。花暖却逢三月候，江深不隔九重春。來迎内相傳温語，堠吏都能識上賓。

述志

至仁感大造，萬象歸陶鎔。群分信非異，類聚豈終同。我生不樹立，録録爲人容。責己既寡要，名譽慚家邦。駿絓去兩靷，軼足其焉從。抗志屬霄漢，天半迴罡風。飛沉無定適，仰俯誰能窮。賈生一年少，干策將安庸。當時問蒼生，何由答遭逢。抱遇易爲感，執德必在躬。願將後彫節，厲志方貞松。

恭輓聖祖仁皇帝四首

列宿長環太一宫，忽驚斗極坼天中。九韶搏拊留儀鳳，萬國衣冠泣有熊。擊壤不知雲影暗，授時忍見日華空。一封遺詔傳中外，淚灑冰天率土同。

繼業功同創業多，坐麾貔虎定山河。穴中窮寇俘元濟，徼外蠻荒下伏波。妖鳥盡時驚玉弩，長鯨翦後止天戈。遺弓在抱思神武，迴首軒臺涕泗沱。

蠲租給復主恩深，重道崇儒識聖心。雲漢作人文壽考，豆登肇祀帝居歆。更無鴻鴈鳴中澤，只有鵷鸞萃上林。臣亦湖邊親從者，攀髯流慟最難禁。

帝車環指運無窮，父老年年望六龍。曾仰翠華瞻舜帝，最憐縞素哭仁宗。望祈已咽通神鼓，陟降疑聞警夜鐘。六十一年竟大政，漢唐奕代總難逢。

送高安朱公省親還里有序

皇帝即位之元年，舉孝廉，右文尚德，凡朝之碩望，無不嚮用。於是公以總憲晉太宰，賜予無虚日。蓋天子嘉公之成績，知公特深，都士人無不幸公之夙夜承弼天子，以衽席斯民也，公亦以受恩至渥，義不可去，獨念太夫人春秋高，不獲時見顔色，退食常不甘味。時方有事山陵，不敢遽請於上。一日奏對畢，會天子詢及公家事，存問太夫人，因具以告，上爲霽容肯之。公出，頓首上章謝，上賜帑金千，俾壽太夫人。嗚呼，何其盛也。

夫翼爲明聽，獻可替否，爲霖雨、職鹽梅者，臯、夔、伊、傅之事也。負米、潔修瀡，怡色婉容，以奉其親者，曾參、子羔之行也。二者常不能兼，於是公卿大夫，多以勳伐自高，而獨行好修之士，矯語貧賤，以厲其志，是亦不同之極致矣。若公者，所謂孝悌之至，通於神明，光於四海者歟。《書》曰『天壽平格』，《詩》曰『孝子不匱，永錫爾類』，公之德業，方將佐天子，致太平，如三皇時天下皆春，人多百歲，人子體善福親，則太夫人神明不衰者，固有其徵矣。陳群，浙人也，沐浴涵濡者甚深，又爲館後進，因效古史官之義，作歌以紀其盛。其辭曰：

朱先生生於豫章，少有文章，以孝行名於鄉。通經術，起家太史，拜爲郎。一解手提玉尺，相士各各有賢聲。中原稱宗師第一，歷衣貳卿。二解巡浙江東西，明知法令，農市獄讞無不平。嘉賢子弟，移惡氓，初若不便，後多遷悟者，乞勿令朱夫子知我姓與名。三解屬吏不得侵牟，鼠去社，狐遠城，禁民煩苛，婚冠喪紀，稱家舉行。清身苦體，宵晝靡遑。旱魃狂走山澤，海若令怒濤不揚。先帝可公曰長者，命總憲衡。四解蕭然就道，父老齎錢送行。公不受父老錢，願父老毋遮我行。我家有雙白髮，年過八十而泰而康。紆道往省，樂哉不可量。五解凌寒揚旌，至於神京。時值晉中饑，先帝手敕，命公往視，日并驛程。公曰臣家有私難，願勿遣行。數請不報，公涕下，無一語，於是朝論皆謂公先公後私情。六解晉之民，爲巫爲尫。公之去，爲茨爲粱。

睇秦舟兮如歲，目枯骨兮生生。炎風暑雨，突不得黔。對揚成命，稽首告歸。相吉地，以啟夕房。七解暇日侍太夫人，雜啼笑如嬰。假滿還朝，路逢哀使，素車白馬馳皇皇。公拜使者，哭起走且僵。日夜走不止，淚血垢面詣闕下，臣軾稽首頓首，賀新天子聖明。八解天子望見公，召公執手痛哭失聲。曰先帝惠愛萬姓，以卿等遺子，俾子致太平。敕大司空相爾宅，既優既渥，以旌賢良。且有申命，許公其歸覲太夫人，承筐篚是將，以風在位及四方。九解

小忽雷有序

唐宮中物也，孔員外東塘得之。凡脱逸處，盡依古樂匠修治，並雕詩綴篆，源流波瀾，略可依製考已。昨歲，王生斗南爲余言，曾以麥五儋，從東塘家老婢易之，既而贖去。後東塘弟子零落濟上，王生厚遺之，遂覓以相報。僅三十年間，收藏家猶且數更，梁厚本、米和郎而後，如東塘者又不知幾十輩矣。今秋王生復來京，出示座客，迪夫與余同觀，謂曾於東塘席上見之。因贈以詩，蓋以黄門自況矣。

手法師承總不同，教坊争説擅清宮。亦知雙鳳隨雲散，始信千齡一夢中。今日遺音傳冀北，當時弟子滿街東。酒闌月直翻新調，猶帶桃花雨點紅。

寄盛山人匏菴

十載曾投札，山中未報書。老成今見爾，契闊獨愁予。耽隱韓康伯，長貧徐仲車。閑來清寐適，幻妄已能祛。

聞結三間屋，南湖古寺邊。漁歌互酬答，駟馬謝喧闐。少飲自成醉，幽懷寧墮禪。因風一況示，特以比芳荃。

次答襄七

巷南巷北便相於，小院槐陰接直廬。同是季常門下士，羡君獨授絳帷書。

一雙布襪一奚囊，自署聱牙比漫郎。下第偶同韓吏部，嫁衣莫改舊時裝。

聽姚十五琴

新詩已得陶潛意，妙韻還從賀若傳。曾記月明秋夜過，枕中流出落階泉。

新霽同從姪埜堂兄弟夜話

憶昔我與爾，聚族同一村。歲時舉伏臘，禮意亦頗敦。漫云飛沉隔，遂疎笑語温。今日聊共娱，襍坐如家門。巷柝初報丑，庭日已窺軒。他時會枌榆，毋令孤願言。

寂上人水仙畫册

昨夜夢湘水，微波淡生煙。美人不可即，高叫遠難傳。瞥見湘水神，綽約露雙鬟。從者萬玉妃，葆羽列仙軿。笑語紛可接，環珮何珊珊。雲路垂空際，一一皆朝天。移時江水合，猶覺香風寒。醒來牕紙白，剥啄過高禪。袖中出此幅，恍疑夢中緣。美人與香草，托意在幽偏。精誠以類感，所應非無端。題詩以紀夢，寂寞忘蹄筌。

寄諸城王丈

蓋公堂北超然外，此是先生賦考槃。山好知無過馬耳，家貧終不累猪肝。雨過荷葉香皆濟，風入松聲韻更寒。他日尋來三柱下，執經應得叩倪寬。

次韻送同年闞淩雲歸粤東

玉墀同日侍先皇，香案螭坳荷寵光。雲本無心時出岫，夢偏有味是還鄉。烟中獨鳥情知遠，天末佳人致可望。檢點歸裝閒雅甚，但將珥筆入奚囊。

東古香

最是相思處，書牕澹月横。幽芬留菊影，逸韻雜蟲聲。討古憑修綆，啣杯共短檠。有時高興劇，不覺到天明。

最是相思處，名園得屢遊。好花多按候，明月獨當秋。樂事從人討，新詩任客留。興來邀更酌，同泛木蘭舟。

最是相思處，同車入棗林。葛衣風細細，芳草野沉沉。雅意真堪佩，斯遊何可任。終朝憶丰度，如對碧山岑。

最是相思處，觀荷花港邊。淡香衣袂襲，流逸碧空傳。得句多驚座，隨風欲上天。歸帆遲落日，揮手各情牽。

最是相思處，肩輿訪古僧。從玆寄高致，不是説三乘。遠勢高樓入，閒情一水澄。端居懷舊侶，亂髮已鬅鬙。

春　雨

春雨最多情，霏霏過鳳城。密時連雪墮，淡處有煙生。近塊何曾破，依檐已作聲。薄遊容易晚，遠岫一時并。荄細添堦緑，門閑入座清。方欣農事始，已卜歲功成。緬想羲皇際，由來景運呈。同雲散霡霂，二麥報豐亨。星好偶違省，風條亦漸鳴。聖仁三載遍，慶賞九州行。大禮陳蒼璧，明禋感至精。祥刑空犴狴，和氣洗欃槍。潤物知時節，沾塗識太平。臣心如被化，帝德不能名。更願飄窮蔀，非徒灑玉京。六龍明早駕，再舉耤田耕。

初夏侍母遊豐臺作

奉公寡暇日，覽睇多所違。時清盛景物，別墅周京畿。際茲好雨候，衆卉涵晴暉。巾車夙已駕，歡笑迎慈闈。官貧無充厩，穩步當驂騑。行出國南門，冉冉風吹衣。織禽過如帶，列樹環似圍。遠意心每遇，欲即所得稀。恬適探静搆，深隱隔翠微。樓迴勢可挹，逕轉望更非。紆迴越山路，迤邐策雙扉。流英無定色，遊蜂多滯飛。墻卑延遠岫，風細翻酒旗。豈假朋儔洽，至性隨天機。亭陰坐移晷，童稚猶忘歸。願言屢攀侍，藉獲展依依。但知明盛樂，遑惜曠職譏。

送吴涴陵之臨川

江派分臨汝，孤城此舊遊。秋空銅斗合，春暖玉田浮。朱橘花無數，青壇劍不留。惟餘金梖月，樽酒自相酬。

同年程冠文編修遺駝羹

天然八尺截鵝肪，陸産奇珍擅北方。已見迎刀飛紫玉，未須放箸比黄羊。旋澆春虀仍餘飫，乍入新醪得異香。關塞即今需捆載，故應此味莫輕嘗。

風氏園古松形如偃龍高不過丈餘陰可庇廣筵五六自朝晉洎名流逸士涉獵游覽者往往攜榼與壺藉其下爲樂歸必爲詩以記之蓋二百餘年以來風天雪地策馬而過者無虚日不獨春秋佳日然也今年七月暑甚同人遊黑窰廠歸取道松下則見凋落無餘本已離地惟枝與葉薪之標之因思凡木長於高岩深谷不脛而入工師之手者維才之故剪伐是媒獨此樹散屈自放幾於不才終其天者而所遭若是莊叟見之又當何如也同里符曾見余賦詩屬其友人汪靄圖之并誌數語云

風園古松樹，遊賞十年餘。陰重如連幄，人來此接裾。如何百歲物，忍見一朝墟。歎息城南路，安能駕犢車。

樹木易爲感，千齡一笑中。龍歸潭水合，僧去影堂空。記載成詩史，臨摹費畫工。更憐春草長，燕雀自呼風。

贈劉康成

我生未作西蜀遊，權輿識面袁真洲。斯恭後來易簡董新策便會合，朱曙蓀鄭之僑亦許嚶鳴求。時從風廊談往復，興來連騎經長楸。即今未滿二十載，飛沉半隔明與幽。安居王郎恕我年輩，聲名一日辛府收。三年同舍嚼冰雪，出門常借紫驌裘。移居況復隔墻近，下直往往連鳴騶。官醪曾邀光逸飲，好花必約盧仝投。座上示我劉侯句，冰柱雪車殆其儔。劉侯足跡遍天下，幕府不厭十年留。本朝詩人各林立，千門萬户森戈矛。竹垞已死漁洋老，後來江左分支流。能事近數高學士章之，康莊獨步矜驊騮。從遊弟子誰其選，顔閔入室王與劉。雲鶴引吭江漢表，飢烏何自音啾啾。劉侯性僻好懷古，三山神怪窮冥搜。行年四十甫作吏，石帆峰前花正稠。期君爲政多暇日，急書新詩付督郵。

香樹齋詩集卷四

耤田禮成頌有序

臣聞民惟邦本，養民有待于西成，食爲民天，足食宜先于東作。任五土之利，分地而因天，同三代之風，上行而下效。欽惟我皇上仁涵元善，澤布陽春。知稼穡之艱難，克勤克儉，念耕耘之胼胝，必躬必親。蒼璧黄琮，大禮既隆於肆類，龍旂鳳旆，鉅典尤重于三推。繪粉米于衮華，衣承虞製，産嘉禾于沃壤，詩補豳風。興禮節以崇教資，務農桑以敦化本。諏兹吉日，爰舉耤田。負播殖于屬車，風伯掃塗而清道，獻穜稑于禁籞，后稷降種而貽牟。縹軛紺轅，授鞭于京尹，紅縻黛耜，呈器于司徒。非慕循古之虚文，實得訓農之深意。告成事于終畝，一人自忘其勞，致瑞應于方春，九有咸蒙其福。臣倖列清華，仰見聖心之無逸，職司珥筆，曾荷天語之褒嘉。敬採群言，用揚盛事。敢拜手稽首而作頌曰：

斲木爲耜，揉木爲耒。以教天下，不言所利。聖人成能，廣大悉備。說以先民，萬民以濟。保合太和，參天兩地。其一，集《易經》。

惟聖時憲，敬授人時。惟土物愛，念兹在兹。平秩東作，既勤敷菑。庶土交正，庶績咸熙。

九功惟敘，鳳凰來儀。春日載陽，婦子寧止。帝命率育，以洽百禮。執事有恪，以享以祀。歲取十千，田畯至喜。其二，集《書經》。

天子萬年，自今以始。太史順時，春王正月。九畡之田，土乃脉發。墢班三之，除壇于耤。民之蕃庶，于是乎出。其三，集《詩經》。

茂穡勸分，皆有嘉德。田事既飭，乃擇元辰。天子三推，終始相巡。安之以樂，和之以仁。天降膏露，山川出雲。其四，集《春秋左傳》。

布德行惠，下及兆民。其五，集《禮記》。

日月合璧五星聯珠頌有序

皇帝御極以來，休徵洊至，諸福駢致，七政齊，五辰撫。太史測景占象而言曰：『惟三年仲春庚午，日月合璧，五星聯珠。』蓋自顓頊建曆，百物應和。閱漢而宋，或會于營室，或會于井，或會于奎，未有五緯同躔、二曜同度如今日者，繪圖以聞。維時王大臣及百執事咸上章請曰：『皇帝陛下仁聖文武，天其申命用休，是宜受朝賀，以答天意。』臣等誠懽誠忭，幸甚幸甚。』

皇帝曰：『咨爾百辟卿士，咸聽朕言。維天惠萬姓，篤生聖祖，丕顯丕承，以肇造我區夏。天地位矣，萬物育矣。越子一人，嗣無疆大曆，服敬之哉。即康功，即田功，用懷保民，以受此丕丕基。《易》曰「先天而天勿違」，聖祖之德也。「後天而奉天時」，朕之志也。且善言天者，必有徵于人。《書》曰「王省惟歲，卿士惟月，師尹惟日」，省之時義大矣哉。今天下乂安，萬邦和協，日星效順，降此嘉祥。其願與天下臣民，共承休應，何以賀爲？』固請不報。于是，天下聞之，咸頌吾皇之善于承天也。

皇極建而太微明，百工釐而三台麗。嘉言罔攸伏而執法顯，刑期于無刑而貫索空。角應將帥之良，胃應倉廩之實，少微應遺逸之徵，亢宿應黎獻之供，室應營造之省，斗應禮樂之彰，豈止含譽示喜、日呈五色而已哉。臣陳群敬拜手稽首而獻頌曰：

粵自皇古，始定歲時。大撓作曆，配以干支。六節五制，厥有常儀。日升月恒，並軌而馳。光分五緝，如葉附枝。曆元統會，昉乎伊耆。同躔共度，七政齊輝。惟臣欽若，曰和曰羲。惟時庶績，是曰咸熙。歷漢而宋，史多溢詞。時無升降，德有等差。大哉我皇，道合綱維。先聖後聖，作君作師。四千六百，一十有奇。重熙累洽，應候而期。誠乎蒼昊，慶協地祇。雙岐九穗，其實離離。亦有靈臯，秀挺神蓍。瑞雪膏雨，祈無不隨。太和感應，瑞叶璇璣。惟此璇璣，南正所司。令當春仲，陽德方滋。日東月西，並浴咸池。中道非縮，九行非虧。復有五佐，以次而依。先者非速，後者非遲。或璧而轂，合如並規。或珠而貫，屬若綴絲。倬彼雲漢，榮光四垂。天眷有德，振古如斯。惟其有之，是以似之。乃不自對，謙德益持。歸美聖祖，以展孝思。公於臣庶，以示無私。小臣珥筆，握管而窺。幸逢聖世，得覩純禧。遠而薄海，近而郊圻。

擊壤含哺，以恬以嬉。既俾亶厚，既溥德施。自今以始，罄無不宜。

青海平定鐃歌三章有序

皇帝御極以來，文德誕敷，武功赫濯。凡有血氣之倫，莫不向化。乃羅卜藏丹津者，梟獍之性，飽即辜恩，虺蠆之能，生而肆毒。神人共憤，九伐宜申。爰命將督師討之，甫旬日而膚功克奏。蓋由皇上運獨斷之明，炳先幾之哲，收聚米之形于掌上，定破竹之勢于禁中。不頓一兵，已俘小蠢。語云『仁者無敵』，亶其然乎。捷聞之日，布喜天下。陳群敬賦鐃歌，以紀功德。歌三章如左：

我師深入，直擣賊營，賊渠窘迫逃竄。爲《麕之窮第一》。

麕之窮，竄荒谷，一步一跌離爾族，棄爾羃羅服婦服。皇威震，賊勢蹙，長繩萬丈行就縛，自罹咎，非予戮，上天豈爾遺覆育。飲我馬，振我師，釜中魚，徒爾爲。土茫茫，欲援誰，奪魄者，準噶兒。

黨賊之拉已灘俄没布等八人既被擒執，又獲賊母阿爾泰喀屯。爲《賊母俘第二》。

首飛蓬，面涷棃。賊母俘，青海西。舐鎗誓，風淒淒。今被獲，冰未澌。將軍寶刀膏鶋鶋，不數漢家金日磾。子奔竄，母含悽。未孥戮，待金鷄。聖武耀，封鯨鯢。

捷音奏聞，適上詣學大禮慶成，臣讀《魯頌・泮水》之三章云：『順彼長道，屈此群醜！』

國與天下，義有同焉。爲《屈群醜第三》。

維錢與鎛刈稂莠兮，維鈇與鉞屈群醜兮。帝臨辟雍薦嘉卣兮，翩翩飛鴞集我林藪兮。來獻其聽亦恐後兮，百辟卿士拜稽首兮。桓桓虎臣萬里是守，天子之德達於九有。

南歸登舟寄劉爾鈍庶常

將雛奉母去京華，且喜初辭薄笨車。秋水船從三岔遠，鳳城夢與五雲賒。君今送別難爲別，我縱歸家未有家。一曲離歌一杯酒，潞河煙月帶風斜。長貧十載未歸身，錫類今蒙聖主仁。客久始知朋友重，官閑漸與水雲親。因人初寄春明札，檢篋難揮京洛塵。最是嬌兒强解事，登舟猶覓舊時鄰。

柬陳秉之前輩

憶昔家多難，偏鄰遇更奇。方持曲江議，豈廢蓼莪詩。齊魯民仍瘠，瘡痍帝曰咨。墨縗初應詔，白骨已生肌。建白皆因俗，經綸盡合宜。仁風猶自扇，介節孰能移。群媿雕蟲伎，頻年點鳳池。才迂蒙主録，性懶畏人知。謬荷中郎目，曾爲有道碑。漢廷多獎擢，臣朔自長飢。教孝今皇治，抒誠微賤私。許辭西掖直，暫奉北堂慈。雲物三秋迴，開津一葉遲。因風寄雙鯉，白露有餘思。

柬登州蔡太守前輩

聖主求言切，詞臣抗疏時。遂開驄馬路，仍領白雲司。負海斟鄩國，依山日主祠。金星鼉島石，菰葉祖洲芝。奉詔來辛義，因塵拜趙咨。袖中餘白簡，花外展青旂。絃誦風猶古，蒲鞭俗可移。歸來烏府地，應占最高枝。

歲暮雜咏時侍母假歸移居郡城作

簪笏非辭貴，文章豈送窮。天邊遲落日，雲外逐歸鴻。光範無書寄，修門有夢通。聱牙聊自署，四海一漁翁。

雙溪一泓水，浩蕩接三江。晚熟炊香稻，新芻潑酒缸。梵聲時帶雨，漁笛自成腔。月直繙書夜，檐梅已壓牕。

春日賦得雪花二首

素娥本天女，裁剪亦何神。成葉終輸巧，撒鹽寧比匀。點衣空有色，着樹已生春。妙悟紅爐入，因之識大鈞。

舞倦因風起，飄翻帶雨微。馬前紅靺鞨，江上緑簑衣。擁處迷關塞，深時没釣磯。雪花如有意，誰是不須歸。

春日遊東湖

東湖最勝是湖東，乘興重來一棹通。孤寺半啣殘照裏，紅橋多在緑楊中。水門曲處煙皆合，山色深時雪正融。如此風光如此景，百年更與幾人同。

無邊遠意望中收，三泖諸峰占上游。僧磬隔林時度水，客帆帶雨獨當樓。參差樹色如屏列，澹沱春容一鏡浮。湖上晴陰多不定，半鈎新月送歸舟。

題江上舍書齋後小山

列石得奇峰，登頓斯不易。欹危已絶攀，古木況森邃。下峰如仰盂，上峰如奮翅。嵌空中更幽，倒影時欲墜。突若隱豹蹲，厲若秋鶻鷙。徙倚步方回，微徑轉忽異。譬若求至道，歷奥始一遂。側身初可通，稍悟昔徒企。早開鏡面平，似可飲奕戲。歸路回睇失，去亦非所自。顧兹巉巖險，欲再心每悸。從知爲山力，慎勿輕一簣。

訪馬丈未值即次令子墨林侍御見遺原韻

桑柘陰濃行逕微，孤村露氣欲沾衣。登堂客擬邀深拜，上冢人今尚未歸。新笋穿雲還帶籜，乳鴉出谷已分飛。題詩便近誇張處，暫息塵肩有釣磯。

到處繅絲已着花，板橋一水緑楊斜。門題通德推仁里，閣有藏書是舊家。作菜魚蝦供小市，避人鳧鴨隱晴沙。匆匆又向春明去，欸乃聲中上短槎。

重過蘇菴題壁

記得兒年杖履隨，夜涼同賦水官詩。群十五六時，每侍先君遊此，訥上人留宿禪榻，出紙索題，今易二十寒暑矣。何堪再到曾遊地，又是鐘殘月上時。

送張兄瓜田外史北上時余乞假里居張從江右歸

送遠衆所惻，送子我則喜。昔我方北遊，子貧依井里。有母不得養，何況妻與子。我官才録録，豈能有所被。昨者侍母歸，暫憇在桑梓。親知喜我至，擔酒侑滫瀡。行樂忽不怪，欝欝念吾子。佳辰隔舊遊，文讌阻彼美。鄱陽水接天，嚴灘深無底。豈惟波濤惡，直恐蛟龍詭。歸來歲云晏，我喜如去痁。兩家慈母懷，同釋門閭倚。爲歡未浹旬，子復理北軌。昔別淚暗流，今別笑不止。人生悲喜情，動爲離合使。我今方赴闕，子行偶先耳。今日吴與燕，明日尺與咫。到日期我來，春街滿紅紫。

訪訥上人不值用少陵重遊何將軍山林五首韻

自昔經過地，招邀有寸書。十年寄幽夢，一水匝茅廬。時候黄梅雨，園蔬白小魚。如何潘騎省，猶未賦閒居。

師來自苕霅，雙屐十年攜。少日好身手，謾罵幽并兒。學書寧棄柿，種竹近成陂。長晝禪關掩，花厖護晚籬。

麥隴暑風外，人來日落時。半竿笻竹杖，一卷寒山詩。獨往偕雲鶴，悠然感髩絲。毋令辜後會，夙昔自相期。

磅礴不歸去，閒能引興長。鼠鬚翻貝葉，魚眼試旗槍。佛古深螺色，僧添減鶴糧。無多供眺聽，人已在羲皇。

遶寺楓林合，蒼藤不計年。無心烹白石，有意貯清泉。客至名題竹，人歸水滿田。終當師粲可，衆感莫紛然。

追步先大人贈放眉菴曉上人韻同弟界作

蒼松爲心冰爲骨，一卷陀羅懺諸福。茅庵況結白雲中，不媚公卿媚幽獨。憶昔先子數經過，姓氏猶識風廊竹。談鋒多折廊下僧，禪悦有時飽蒲蔌。青袍司馬皂蓋來，入林乍許邀同族。風流消歇迹已陳，至今題詩不忍讀。從人乞我謹跋記，三復遺音洗齷齪。急呼子由來和之，裝成付與貯林麓。

初夏朱子觀成招集敬業堂題盆中山躑躅時余將北上

堂中山躑躅，入將離花發春欲晚，木蘭舟外晴波暖。東鄰佳士我舊遊，遲我花前一繾綣。眼何炳焜。自昔陪歡地，水逝不可返。往憶記室初歸時，兩家阿翁各强飯。由來草木有際會，花開況當十分滿。燈火豈照席，爛熳不可管。庭前纖月淡無色，忽見遊霆走電空中試一展。又如走入鮫宫，乞得十丈生絳綃，劃然千聲，碎裂并州剪。其餘欲吐還未吐，萬顆火齊出水泥不涴。移時洗盞藉地坐，濃陰不動鋪黄繖。夜深露下襟袖濕，啼痕宛欲流紅泫。相逢已非少壯日，今復何爲見此本。年年花自開，看花人已遠。欲泣强作歌，聽我歌緩緩。今我如不樂，坐上白玉甌，映作玻瓈盌。何堪花落坐攤書，日日相思對高館。

日長夜苦短。

南徐道中

古邑雲陽外，輕舟責寸陰。村田仍葛税，漁唱帶吴音。細雨千家暮，新林一水深。無因問仙蹟，丹壁隱遥岑。

將之如皋道經海陵聞曹榕齋明府至因止宿圓通菴是夕得雨贈慧上人

故人仍作吏，乃在廣陵東。紆楫一訊之，兩日坐孤篷。時當殖良苗，灌溉資人功。水車急輸輓，王政首重農。無食後利濟，吾舟適相逢。舍舟而遵陸，隍池僅能通。僕夫指前途，仰見雲色封。忽傳吏人語，日者委在公。長官云且至，上客行何庸。方投東指策，遂聞村寺鐘。高僧已贊儔，出迎手扶筇。導我看佛壁，稍示南北宗。新麥雜魚磬，候草標芎藭。須臾進杯茗，味薄禮則恭。浪浪雨不止，梵音沉溟濛。起視門外路，溝水鳴淙淙。衆卉含生意，各各披蒙茸。何況良苗新，于此卜屢豐。憶昨侍從日，喜賡後群公。去年初夏，御製喜雨詩成，隨命諸臣恭和。今如行腳僧，齋鼓隨飧饔。即此信宿緣，其理誰能窮。清風故人期，曉色出晴峰。極目浮雲外，海水磨青銅。

海陵道中

辭家三十日，猶作海陵遊。北闕思仍遠，南雲望更悠。好風初挂席，淺水自移舟。兩岸蛙鳴外，垂虹帶雨收。

夏日過淮南與汪閑緑前輩話舊至于信宿將告別矣辱投二詩一章蒙示獎賞所不敢當庶幾勉旃其次省志自厲實可共敦三復瓊瑶如進衛武賓筵之戒申之鄙俚用彰秦穆悔過之文非投贈送別尋常往復比也

平生服緇衣，信修抱所欲。岡蘭無俗情，幽秉終在獨。偶與秋風遭，芳意遂相促。由來貞素尚，外此更誰篤。但冀心可安，豈希神所福。況辱君子語，相勖鑒往躅。往躅信可鑒，墳典紛如積。不聞臧孫言，要避蜂蠆螫。執虚採鄙陋，觀物窮奥賾。君子憂盛名，難副實所極。相見一相勉，庶幾托麗澤。無辜信宿歡，良會永今夕。

答陳子翽前輩用少陵贈鄭十八賁韻

神驥御八表，歷塊志豈盡。從來擘畫深，未肯規淺近。子雲白未去，曼倩身非隱。欲酬脱穎知，益厲循墻謹。捷徑固妄蹈，輕任亦足哂。儕俗道所遺，震物吾豈忍。追隨積年歲，夙昔示標準。交遊屬僑札，砥礪期曾閔。誰能廢長軔，空自走修綆。相見一存問，此意已不泯。所喜筮連茹，無煩叩詹尹。時會多遭逢，心力恐矛盾。終當畢吾志，豈敢謝不敏。

訪張丈豈石于蘇橋行署未值用少陵答崔評事韻奉寄兼柬子翽前輩

出門冒盛夏，轉眼徂新秋。偶于西淀寺，一泊東吴舟。情愫冀稍示，行役殊小休。顔色阻一覿，俛仰增百憂。紆迴遲短楫，蒼茫迷所投。心方馳魏闕，夢仍過井邱。安能懷丹悃，空自感白頭。近聞畿輔地，農政亦頗修。兩公迴瀾力，同駐臨水樓。巨澤束諸泉，尾閭洩支流。父老指故道，次第可旁求。早擄舟楫具，用答禮數優。和衷比鹽梅，方駕歸驊騮。由來濟時志，貴爲千載籌。

西淀

漂沙漱壑本無根，吐納諸河是水門。生意菰蘆仍舊德，歌吟鴻雁荷新恩。家牽舴艋爲廬舍，菜足魚蝦養子孫。斜日片帆官柳外，依然喧笑有孤村。

西淀觀晚荷

幽意重相訪，昔遊亦屢曾。花如不嫁女，人是放參僧。風浣淡無色，雨餘欹未勝。此情誰與共，使我獨忘憎。

流連遲晚楫，相感亦何深。跌宕無拘束，清芬誰賞音。忽飄紅粉淚，如聽白頭吟。遠意難爲别，由來持此心。

保陽旅舍題壁

且喜風雷屬令才，閣門高峻爲誰開。平生最愛鄒長倩，未飽平津脱粟來。

送同年謝又紹編修歸閩縣

年輩多鴻儒，爾器具瑚璉。義形非任俠，性本慕狂狷。館閣起高名，圖臬事幽闡。餘事碑版存，頗工大小篆。體勢何翩躚，姿態發婉孌。引杯自怡悦，下直此消遣。官程假許遲，宦迹病初免。所希依庭闈，豈敢薄遷轉。衝寒塗欲戒，告别歲方晏。訪舊過吴會，尋姊逾漢沔。城深欝刺桐，村香熟春葬。綵衣暖生輝，慈顔慰餘善。行樂從討論，執手期黽勉。

送同年陸陸堂檢討歸當湖

可笑天隨子，學仙貌不癯。詩篇遊歷盛，藥物友朋須。經業爲家業，東湖是鏡湖。太平多歲月，惟自説唐虞。

橐筆趨丹地，曾同拜賜衣。君真稽古力，我負素餐譏。在藻忘魚樂，高雲羡鳥飛。蒲輪應有詔，心事豈終違。

秋日同人集琳光禪院

薄遊非遠駕，散步仍都城。誰將一杯渡，幻作金碧形。喧卑接九術，廛市通千聲。上人此駐錫，悠然遺世榮。由來重不緇，心遠誰能嬰。顧我本澹忘，杖藜出相迎。高談會宗旨，秘識稽諸名。茶瓜已罷設，復進飯與羹。秋音發殿角，爽韻流幢鈴。即此是幽谷，閉門詩更清。將去聊徙倚，衣帶猶餘馨。

人日同年梁仙來明府招同人集寓齋分韻

春城問訊路非遥，絃管聲中雪點飄。白墮有情還在手，金魚無恙好垂腰。清時循吏多徵異，佳日詞臣詠慶霄。一事誇張年輩處，賀正舊侶又同朝。

翦勝迎年跡豈陳，重逢猶是苦吟身。王喬自昔稱仙吏，德秀由來本近臣。情重盤餐因感舊，詩成咳吐已生春。盛明遭際惟相勉，早喜當官吾道伸。

二月朔日雪後集浣青樓效六一居士禁體并和其韻

微温榾柮催寒蕚，簾外餘威漫相薄。凍凝不動恍欲流，風旋乍起疑復作。只憑高望寄孤情，但窮遠勢轉寥廓。如川林氣沉椏杈，切雲瓦色隱的鑠。九重聖人躬郊壇，四海老農飽村落。最宜酒肆换鸘鷞，未許衣裄問狐貉。分曹下直喜無事，折簡招邀似相攫。銜泥剥啄憑老段，到門啁啾聞飢雀。憎濕故自拂襟袖，憐色未忍輕履屩。天公已示豐年兆，吾儕肯負昇平樂。閒情細視鶩鏤刻，餘興滿捧助烹瀹。方期冥心一醉醒，況從至理會冲漠。分題禁體各標領，入眼險韻如矛槊。韓詩謝賦千載後，又復流傳供笑噱。

送同年沈敬亭吏部出守閩中

皇路有騰驤，四郊樂安枕。才人作郡初，行矣東陽沈。自昔共文筆，根底蘊深稟。同官際良時，相勖製美錦。典選冠諸曹，應薦擢上品。方期發新硎，豈肯拾餘瀋。三山環海區，門户天設險。聖世化已醇，窮島氛亦寢。即今數文物，況此屢豐稔。一方尊岳牧，三時足蓋廩。頗聞秉遺教，禮意猶户審。閩俗近古，士夫家猶能行三禮。我兹好敦古，苦欲進昌歜。將子扇元風，聲名此藉甚。毋曰潔己爲，廉泉我則飲。

爲徐上復水部題小影兼送之任留都

火馬朝來看爾騎，頭銜特簡冠諸司。閒情寫作山居服，最愛楓林欲晚時。
馬官橋外塔山西，沃壤新分水一畦。輸與徐陵閒雅甚，秋來下直覓詩題。
舊夢三年蓬海客，新題一卷水曹詞。黄虀那比黄羊飫，未要官文報量移。

贈黄實君侍御

聖朝重言路，特簡老成宜。上苑花明候，詞臣入對時。懸車行有待，驄馬尚能騎。衮職今無闕，遭逢豈後期。

題汪千波户部黄山採藥圖

聞説金光好駐顔，翻身一笑入煙鬟。傍人錯比于方外，也合呼爲聞政山。

俛臨雁蕩孕天台，六六芙蓉面面開。此際祇應拔宅去，長鑱勸爾且歸來。

雲外青峰峰上松，先生自署採山農。他時許附追攀後，始信峰前看擾龍。

大藥從來隨處是，頻來玉犬不曾驚。好携候火燒松塔，試割雲肪點石鐺。

寒食同人集敝齋白山桃花下用昌黎李花二首韻

庭前山桃開一樹，平明入朝向人誇。毘陵莊叟最癡絶，就中含笑復嘆嗟。莊書田前輩舊居于此，山桃即其手植也。云昔廟市購此樹，長鑱手把當日斜。由來得地易長養，天教緑玉爲根芽。白雲滿貯洞口春，梨花李花徒紛葩。群公高致便相訪，翩然爲駕城西車。照人肝膽本如雪，豈使夔味生相遮。無月自明況有月，對花不飲奈此花。

造物不守爲精華，忍使爛熳枝紛拏。一從群公來品第，聲價欲絶長安花。亦知愛惜非花意，尋常攀折便相加。主人偶與此花會，明年此會知誰家。阿買好事繪作圖，從姪元昌對花作圖，一遺趙晴軒大中丞，一遺敝齋。傳神不遺毫髮差。瓊樓高處非不賞，誰能向爾分齒牙。一生端正嫁寒食，坐覺紅紫成妖邪。

題畫鶻

霜姿净素練，堂上生清風。托身本霄漢，騫騰侶高鴻。偶懷獨往意，養此毛羽豐。耻就臂鞲肉，要與青雯（旻）通。側身奮搏擊，遠勢淩琱弓。凡鳥不敢下，避影回空中。

爲同年勵衣園題郊居園（圖）

五雲最深處，山水環宸居。土泉得地美，花木應候敷。之子本仙籍，早歲承華裾。生長小蓬萊，清淺習歡娱。自昔釣遊地，今仍侍直廬。陰鶴鳴則和，丹鳳引其雛。閒情寄高致，繪作郊居圖。亮當舞綵暇，際兹下儤初。庭晷遲寸隙，流睇舊賜書。桐花已潑乳，荷蒂亦承趺。芭蕉葉既大，畹蘭香復舒。桃移崐邱種，竹自睢園鋤。枕軒十笏地，中有瓜芋區。灌花清課晚，爽氣盈階除。奚當自公後，過訪來相於。期聽蟋蟀鳴，爲駕城西車。

再爲衣園題下直圖

上苑春明下直時，水聲花影兩遲遲。歸來未要揚鞭去，爲有傳宣促賦詩。
錦繡春容白玉隄，侍臣退食踏香泥。馬蹄便識歸來路，轉過紅橋是淀西。

題沈丈紫巖小影

南湖隱侯酒中仙，紅丁手漉爲流涎。每逢讌會傾百斛，嗑嗑但飲如吸川。有時看劍惟獨酌，一斗一醉酡兩顴。胸中本無塵俗擾，況以飲酒全其天。七星巖上灘江邊，掀髯一笑留三年。白髮尚書廣陵老，公餘投贈多詩篇。今年重入長安道，興會瀟洒何騰騫。雙屐喜自雨後至，高致復藉圖中傳。松醪流匙映寒玉，竹葉注盞鳴春泉。襟懷早寄羲皇上，嘯傲一寄公卿前。君歸由拳掃舊舍，我亦鶯脰買一椽。年年社酒赴近局，醉來同泛南湖船。

王丈舒岩八十

一閣新依馬耳峰，耆英來往手扶筇。爲官不過二千石，君是人間邴曼容。

送沈立夫編修奉母歸吴門

始子來京師，重趼但徒步。捆書數千卷，辛苦事箋注。時當離照升，天子初踐祚。鴻網多搜羅，君子得際遇。煌煌典册文，晶瑩方南輅。無論知不知，謂當杰魁梧。貌同卜子癯，境蹈顔氏庶。每從長者後，稱説聞低語。一時任沈間，謬膺張陸譽。便邀二仲才，同業三館務。君方迎養時，我適奉母去。舟過微山湖，來楫隱遠樹。鄉音隔岸聞，風力當晚赴。維時太夫人，初屬北征賦。官舍留二載，禄米頗能餽。慈懷望南雲，子心自依附。譬如羊當腓，春原争跪乳。亦如鳥生時，林間一返哺。在物理可推，抱性自披露。況當孝治隆，寸衷無不吐。綱維運鴻濛，此義日布濩。白華無字詩，音節含太素。送子一踟躕，翱翔遠朱鷺。

爲沈椒園上舍題南階初卉圖

獨坐者誰子，春風飄袖裾。偶然參物理，所得已無餘。讀易觀初畫，閑邪在早祛。静中諧此意，庭草不須除。

秋夜集香樹齋送王明府歸任城

且喜南池客，樽前手共携。秋庭一夜月，門外馬頻嘶。露裛雲華濕，牕移樹影低。更憐人去後，短檠獨鷄栖。

送符上舍歸武林用少陵别董頲韻

積雪見廣素，千里驅車難。但計庭闈近，不識道路寒。我亦有母在，藉子寄平安。憐子五載客，歸去衣裘單。惟餘舊同舍，相見握手歡。我貧何以贈，況值年歲殘。丐貸媿無節，禄米慚素餐。每當交道絶，益念君恩寬。子暫歸葑上，未許終考槃。遭際及良時，遲子青雲端。

王瑟齋給諫納姬賦贈三絶句

却扇風迴掌上身，目成小立記全真。桃花同識春風面，輸與胡牀坦腹人。

錦枊針箱滿貯春，宜男小草必爲紉。縱饒天上麒麟種，也要親來抱送人。

征袍初浣杜陵塵，便入仙源一問津。寄語春深畫眉客，平生難忘鹿車人。

送同年蕭朗甫吏部省親歸蔣陵

吾友蕭思話，其人淡且疎。如何方上注，猶自賦歸歟。將母無他顧，分甘請所餘。帝城花事好，遲爾駕潘輿。

香樹齋詩集卷五

次韻送同年蔣迪夫省親歸吴門

聚散本一氣，無終亦無始。如何百年内，即此成悲喜。少小事遊涉，流覽殊未已。諧俗寡深知，緬古但高擬。佳辰發清裁，價重洛陽紙。蔣君來吴中，與我年輩齒。藝門藴菁華，經學富根柢。踪跡一笑親，聲譽同日起。林林四民中，而我獨爲士。隳行鑒轍陳，積業懼棋累。平生淺植衷，即表自呈裏。肝膽本相披，何况識彼美。我貧無宿儲，丐貸不知耻。緩急寡周親，嚴訓奉母氏。遭逢堯舜君，皇路平似砥。櫜筆侍邇英，天語聆尺咫。三館同追趨，下直無餘晷。煌煌典册文，制度洗莪骪。攻瑕深索瘢，賞奇輒稱是。有時賜尚食，跪拜承玉几。仙風飄雲門，太平厚基址。圭臬呈諸祥，重譯來萬里。黄封日馱載，青茅上包匭。珠斗燭榮元，嘉種降秬芑。由來重至誠，感召如令使。萬類各向榮，感思贊上理。我愧樽櫨材，豈遂厭湫庳。更恐遇合深，仰報無所以。怵怵抱中懷，惟我實與子。區區蟣虱心，所持僅如此。曾將烏鳥私，稽首奉陛戺。許爲笠澤遊，水族充甘旨。先人有荒壟，零落在南紀。奉母宦三年，剪掃委鄰里。綵衣承恩輝，非敢蹈奢侈。三復辱贈章，風人有深指。重來訪舊巢，子舍隔煙水。今復見爾歸，餘奉治行李。豈無青精飯，掉頭不肯止。淩晨一相送，欝欝内慙己。所慙中道睽，仍負門閭倚。爾行笑口開，我淚雙垂矣。人生出與處，義在無殊軌。皇華歌勞人，白華有令子。托身苟不慎，茫茫更何恃。方朔隱漢廷，韓康遊吴市。往躅信難追，周道實所眎。何當揖至人，大藥進一匕。焉能對良苗，終自棄耘耔。畢志循吾分，黽勉以共竢。

九日同吴眉菴前輩張雪子上舍王斗南明府集陶然亭

佳會若爲期，城南地最宜。長將太平日，同醉菊花時。古砌蟲聲合，荒藤蔓影移。軺車愛疏簡，猶自去襜帷。

斗南所藏古印章有書畫船三字吴眉菴前輩見而悦之斗南携以贈

次日眉菴以長歌致謝索余同和

王生識古復好古，片石出自懷袖中。丹砂爲胎石爲骨，非如壽山劣品結自蠭蜜相交融。駃騠生馬馴六轡，天遺瑰異歸磨礲。縠紋晴展飛雪浪，松皮雨溜蟠蒼龍。雲騫霧擁接膚寸，坐使几硯堆奇峰。般翟已遠斯邈邈，家承師説多專攻。鵝肪細截點畫凸，七星照曜標純雄。雪川學士文章伯，嗜好直與襄陽同。酒半握管紀其事，雅音贈答如清風。詩成不語復良久，似愜隱願開心胸。云憶當年侍潛邸，賜書煌煌出璇宫。船名書畫賁蓬蓽，勢挾鸞鳳翔晴空。驅除會合有至理，感激鏤刻皆天工。石乎石乎，何爲至今兹始見，公今遇石石遇公。是誰得石誰失石，無心會合成遭逢。握瑜懷瑾貴自異，豈可局促求先容。由來但作此石看，道外言象無終窮。田黄文緑未珍世，良匠側目石門東。東炬深入隘復廓，紺乳一滴青芙蓉。目所見者爲佳耳，其不見者還鴻濛。當今地祇不愛寶，仁風早已驅封熊。

和斗南韻送玉笥師歸杭州

無計能留住，銅街夜雨疏。臣心終有托，子職更何如。且許成中隱，非關賦遂初。遥憐小兒女，猶自覓金魚。

遲姚十五孝廉不至

閒曹喜無事，朝饔便下直。之子若爲期，寄言頗欲即。車聲聞隔巷，庭陰坐移昃。枕書風自翻，瓶花蝶猶摘。舊篋理纖絺，短髮試新幘。好雨昨已過，輕雲易爲夕。稍悟静中旨，清香下空碧。

墨露酒歌薄圖南前輩齋頭同王樓山給諫賦

元精漱闔闢，沆瀣飄塵寰。釀作千日酒，流出金莖盤。清和佳日氣晻曖，鳴騶處處飛華蓋。城南學士何瀟灑，開尊爲續耆英會。晝長無事罷校讐，許我時爲子舍游。歡然洗爵進此酒，墨光露氣四壁浮。吾聞酒中理，飲之以比德。此獨何爲，深不可測，厚不近濁，清不近刻。再拜主人問所自，云有故人家在鵲山北。鵲山湖外玉水邊，濼橋北會珍珠泉。天然劈開朗公谷，中央會爲錦繡川。泉甘以美清且濾，此是謫仙醉吟處。居人式法製酒材，沉之以齊去聲和以露。霏霏香霧東風吹，瓶罌遠致暮春時。漿之上者貴養老，我非其年何飲斯。長者有成命，於義不敢辭。斟酌行既醉，如與黑甜期。穆然會至道，恍若遊軒羲。主人復前致大斗，王郎一笑跪而受。我醉起舞狂欲走，王郎王郎，我能蘸筆作草書，請以餘瀝濡我首。

題汪震潛西曹黄山紀遊卷

拄策事登頓，兩足任蹩躠。窮幽似無徑，歷異轉紆折。遂下師子林，精廬儼陳設。山深木石暗，空翠時一掣。秘景不自守，神物啟奥鐍。何年已贊儔，於此説生滅。日長衆音稀，泉聲自酬迭。僧梵有時聞，鳥舌同簡訥。

次韻題澄懷園泛舟圖爲姚太夫人作桐城相公女兄

天開圖畫賜園中，瀲灩晴波太液通。絶似雙溪陪侍日，吟成柳絮自因風。

山爲屏幛水縈迴，群從公餘笑語陪。日落松陰休轉棹，相公退食也還來。

題談是山太守談河圖

郢城城北舊盤渦，鏡面新開碧似羅。父老萬人齊荷鍤，一時多説是談河。

敬題家慈夜紡授經圖有序

陳群兄弟幼時，先父課督甚嚴。既而陳群祖教授信安，父過江省視，瀕行，謂陳群母曰：『吾僻處鄉曲，貧不能延名師授諸子業。汝請爲我教之。我依奉老親，無憂矣。』時陳群十歲，授《春秋》，弟峰八歲，授《孟子》，弟界五歲，授小學。輒録所授課，比月彙而郵寄信安官舍，屬陳群父壹志親側，毋以兒輩爲念。夜必篝燈課讀，母躬自紡績，夜分不輟。及晨則遺蒼頭，入市易米，以其餘積之授織室。陳群兄弟短衣布韈，無肘見焉，無踵决焉，紡之義大矣哉。自六世祖臨江太守東畬公，五世祖太常卿海石公，代以進士起家，直聲懿行，有聞於時。至陳群兄弟，惟惴惴焉隕越顛覆之是懼。微母氏之教，安知其不鞭背而生蟲蛆，如退之所云也？後三十年，陳群奉母於京師，屬里中鄭生爲作《夜紡授經圖》，并綴數語，以述母志，且以求當代大人鑒斯志者，錫之琬琰，陳群兄弟感且不朽。詩五解如左：

母兮兒飢，終朝誦讀，不可以爲粟。母兮兒寒，終夜咿咿，不可以爲衣。一解秋夜長，秋月白。母曰嗟！汝父行役，兒不學，我廢績。廢績婦所羞，不學人所惜。紬之繹之永今夕，誰予和？嗚促織。二解促織鳴，絡緯聲。裄上衣，手中絲。手中絲，盤中餐。兒毋啼飢，兒毋號寒，爲誦孟子終七篇。三解昔孟有母，恃兮實怙。汝今不勤學，我何見汝父？他日父歸，行見撻汝。撻汝猶可，毋棄先人緒。譬厥紡，千萬縷，一失理，紛莫數。思之思之，淚下如雨。四解兒跪膝下，將母勿怒。兒請卒業，然後寢處。奇文難字，母訓母詁。英聲華詞，是獵是咀。母曰樂哉！天實助予。聖賢在上，實聞兒語。五解

滏陽村舍有老農來餉果者感其意受之

盛夏氣蒸欝，萬彙皆懷新。年豐朔候齊，果物亦早陳。星軺過村落，風俗近古淳。老農來馬前，願以悃愊申。手携房陵李，錯落信時珍。豈惟頌襟滌，齒頰已生津。顧我亦何德，以我爲王人。對之不敢食，欝欝懷慈親。一從違瀡瀡，今兹三閱春。憶昨奉使來，兩月滯雁鱗。南雲每睇望，嵩高隔嶙峋。況此最嘉種，欲寄無由因。臨風但馳思，遠意一逡巡。驛卒復來告，官馬肅駪駪。鞭絲指衡麓，落日滏水濱。

衡文楚南道出正定有懷弟界効力軍前

古堞枕恒山，峨峨欝深樹。九衢會周行，千里通秦路。停車念游子，振策乃西去。汝本一

書生，志不厭貧素。謹身賁邱樊，侍母竭孺慕。比幸禀慈命，視我於邸寓。況示情話餘，稍涉濟時具。聖治在得人，宅俊致深籲。鴻綱絶嫌疑，引薦及親故。而我忝侍從，以人抱斯趨。良時信多才，中林有罝兔。自慚唇齒微，非曰愛清噓。求之門以内，汝乎其殆庶。寸牘陳選人，遂以汝名注。召見邇英側，稽首承温語。復拜内帑金，恩禮亦何飫。報稱矢終身，感激意靡措。東市買轡頭，西市調騏弄。軍實責所重，豈敢少停住。遺汝以朝衫，被服見情愫。送汝出郊外，遠意自騰翥。我亦奉簡命，皇華此焉駐。鳩材盡楩楠，貢竹庇箘簬。文治日昭回，元音盛韶濩。所持似水心，黽勉副隆遇。遐服震皇威，整齊伐與步。從軍方壯盛，丈人況絛秅。何異鳴天風，萬里映寒羽。行見捷音來，蘸筆譜朱鷺。望汝隨朝參，奉母復歡聚。游涉易爲感，踟躕日將暮。匹馬侶歸鴻，又問蒲吾渡。

朗陵道中

輕塵一簇入村煙，隱隱孤城落日邊。未染新絲明似雪，初栽宫柳小於拳。帶泥野草成茅屋，穿樹山泉入稻田。石户家家歌帝力，不知自古有豐年。

信　陽

白袍曾説義陽軍，申伯城高接汝墳。關勢即今千嶂合，淮流終古一山分。馬頭暑路飛嵩雨，鴉背斜陽帶楚雲。村婦不知盤嶺苦，採棉歸去自成群。

遂　平

中興唐業寄孤城，雪夜啣枚壯此行。若使碑傳韓吏部，何因人説李西平。

洪山舖題農舍壁

堆盤紫芋足充腸，蕎麥花開帶水香。農婦無心事包裹，隔年先備飼牛糧。

宿蒲圻縣延壽寺

嗚騶導引指香林，便有迦陵送好音。寸後更添禪榻静，吏喧不碍寺門深。楚雲湘月歸鴻路，白石青松過客心。且策星軺衡岳去，幾回清夢到遥岑。

廣勝精舍次壁間韻

曲徑迴廊似舊遊，到門房琯悟前修。雪泥鴻爪他年事，坡老重來話白頭。

自東湖至山坡得雨是夕宿驛旁古刹次日曉發

僧磬響幽谷，曉聞官馬嘶。寺門欝蒼翠，堠火猶低迷。遠畛溝聲合，村畦蘋葉齊。共傳天使雨，來勸石田犂。

自湘陰至長沙用香山韻

柳色髿髿似髩絲，山田高下列如棋。寸陰湘月帆移疾，一髮衡雲鴈度遲。問俗惟思陳魏闕，事心常擬入靈祠。豈無江上青峰句，玉尺何因漫等差。

次答永西曹

御階好雨碧如絲，聯袂承恩召見時。才拙我慚丹地客，官清君稱白雲司。晴江挂席同舟濟，古驛鳴笳並馬馳。最是平生難忘處，紫薇堂裏鹿鳴詩。

星沙客舍懷王瑟齋觀察並促其北上時余方病起述意道想情見乎詞

賓館一爲別，香飄叢桂初。已聞衡浦鴈，猶食武昌魚。奇服寧論賞，同朝望豈虛。蠲瑕逢聖主，要自比璠璵。

我持天上節，湘水暫棲遲。對月仍千里，酬恩恐後期。那堪客病起，況是暮秋時。欲寄懷人什，雙魚知屬誰。

久病初起喜聞于午晴編修自粤西典試回京訪余於客館即訂同行

燈前重見故人顔，問俗新詩記百蠻。昨病謂收吾骨去，今生得倚使星還。紅亭夜雨終虚約，黄鶴晴雲好共攀。堠吏朝來莫相送，雙鴻淩曉入煙鬟。

雲夢道中

楚澤望何極，由來數鄸中。那堪人獨往，況是雨空濛。煙際盤寒鶻，雲間落晚鴻。吟成媿珠玉，直欲任天風。

應山早發

路出千盤勢已分，霜林落葉正紛紛。松根崛强多離土，石磴陰森自養雲。山半樵聲迴遠壑，竹間茅屋映斜曛。楚天不盡東南望，獨鳥隨風入漢鄖。

相逢行贈萬開遠太守王具區茂才

白沙隄外垂疏柳，侵星摇鞭驅四牡。黄鷄啄粟鵲噪晴，香風吹散鵝兒酒。漳河之北滏水陽，故人作吏漢循良。時清自是案牘简，年豐但覺化日長。念我曾爲同舍客，筍輿出迎宮道傍。就中鞅鞨者誰子，近前知是瑯琊王。相逢一笑無一語，拂我衣上衡陽雨。人生幸遇堯舜君，布袍會見飄青組。王子不仕復不第，高文揚芬掩蘭蕙。作客宋鄭當浮家，買田洛陽爲活計。萬子今爲百里侯，當年梁孟依人廡。丈夫遇合自有時，及時報稱力須努。

送陳生樹葵歸湘潭

生以五經受知於余，試南宫，未售。少司寇黎公素器重之，欲薦爲國子先生，生以省母，辭不就。於其行，賦此志别。

博士初辭薦，壺山入夢思。恐長違子舍，未敢辱人師。經業匡時裕，家修報國資。無泠辛後會，努力各相期。

月蝕執事太常作

今夜真成韓退之，幾回俯首玉川詩。千撾鼓響通天候，一點燈光照地時。庭樹低迷陰似幕，朝紳跪起袂成帷。仰看漢轉星回處，依舊青銅白玉姿。

王給諫分餉橄欖露二絶句

一滴應知費百枚，霏霏香露絶纖埃。醍醐已自論無味，多謝人間望味回。

朝回小閣寫黄庭，長伴香爐與藥瓶。今日爲他揩病眼，雨窻一試點茶經。

題張上舍虚谷幽篁獨坐圖

屏俗豈在遠，棲岩豈必深。挹此冲淡致，遂移恬適襟。佳人矜獨立，日暮感寸陰。淩寒抱素節，含風振清音。不知人間暑，但會静者心。披圖幾爲覿，如對蒼山岑。他時期把臂，幽徑知相尋。好拂松下石，一鼓竹中琴。

題同年勵衣園小影三首

春日載旆

鴻飛肅肅露未晞，使星晨發明旌旗。山花隄柳如識面，古寺石梁曾到時。堠火遠導驄馬路，家絃新譜甘棠詩。狂吟賈佛倘相值，仗下迎拜韓退之。

秋庭蘭桂

小兒三歲識之無，隨兄笑學張飛胡。大兒五歲神色腴，授書便解説唐虞。李家衮師韓家符，繡褓一一驚於菟。玉溪誇張信手塗，城南之作庶楷模。文人相輕刻且迂，前者有陸後者蘇。謂不應示潭潭居，東坡生兒願其愚。奈何欲到公卿目，爲學自與富貴俱。持盈履滿爲德輿，至哉涪翁言不誣。折衷論語無殊趨，我詩雖麄意有餘。愛君蘭桂題斯圖，夜夢東坡來詒余。曰子誠辯我不如，前言戲耳吾過歟。

雪車待漏

賦成瑞雪和皆難，新賜豐貂裁剪寬。我亦敝裘無恙在，十年待漏不知寒。

次韻送陸儆岩前輩歸嘉興

盛事當年賀監同，往來長水半帆風。何妨供養仍齋禁，但要清厨酒不空。
清風霽月比光明，此日都人羨此行。猶記十行新詔下，一時感動幾公卿。

題彭翰文殿撰靈芝卷後卷爲張天飛編修筆

菌芝本殊種，山澤滋菁華。靈根隔海穴，童童隱仙車。按圖輒徵諜，考古但歎嗟。豈無蠲潔材，偃蹇委荒遐。瑶光不世出，得地始足誇。昔傳崑崙谷，今見彭籛家。載葉疑張蓋，吐柯如放葩。習陽耀五色，盤椀舒三丫。或承如連理，或垂如副珈。彩浮斑螭髓，香掩空同瓜。下有黄金精，上有紅雲遮。敬觀僧繇筆，思慮誰能邪。先生醖祖澤，樹德培萌芽。純質金在冶，至行玉鮮瑕。名位餘善耳，於人何有加。早蓄霖雨姿，黑關見宣麻。努力好封殖，承此天降嘉。

題林豫仲庶常鄧尉探梅圖

巡春脱帽減花騶，鄧尉山邊水似油。可是前身修得到，白杭州與韋蘇州。
静便香氣滿空中，浛浛春雲冉冉風。不畫月明畫臨水，人間不獨趙師雄。

送沈孝廉下第歸里

憶昔未膺選，辭歸我亦頻。恐違慈母養，豈忘帝城春。持贈屬今日，風期托古人。由來文筆重，終是要傳神。

得蔗分餉王給諫

萬里扶南種，因風雙挺遺。如何黄竹節，流出紫梨滋。欲薦路寧遠，分嘗時復宜。期君酒醒後，來和冷淘詩。

題王宗之編修齋中盆梅

芳樹成相憶，先春感已深。偶開東閣飲，如入西溪林。一室澹塵慮，移時澄素襟。笛中莫吹去，好寄隴頭吟。

贈王太守次張鶴來前輩韻

喜聞舊侶來嵩少，剥啄聲傳正夕陽。吏局閒情惟覽眺，詩人餘事是清狂。錢遺山老同劉寵，船載鄉民比孟嘗。猶有年時豪興在，醉呼張弟與錢郎。

題從姪天谷不如飲酒圖

飲中有至樂，輒問飲之人。千鍾與八百，史策傳云云。維聖曰無量，其理可引伸。賓筵有明戒，監史左右陳。自違温克旨，劉阮遺其身。香山致政日，於此一問津。吾姪抱誠樸，居然懷葛民。偶讀香山詩，千載契其神。圖成一相對，穆然忘喜嗔。詠歌太平日，近局邀比鄰。不知添白髮，要自留青春。斟酌既醉後，庶乎飲之醇。非由慎勿語，三復書諸紳。

代柬示舍弟主恒時弟宰醴泉

由來温秀邑，不改古淳風。直北飛芻遠，征西羽檄通。民勞誠可念，民譽要思終。早繪歡騰意，因風達聖聰。

帝意求民瘼，須從父老諏。汝來膺百里，我復導三騶。好食天家禄，毋貽慈母憂。旨哉退之語，相勉莫優游。

白鹿原

古原欝蘢蓯，屹然如冢立。元窅起陰崖，坎勢得重習。峻坂儼虹垂，曲屈廢階級。上原伏馬首，磬折人如揖。下原蹴馬蹄，心志行自戢。中央一掌平，云是漢時邑。千載迹已陳，稽一輒遺十。唅呀鑒湏洞，束炬僅身入。傳聞天寶年，天地多否隔。避兵息其間，往往相追遝。及今逢太平，蔽野禾黍接。洞口風泠然，蓁蓁翠可拾。居民俗近淳，小市雞豚集。深井通地脉，百仞始一汲。御命振德音，父老此維縶。懽然知我來，爲我進香粒。由來重授餐，雅慕緇衣什。我非敢自外，實此硜硜執。苜蓿水衡支，禄米大官給。再拜敬辭謝，鞭絲下原隰。輕雲落日翳，細雨單衣濕。行行復咨諏，終是懷靡及。

謝家嶺用王右丞田家韻

聚族因名嶺，淳風尚可希。書堂依麥壠，農服雜儒衣。但覺官無事，何妨晝掩屏。村姬能飼犢，稚子解呼豨。積潦麻初熟，連陰菜正肥。停驂行欲暮，問俗已忘歸。三徑容吾老，行當悟昨非。

自白鹿原至田家宿

朝渡滻河去，暮依滻河宿。林深足鳴禽，村靜有眠犢。講堂開古原，生徒猶野服。延頸仰咸韶，稽首彌山谷。自非德音昭，何由輔率育。沃壤枕上游，甘泉滋嘉穀。西春繼餘暉，南山出新沐。客襟晚始澄，倦馬歸偏速。冲然無所營，庶以展遐矚。

登太白廟古閣

傑閣層霄上，蒼涼漢殿餘。深村遠景合，香稻晚風梳。龍首環諸谷，青門鎖二渠。何因摩詰後，長日賦郊居。

張烈婦詩

正氣鍾所間，得者同不滅。於木爲貞松，於人爲奇節。卓哉荆氏女，托體本孤潔。家近易水濱，弱小慕風烈。嫁作清河婦，秦晉好門闌。婉娩奉姑嫜，顔色自怡悦。一朝失所天，雙淚但成血。雙淚有時枯，寸心難斷絶。在義非慷慨，執信早通徹。襝衽拜家督，孤露倚提挈。孤露不忍離，終夜腸百折。百折不能回，死矣便相決。相決復相笑，行路任嗚咽。至今兩黄鵠，飛飛下雙楔。

王明府遺畫蘭竹並綴以詩次韻爲答

澮澮谷中芳，娟娟風前枝。亮節本所抱，幽懷況相披。几硯共晨夕，醞藉含丰姿。霜毫挺穎異，松液流華滋。辱贈共敦勉，金石誰能移。美人寄遠意，一與春風期。結契苟勿替，比德方在兹。

病起喜得汪謹堂編修寄懷二首兼惠佳茗次韻奉答

問俗循行跨錦韉，詩成鴻雁美周宣。皇誠自向風雷動，臣職寧惟口舌傳。聞説乘槎通海外，何曾牧馬近河邊。書生也切同仇義，幾番神馳玉壘前。

病起經旬廢酒巵，端居無日不相思。忽驚沁齒開佳茗，況復言懷示好詩。老驥情依金埒地，遠翰心羡碧梧枝。願隨裴相還朝去，舊省春深花放時。

附原韻　汪由敦

披拂春風送錦韉，温綸聽自殿頭宣。傾心早慰三秦望，側耳争看萬口傳。黄叟共知能體國，廟堂猶自亟輪邊。待君簪佩趨朝日，細數風光玉案前。

客歲高齋醉酒巵，今來芸閣寄遥思。好將四牡皇華句，更續車攻駟驖詩。雙鯉再烹披玉札，三珠並舍挹瓊枝。青宵燈火書聲沸，彷彿傳經夜紡時。

題溪堂洗硯圖

翠竹蒼松壓古廬，十年閉户爲耽書。客來自有溪毛薦，春水琴高一寸魚。

溧陽師命題瓶中梅花

大邑磁中貯好春，隨身茗椀便相親。相公持贈非無意，冷淡花宜冷淡人。

燈前最愛玉横斜，傳定風情有絳紗。一卷新詩一杯酒，天然國色洗鉛華。

相對無言韻自生，折來官閣正春晴。夢餘疑入西溪路，明月當空鶴一聲。

昨歲宫花拜玉墀，去歲四月，上以瓶花分賜大臣。先生得香案所供寒玉甆器，香集衆芳，一時元老同拜賜者，争爲豔羡。群芳點綴譜烏絲。瓊樓高處春先到，最憶江南第一枝。

題王明府所畫素蘭圖有序

明府奉委至打箭爐山下，見素蘭愛之，納行擔中。每當郵亭孤館，必置蘭於坐，相對而笑，或酹以酒。二年事竣，歸虞山，種之得地，蘭大茂，蓋自中土所種，皆不及也。明年，明府被徵入都，既與親知别，復取酒對蘭，圖其形，裝潢成軸，流傳長安。一日，促余題之。柳子厚有言：『蘭亭也，不遇右軍，則茂林脩竹，蕪没於空山矣。』一草木之微，一遭相賞，輒流連往復，至於如此。因賦一絶句，以詠其事。且余觀明府，似猶歉然於蘭者，取余詩讀之，以擴其意可也。

培養精神護玉姿，香傳於繪遇傳詩。由來物色非容易，此意惟應越石知。

春夜同黄生懋德自旅舍步至温泉作

夜投新豐馬蹄倦，解鞍緩步來温泉。閣道燈火便相照，酒旗未落飄風前。城門兩版半欲合，雙林影黑行人怯。古路犖确復欹斜，暗水潺湲自酬答。老僧引我佛堂東，任安丁芊若相逢。本來落拓無滯結，況此盪滌資神功。赤腳踏水裳衣濕，漣漪鱗鱗翠可挹。千年遺跡隨逝波，一氣鴻濛但呼吸。興盡歸來夜色沉，村醪自勸醉還斟。前賢多説温泉事，最愛燕公第一箴。

題仇英所畫鍾馗移居圖

三才天地人，各各如鼎峙。餘氣以類隨，同歸而殊軌。或以小事大，日星河嶽是。或以陽管陰，往來生與死。如何抛至靈，紛紛争事鬼。譬如欲振衣，棄表但尋裏。亦如薦蘋蘩，輒以媵婢委。相逢作揶揄，虚耗弄微伎。屑屑何足科，僅博翁媪祀。符師未能治，筆秃手不止。天神與地祇，曰是人道耳。當以人治之，更不煩他理。聞説開元年，感夢信有以。奉敕圖其形，善畫吴道子。後來續能事，黄筌庶媲美。近代稱畫師，摹仿但相擬。此卷仇英製，點綴窮怪詭。變换吴黄法，側身在一指。彼以嗔喝神，此以號令使。略師水官意，白骨盡離跂。青牛充良駟，馴鹿當騄駬。摒擋及瓶罍，馱載致禪纚。導引何喧闐，裝束雜繒綺。飄然御風行，歷塊已千里。移居事渺茫，流傳近鄙俚。神仙有紀述，荒唐那足齒。前有葛稚川，後有鍾進士。求劍嗤刻舟，拙哉畫師似。群嬉走陽都，仁處義則徙。上承日與星，下載山與水。不語聖之經，綱維重人紀。萬年長有道，福禄以爲履。

題　畫

我家秦塘東，緣渚結茅屋。琴書帶水香，枕簟摇波緑。不聞剥啄聲，但聽欸乃曲。束髮事明主，十載違近局。溪毛紙上陳，鄉夢春前續。斜風細雨時，扁舟思往復。臨淵有深情，即事一省録。愧非張志和，何由托芳躅。

曾以絹素索溧陽師書兩閲月未見擲還頃接緘云尚須少遲戲呈二絶句

驪珠顆顆手裁書，屋漏痕深薤葉疏。又是湔裙脩禊候，鼠鬚繭紙竟何如。

朝朝棐几恣槃桓，眼底終期得大觀。更有何人能引肘，每當下筆便稱難。

盧抱孫明府餉六安茶

病渴相如使節回，炎風恰值貢船來。舊時鳳餅銀花印，猶是盧鴻親手裁。

王參藩聞余歸自關中寄詩道想次韻爲答

故人隔南雲，幾見春草緑。佳遊渺難尋，底滯如枯木。心知後會長，在想誰遺獨。自昔別經旬，動若阻山嶽。物類有相依，跂者蛩駏足。雲龍本異侶，往來輒追逐。相求氣使然，此理同粟菽。當歡徵情闌，對鏡感眉蹙。晝長門無人，闃然似空谷。微吟枕簟涼，靜坐館宇肅。自顧鮮所期，孤寄久違俗。貢船從南來，剥啄枉遠牘。驪珠三百二，跳躍盈在目。端莊雜詼諧，絢練返古樸。云昨因奉公，鷁首江干宿。夢余從秦歸，迴策如火速。鬚鬢塵色侵，襟袖雨痕沃。要識神役形，豈殊越與蜀。維魚亦可知，呈兆遂感牧。心契有同符，腸輪無停轂。經年歷邊陲，不覺征裘禿。匪材荷聖明，遷秩增微禄。每分鮑叔金，時拜冉子粟。興來愛臨池，結習慕野鶩。終朝抱陳編，南榮射新旭。澄慮絶異營，約身就檢束。自非平生知，何由諒衷曲。衷曲不可陳，況示難更僕。尋常多紛投，入眼便煩促。望君轉星臺，我老守坊局。重賦同巷詩，稍接花間躅。毋令兩地心，但卜清宵續。

附原韻　王恕

東風吹江皋，芳草萋以緑。黄鳥求其曹，鳴聲下高木。物色競春華，離情耿幽獨。吾友經濟才，文彩動山嶽。十載鳳凰池，未展騏驥足。明詔閔秦人，供軍久馳逐。行者荷戈矛，居者送芻菽。雖徵踴躍情，毋乃生理蹙。爰咨珥筆臣，勞來徧窮谷。邊馬秋蕭蕭，塞雪春肅肅。征車無停輪，太史親問俗。昨有南飛鴻，千里啣寸牘。唐棣信可删，終南如在目。所過變澆漓，舉隅見淳樸。使者有遺金，拾還不隔宿。果然王化行，能使風移速。大府上勤勞，新恩優更渥。前軍待銘燕，司馬先諭蜀。功名樽俎間，豈必後頗牧。鵬翅颯青雲，廣衢泥方轂。日月如水流，鬢鬢經霜秃。慙非廊廟器，忝竊監司禄。新看鍾阜雲，又轉江淮粟。長川千舳艫，野泊群鷗鶩。琢句遜休文，時同年沈子大翰林同行，頗有唱和。揮毫重顛旭。武進張荀臣善書。翻因奉簡書，少得辭檢束。中宵忽夢君，叩扉陳款曲。襟袖有風塵，左右無僮僕。既見心則降，告歸膝仍促。但言契闊深，不覺扁舟局。燕磯寧妄形，鶴樓有前躅。重開證會圖，好待秋風續。

一琴員外邀同西玒吏部謹堂編修集賜書堂即席分賦

直廬委遠術，近若星接躔。偶偕東觀侶，來訪西平賢。聽事仍旋馬，槐陰聞鳴蟬。食單出鄉味，羮手調時鮮。稍分雀舌茗，命擘魚子箋。情洽外形局，理愜忘言詮。霽色散晻靄，流韻鳴絲絃。即事有餘適，聊續城南篇。

香樹齋詩集卷六

沈子大太守以木字韻見懷奉答一首時沈就王參藩幕

昨夜夢江水，春波漾微緑。晨興理篇章，流覽感伐木。候禽鳴相和，君子行在獨。吾聞磊落才，間氣鍾川嶽。千里得一賢，人言如此足。幸際皇路清，好爵況馳逐。何爲賦歸與，猶自甘半菽。貧無負郭田，屢空計仍蹙。參藩我舊遊，相招出幽谷。使者已在門，意敦禮亦肅。軍諮漢室官，典設唐家俗。羔鴈重先資，修脯賁遠牘。樹義舉大綱，品類及條目。由來經術功，要可迴淳樸。家學有根源，交契承名宿。隋珠本不脛，争致自神速。直諒貴師資，事豈殊啟沃。嘉賓盡東吴，賢主挺西蜀。詞館望仙才，閩嶠思循牧。憶昨應召來，小巷停雙轂。開軒揖故人，相對毛髩秃。勵志絶群趨，省己耻干禄。而我守舊巢，仰活天家粟。顧非冲霄姿，飲啄笑雞鶩。如何當良時，坐令失初旭。壯盛不可留，即事但檢束。有母不能將，十載違鄉曲。丐貸拙言辭，況忍委僮僕。新知務深沈，浮尚屏淺促。努力分可安，行素即當局。羨君愜所偕，聯步追芳躅。再賡求友詩，清聲許誰續。

附原韻　沈起元

東流復西流，異水同一緑。垂楊復垂柳，處處相思木。昨歲京華春，蕭寺傷羈獨。叩門有香樹，意氣蓋秋嶽。古人割宅心，遇我同手足。一爲參商别，遂阻雲龍逐。回頭謝蓬萊，低頭辨麥菽。依仁映紅蓮，聊以慰蹙蹙。天狼耀西極，威弧指代谷。五道下榆關，三城防甘肅。王于賦同矛，板屋有遺俗。聖主軫其勞，命使布黄犢。歷告敷腎腸，首選森眉目。遂使沮漆間，頓復榛苓樸。憶在仁皇朝，瀛洲幾同宿。得路擬鑣分，乘時或飛速。開府皆范韓，衣繡備啟沃。鵷聯寺臺閣，星羅吴楚蜀。寂寞校書雲，瀟灑悲秋牧。十年卧鳳池，一出轉華轂。稍攄龍劍光，且换貂裘秃。男兒重勳名，豈必志榮禄。嗟余濩落材，白髮羞脱粟。屢退飛六鷁，無成刻一鶩。空餘耿耿心，孤咏輝輝旭。非耽林野趣，且脱簪纓束。尋山冒風雨，玩水溯洄曲。問渡泥漁樵，把釣屏僮僕。荒途别有會，長日轉愁促。區區物外情，未足贈當局。關中天府重，四牡遍行躅。爲問關中吟，長短幾篇續。

次酬鄭檢討江前輩

棧雲嶺雪得歸遲，又是高槐潑乳時。笑指當年書帶艸，經春猶是碧如絲。

銅街同日浣香塵，一别青衫越與秦。可是前身白太傅，十年還作隔墻人。

陽城師故宅有感

庭宇蕭閒琹几清，魚鬚傳笏履傳聲。曲臺自昔聞三禮，漢殿於今説五更。密贊廟謨趨曉漏，獨焚諫草對寒檠。當年疏傳辭歸日，夢奠郊門第一程。

追和漁洋山人韻贈趙東籬

故人太行去，窮我望遠目。中道遺寸書，清輝斫新竹。更介幽人言，欲和陽春曲。柴桑不可追，千載餘芳躅。從來淡宕侶，冥搜契陳宿。五斗滯東陽，俸薄助榆粥。耽詩有奇癖，孤抱寧負俗。隙地十笏餘，秋來但種菊。豈意京華塵，跫然到空谷。

東籬以索詩入都予適在假乃布席門外以俟余感其意扶病接見

復次前韻

雨餘扶笻出，小愈豁病目。石徑添新苔，清陰散幽竹。千里乞詩人，剥啄喧巷曲。自言結習深，苦志追往躅。平生嗜古懷，布塵碑下宿。偶然契微情，如進防風粥。感之發吟嘯，此意自遠俗。瘦骨冷似僧，詩味淡于菊。客去復閉門，夕鳥下芳谷。

薛節婦詩

節婦姓李，商州洛南人，歸薛增鳳。三年增鳳死，李自縊殉之。有司以聞，嘉興錢陳群爲述其事。

薛家節烈天下奇，百年四世兩見之。前者守身重圭璧，罵賊不屈醢不辭。張巡許遠不可作，閨門正氣鍾在兹。我昨循行訪遺事，立馬一拭高愍碑。今之雲孫婦姓李，又以從一矢不移。三年巾櫛奉君子，連理比翼常相隨。一朝所天遭脆促，遂以身殉無所疑。香羅八尺燭一寸，黄壚含笑不復悲。由來節烈軌非二，後先照耀史册垂。聖朝旌獎典至渥，貞珉鐫刻蟠龍螭。豈惟持以勵陰教，直欲風彼男子爲。臣非忠也友非信，鹿鹿生者誠何居。

輓静海家宰勵公次鄒太和前輩韻

馬策叩嚴城，晨無相杵聲。道逢來舊侣，同赴哭端卿。公論維風雅，斯人佐太平。平生懷感淚，多向一時傾。

卅年依禁籞，無夢到鄉園。伊陟家聲遠，甘盤舊學尊。曰惟申國憲，雅不樹私恩。死者如能作，吾將問九原。

答鄭筠谷前輩用王右丞韻

辱交久存畏，非謂年齒長。舊業有根源，新知日培養。汩汩萬理呈，了不事羅網。而我本荒殖，經歲况塵鞅。渡河未窮險，過華從取仰。歸來仍閉門，獨坐祛衆象。高雲淰淰流，白雨浪浪響。昨携諸子來，倒屣出奉杖。一再投清吟，雅欲收土壤。愧無握中珍，何以副宏奬。

題謹堂所撰烈婦邵孺人傳後

明季遭喪亂，披猖肆群醜。自成方嘯聚，潼關爲失守。避難榛莽間，奔竄棄户牖。孺人自雒徙商州，一步一跌踏蹯內。中道被執誓不屈，奮身駡賊震林藪。斫足足折駡愈厲，斷舌舌去聲益吼。賊乃寸磔之，肉腐遭踐蹂。飢烏不敢下，慘慘叫荒柳。州人慕其義，悲悼賦黄鳥。至今閨闥中，聞者輒奉首。顧爾在其身，或在其左右。奇烈爲世珍，金石比長久。我皇御極，教行俗厚。孤忠亮節，以輯以蒐。魂氣流行，無不昭受。生而被辱，不如死而獲壽。嗚呼幸哉，清時之婦。足不閾門，以躬井臼。嗚呼樂哉，清時之婦。

高明府歌

明府姓高，名式青，錢塘人，爲永寧令。宜陽奸民亢珽等，騷擾邑境。明府出諭之，被執，陷寨七日，罵不絶口。官兵逼賊寨，賊擁明府以當官兵。明府大呼曰：『若等奮力進攻，勿以我故不前也。』賊惶駭，莫知所之。明府從巉巖絶巘中，乘間躍下，舉虚實以告，乃盡獲賊。明府傷脊及臂，歸數年而卒。其夫人趙承旻紀其事，余因爲是歌。

永之令，高明府，軀幹雖小，力大於虎。宜之奸，業鹽鹽，亡命害民，毒於猰貐。神㞒寨，紛榛莽。巘山東，實嘯聚。官兵至，猶設拒。永之民，竄何苦。明府徠之安如堵，身冒矢石按行部。道逢難民數百輩，明府下車爲咻噢。孰知擔勝中，狡猾雜無數。公然擁馬入賊營，脇之以刃肆侵侮。明府罵，朝至午。口號絶命詞，喋血目如炬。無何官兵來，殺賊如撲腐。賊不知所爲，乃争挾明府。曰有爾令在，可以當利弩。官兵恐傷令，器在忌投鼠。明府復大叫，毋以我故阻。遂自暫騰躍，奮不顧身膂。邑人舁之歸，力竭髪猶豎。指示賊營，以手畫肚。令之歸，命如縷。永之民，戴若父。大吏來論殺賊功，明府默然無一語。有功不伐古所難，死者可作吾誰與。俗論往往工吹毛，責之以死不猶愈。君不見，柯之盟，躍七跬步間，卒反魯侵土。又不見，李將軍，被創絡置兩馬間，取弓殺追力何武。明府懦弱生，輒與沫廣伍。全生非畏死，於義亦有取。此意無人知，由來自千古。即今惟有黔婁妻，誄成一哭淚如雨。

題同年王甘泉侍御秋花卷

黄筌粉本有傳家，位置天然整復斜。桃李成蹊柳飛絮，從知難老是秋花。

鄭郊七子歌詩後，吴下群公譜衆芳。草木由來多臭味，各持本性禦冰霜。

俞尹思太守以冀州改知磁州走筆送别

宦況我臨乞米帖，民情君繪贈錢圖。緑槐影裏劉公去，亭吏何勞望白駒。

答應科目諸生

春華競紛葩，遂媒風雨妬。衆知副良難，欝欝内懷懼。覵循驗信修，不已便成趣。未聞青松枝，猶自感遲暮。

董子學未成，曾聞下帷幔。三策發天人，妙理翼經傳。後來孫石輩，交義兼金斷。試登徂徠山，下有投書澗。

積想便成妄，自召必有因。積妄竟成幻，坐令漓其真。攝志甘寂寞，斂轡迴車輪。不聞先師言，憂道不憂貧。

維聖亦有患，所立與可知。名者賓所實，身在影則隨。吾無以進子，一語謹識之。由來工合轍，要於閉門時。

題王公衡少司空觀潮圖

羅刹源深水接天，浪花長共月華圓。江妃最愛秋時節，風馬空中擁玉軿。
穿到嚴灘日未西，驚濤餘勢嚙長堤。即今保障安瀾日，父老江頭説水犀。

題徐上舍峰泖圖用東坡煙江疊嶂圖韻

海門迴合山勢連，九峰點點浮蒼煙。儼如群真朝玉闕，雲鬟繽紛何飄然。陰崖巉嵯不可狀，但聞琮琤戛玉鳴飛泉。泉奔暗與暮潮接，滙入三泖爲平川。迎潮漁艇衝波入，華亭谷西顧祠前。河豚欲上未上候，斜風欲雨未雨天。中有居人孝穆裔，數椽點綴分幽妍。卜栖静愛雲水窟，學畊新買瓜芋田。我昔曾爲五茸客，吴女一笑留三年。小橋路轉水如抱，含煙遠篠晴娟娟。樵聲有時回鶴夢，漁唱雅不驚鷗眠。方今太平行樂隨處是，笑他桃花流水曲曲尋神仙。舊遊披圖恍如昨，但與心遇爲延緣。何必晉卿之畫東坡句，願君盥手朗誦新題篇。

送同年邵學之匭使典江右試

皇路際澄清，莘渭多發跡。先生來四明，彪炳挺文伯。由來經術深，德照實所積。洪都磊落州，詩人美南國。芙蓉插五老，沆漭襟七澤。自昔聞道南，醇儒有宗祐。師匠重程才，楩杞歸玉尺。要迴正始音，暫輟邇英席。吉人如静女，高致寄婉嫿。亦如芳谷姿，抱秀遺廣陌。賞微感精誠，燭滯嚴掎摭。好持一寸心，仰佐四門闢。

寄懷竇聞子次青立韻時聞子官蜀中

自與宋玉鄰，座中識子面。敦勉相師資，庶使淳風扇。辱子期許深，悚側愧生汗。大道負荷難，子行思過半。經術昔所裕，民社今始見。抱德如原泉，峭壁落幽澗。觀理無拘方，微渺争一綫。憶昨叱馭時，不語各繾綣。烏兔無停景，時節成轉盼。安知揮手後，未久便相見。蜀山信云阻，豈使音問斷。如何坐懷人，終日罷文讌。

次韻題吴編修歸櫂圖

白雲子舍隱遥岑，歙浦彎環深復深。争羨詞臣初得假，扁舟一寫故園心。
三年槖筆侍彤闈，一夕南飛逐鴈歸。拜沐殊榮稽古力，稱身宫錦作斑衣。
蛙鳴兩岸有公私，覓句情懷問酒巵。最是篷牕叉手處，鄉音直送耳邊時。
須知秘閣貯青藜，轉眼歸帆换馬蹄。更畫還朝風日好，綠槐垂柳國門西。

許觀察分餉所製貢墨因録東坡咏墨詩奉酬並題一絶句

張遇半丸徒好事，潘翁萬杵法猶傳。他時圭璧常相繼，殘債應消三十年。

張溥三久客梁宋間昨寄詩告歸鴛脰湖次韻奉答

冉冉時序流，落落栖寓志。感遇存貧交，懷遠當晚歲。軺車轡初迴，孤帆影遥繼。諸侯方接延，故井尚沉滯。肅肅高鴻飛，策策雙魚至。殷勤回路請，披示出處計。再具游子衣，幾濕慈親淚。執德抱拘方，千人寡通器。自顧同條枝，理豈殊榮悴。肖裁音未衰，亮節時可冀。春風若爲期，萬彙終一被。寄言意難陳，微尚聊此綴。

題商寶意編修鏡湖載書圖

商子多古意，結性本淡宕。生居季真里，千載一俯仰。對策徵天人，理醇辭亦暢。肄業太史氏，蒼老引輩行。時清風月佳，令德發高唱。翰林儲才地，名教隆尊望。載書數千卷，暫此寄閒曠。得假豈乞身，幽致秉微尚。鑑湖春水平，乘興理輕榜。山色倒景流，容與何蕩漾。雲霞捲幔帷，葭菼列屏幛。自非磊落懷，誰能便相訪。携此索題詩，雅欲觀所向。披圖當卧遊，心即神已迋。遠鐘隔林聞，獨鶴銜煙上。最宜月下歸，鄰船篷初放。

立春夜燈花同葉上舍承點聯句

燈花如有意，迎春夜初結。寒葩直爭梅，陳群暖黲欲侵雪。轉回天地心，葉承點點染造化術。無煩羯鼓催，陳群似逐葭灰發。蘭膏吐氤氳，承點玉穗包生活。觀成戒助長，陳群沃根早函實。自有菁華滋，承點豈因雨露茁。應候借火耨，陳群耐冷怯風櫛。開謝任須臾，承點性情適疏密。敷榮乍承不，陳群凝陰乃出乙。妥貼孕萌芽，承點穎異挺豁達。光搖紅不定，陳群影靜青可掇。黯黯流晶熒，承點霏霏噴珠屑。繼照貞會章，陳群未明先向日。懷芳霜詎摧，承點啟秘才必竭。遲放喜振枯，陳群驚鮮比初折。非關蓮炬移，承點或者天女綴。漏沉金鴨眠，陳群煙細熏籠爇。珍重好音傳，承點謹慎低語洩。蒂憐紅豆繙，陳群心知丁香熱。裁衣眼偏暗，承點寄遠字憎拙。相對一沉吟，陳群未忍輕剪伐。亦有禪坐人，承點凝慮圍爐室。之子期未來，陳群楸枰韻方徹。獨酌不成詩，承點倦眵暫抛帙。偶然悟變幻，陳群直欲空起滅。玲瓏機上絲，承點團圞桂邊月。粟排翠幕深，陳群錦簇雲屏列。輝煌不夜城，承點璀璨夢中筆。何妨四時開，陳群未數五稜出。長檠芝蓋聯，承點短檠釵頭歘。玩物殊豐悴，陳群隨分取怡悅。人間矜嘉祥，承點我獨重陰隲。德照苟在握，陳群昌熾不爽髮。消息寓毫芒，承點感召等圭臬。媚鵲聽既煩，陳群直烏虉非戾。炙萼亦妄呈，承點泡影但一瞥。合歡與連理，陳群至行兼亮節。稱述有異同，承點內外分本末。省躬托風謠，吟成燭再跋。陳群

題相馬圖

朝秣荆越禾，暮洗桑乾水。如何絡青絲，不向燕臺市。雄姿逸態自有神，由來愛馬如愛身。生雲硬石不得滓，追風白雪無點塵。材官空費紅羅巾，天戈直指横門道。萬里功成會須早，安西都護千金裝，一見心驚毛片好。畫馬不畫月，相士不相形。古人稱德不稱力，此馬真堪托死生。君不見，貧厩老段瘦存骨，曾冰幾蹴四蹄裂。亦知惠養未酬恩，春來猶自嘶金埒。

次答汪凝之上舍遊楚南

好鳥求友聲，君子念徒侣。汪君湖海客，豈學性懷土。偶穿石廩雲，去聽瀟湘雨。臨岐三執袪，揮淚陳覼縷。美人隔千里，天末遲遠羽。良覿清夢違，麗思文讌阻。微吟寄芳洲，投贈當縞紵。

集香樹齋山桃花下小飲用昌黎山石韻

薄陰乍暖風力微，游蜂蛺蝶相紛飛。輕紅淺白承日麗，瓊英玉蘂含雨肥。一年三百六十日，有花時節十日稀。主人邀客客未至，花下小立忘朝飢。有時獨坐忽照眼，似下絶色窺牕扉。有時只尺不可見，仙源漠漠煙霏霏。客來先後就花坐，緣石拂席促成圍。好花在眼客在御，那得更惜典春衣。明朝更替未輪值，如僧放參馬脱韁。安能教花不落燭不跋，客亦盡醉毋辭歸。

題王上舍竹韻泉香圖

茅堂依石净無塵，寒玉香傳小峴春。曲水茂林清勝地，故應輸與换鵝人。閒愛瓶花落硯池，微風明潔浣纖絺。泉香竹韻誰能會，要在停杯欲啜時。

戴四素存得孫志喜

論交在里閈，君家兄弟好。紀諶同時徵，端復名譽早。就中推四詩，鮮麗摛春藻。宦遊外州縣，復走長安道。急求升斗糈，居貧爲親老。我行將五十，有子髮初燥。爾呼我爲兄，爾孫已在抱。首春佳會多，燈月同一皓。願借明月輝，裁爲於菟褓。堂前鶴髮人，行樂無煩惱。福禄天所愛，積善庶能保。題詩一相勖，浴德以自考。

上元夜踏燈歸集徐桐村編修齋分得動字

近燈爍爍鏡出奩，遠燈熒熒珠脱蚌。迎春兒女不知愁，家家歡笑如波湧。太平秧馬小隊陳，紅燈幾簇花鈿擁。我老隨車踏燈市，六街如箔人如蛹。不知華髮污香塵，但覺冰銜等閒冗。歸來索酒過南鄰，月色如銀瀉濛澒。座客頹然各就醉，徵歌爲我賈餘勇。食單再進漏已移，林鳥欲睡枝猶動。人生行樂須及時，有錢何用藏深坵。喬松噓吸且不爲，況肯冒昧事丹汞。

題戴巨川庶子畫馬

戴侯畫馬有奇癖，追風躡電神飛揚。五花毛孔深鐵色，絹素頃刻騰龍驤。當其吮吸筆未下，墨池松液凝寒漿。夜深捲簾一仰視，屋角耿耿明天房。始知凡事有天助，乃造神妙稱精良。試觀此馬仡不動，絕類顧盼餘輝光。幾回撫卷矜騕褭，徑欲牽付銀鞍裝。龍堆萬匹有如此，人間何處分驪黃。

春　雨

下直歸來得小休，重簾香篆此時留。作寒欲識東皇意，潤物先舒蔀屋愁。花朵暫教違蛺蝶，田疇到處喚鉤輈。明朝便赴城南約，一試春泥擔榼遊。

謹堂自留館後與予比鄰先後八載晨夕無間極同舍之好癸丑四月除左春坊贊善予以菲才忝居右職遭際清時同官相勖敘交言情喜賦二章奉贈用新城王尚書喜羨門卜鄰韻

對宇連楹交照近，況兼氣誼本如雲。鷄聲昨夜偏催我，鵲噪今朝喜屬君。雨過僧來康寶月，花時客對沈休文。兒童也慣師郎輕，棗栗初登每共分。

館職聲名從此大，何殊遠鳥刷高雲。亦知鞭影終先我，都說宮官稱此君。用晏元獻事。曉漏獨攜香案筆，夜檠同裁石渠文。有無豈止通鹽豉，愛馬新裘揔不分。

附和韻　　汪由敦

聯佩青坊初拜命，忽披郇札勢翔雲。詩裁清玉追王翰，坐挹名香接令君。銜冷不妨同署字，官閒正好細論文。後塵更忝餘波照，屣履相從儘夜分。

皇華春浥函關雨，冰鏡晴開石廩雲。燈火一墻還並照，唱和千里劇思君。多慚若水人倫鑒，難繼相如典册文。千載心期勞刮目，玉堂風月敢平分。

病起走謁臨川師席間出季子賦稿因題一絶句

閒將書籍作醨糟，汲古無心事桔槔。偶坐春風傳七發，更占家學屬枚臯。

萬字兆前輩寓齋紫藤盛開延諸公吟賞主人以花製餅餌侑酒客啖之稱善時群未在席意其法與槐葉冷淘相似即次監川師韻

老藤緣古屋，生意蟠檐溝。花時賞其下，致若舞雩遊。稠英綴新葉，翠比集雉裘。採之入寒具，佳客庶少留。名言贈金石，亮節維嘉柔。陸海方丈地，駐此萬斛舟。寸芹倘可獻，平生懷報酬。薰風五絃罷，此味或一求。

題晴嵐畫册

瓊姿自愛天然潔，細雨何曾褪嫩紅。絶似上林三月暖，十分開後更無風。
小試晴牕點絳雲，鴨爐香篆正濃薰。尋常畫手多臨仿，鑒氣終須遜十分。

題謹堂雨中趨直圖

天鷄唱徹晨晞微，薄陰時節鳩亂啼。玉河水長草滿堤，柳枝濯濯桃花肥。禁籞迤邐鳳城西，石路虹亘儼丹梯。詞臣趨直衝春泥，韎韐一領偎鶏栖。吟肩聳削神折折，象犀鏤管紙赫蹏。近前中使傳催詩，由來好雨多知時。農官昨報種已齊，明當有詔親扶犁。急歸煎香薰袷衣，更向千畝揺鞭絲。

端午日同謹堂侍講侍直勤政殿紀恩述景二十韻

講垣初受擢，同直有比鄰。列炬連雙導，鳴騶接遠闉。曉涼侵細葛，宿雨濕重茵。瑞靄明朱鷺，祥煙護紫宸。祀雩先大樂，考律正蕤賓。問夜傳佳節，勤民及令辰。不聞歌舞事，惟愛典謨陳。黄案封題密，金鋪階級循。趨蹌成學步，進退儼垂紳。羅薄香能染，班聯交有神。頭銜慚領袖，記載慎絲綸。已拜天厨黍，還登内府珍。何妨潁考叔，且學漢詞臣。飽飫脣殊數，無因寄遠親。恢台風日暖，喧笑太平春。户有浴蘭客，門多躡柳人。槐陰鴉欲轂，麥隴雉皆馴。散僕歸蹄疾，耽吟引興頻。煩君一繼響，許我揖芳塵。元白餘波在，他時話舊因。

題徐丈小影

藝苑聲名奕葉傳，徐卿才望里中賢。伯陽記頌三千卷，孝穆牋書五百篇。濟勝一枝卭竹杖，尋僧幾幅白行纏。瀛洲草色年年緑，却欲翻身入紫煙。

吴眉菴前輩視學畿輔歲餘河間府學宫古柏枯復生於應爲瑞諸生繪圖以獻因題一首

樹木有靈異，重生遇更奇。由來稽古地，況是右文時。佳氣連皐繹，清陰閟象犧。好從圖畫裏，一和角弓詩。

齋中山桃

沉李浮瓜沁齒寒，無緣得薦媿冰盤。縱然移向崐邱去，還作人間碩果看。

題李蔚林詩稿

詩格清於出谷泉，知音終古七條絃。南冥未必三千遠，可用吹噓送上天？
不信造車終合轍，情知匪草亦生荄。四明狂客如相見，定解金貂换酒來。

題　畫

我生苦畏熱，扃户當夏序。早判良覿疏，暫遣文讌阻。列椀但盛冰，布席輒近礎。落澗枕中琴，幽篁夢中雨。慮勝有遠搜，思邈窮海嶼。欲往無由因，閉目一揮麈。豁然披斯圖，遂却庭前暑。

題張鸝洲柳漁小影

湖邊柳浪正聞鶯，轉眼風傳折葦聲。寄語篙師莫相喚，攜竿人已到蓬瀛。
曾見紅綾啖餅初，殿頭人説好中書。十年前事如相證，我亦癡肥誤墨猪。

大宗伯吴懸水前輩屬題芭蕉

不妨也署緑天菴，自有清涼到枕函。密諦欲探堅固義，佛云：『能知芭蕉堅，始識堅固義。』珊瑚玉樹會同參。
雨聲慣醒三更夢，晴色濃拖十丈雲。癡絶東陽沈僕射，閒尋階草作彈文。

白海棠詩

静海勵文恭公家居時，手植樹也。壬子九月，公櫬歸里，花復開，色白如雪。見者異之，繪圖傳都下，因題一律。

韓持國去誰應賞，賈相堂中號作仙。枯竹尚傳生雨後，春花那禁發霜前。尚書清節人能説，詞客新圖世共傳。家乘他年徵異瑞，廢莪人咏角弓篇。

九日同人集寓齋分韻

少小曾爲梁父吟，廿年跡寄五雲深。但憑鴻雁傳佳節，每共蛩螿感夕陰。登眺未妨他日事，盤餐聊見故人心。醉來便下思親淚，一髮江南隱碧岑。

題史頡甫笑對梅花酒一壺小照

下若樽中白墮，南枝牕外清酣。不是天生秀骨，者番風月誰擔？紙帳香浮豔雪，紗籠色映紅霞。我亦狂能索酒，幾時修到梅花。

題晴嵐畫芍藥

長安種花復催花，烘炙萬卉生萌芽。十月已報隴梅發，牡丹又見翻紅霞。惟有將離花，伏土不動如蟄蛇。暖爐蒸徧催不出，要與三春紅紫争繁華。園丁坐束手，對之但嘆嗟。張君顧而笑，爾技何窮耶。亟裁好東絹，寫作連天花。張君少得南田法，能事不遺毫髮差。承風露葉墨痕淡，并刀截玉肪無瑕。我欲向君乞數本，膽瓶供養當日斜。只恐園丁夜半來，偷取青錢三百，賣與油壁游人車。

送姚十五省覲歸桐城

重來簪筆地，十載別慈親。更羨金華客，歸依白髮人。篋中三館課，樂事一庭春。到日林鴉乳，晴郊爲拂塵。

姚十五又屬題折柳圖

萬縷垂楊一寸暉，春光長照老萊衣。三千里外桐山路，十五年中六度歸。

次葉恒齋舍人移居原韻

自我卜此巷，鄰並幾更易。近喜多同官，周雨甘殿撰、效白編修。張雪子庶常。與許晉叔編修。席。葆真内翰。每排入直車，更接花間屐。面北有數椽，檐勢薄我宅。爲是衡宇連，求鄰心轉迫。舍人名家駒，早歲洗繁飾。肯辭華屋緣，洽此閒曹迹。公餘寡所營，苦學至人息。牙籤羅群書，門版榜通德。鸞鳳任鞭笞，神仙增氣色。宅心在坦途，容膝忘湫窄。豈惟舊學崇，務使疑義析。由來古道期，相感重悱惻。同巷有諸子，晚近更何適。庭楸凍雀翻，荒徑易爲夕。里仁古所云，而況本相識。過從已許頻，投足未須擇。惟應夜雪深，寒燈耿孤寂。

冬夜同人集寓齋分韻得絲字

病起歲方晏，抱膝坐寒帷。何期里中彦，惠然肯來斯。水曹官十載，鹿田。猶苦臣朔飢。案牘決流水，餘事惟工詩。徐卿摻别鵠，芳樹含深悲。仲也范陽客，風雪歸來遲。晉叔書年兄弟。汪子逸群才，抱朴上駟脱金羈。連蜷識賦字，曾受尊宿知。髯也古謙初見面，濯濯春柳姿。穆然清門裔，夙昔神契之。我愧非喬木，高情同兔絲。氣洽偶相附，物理有可推。稍沾鄉味薄，何用甘脆爲。清討愜永夜，不覺更漏移。微旨倘一會，傳處非言詞。往哲不可作，余修惟孜孜。本無殊俗意，輒與時好違。量力各相赴，直諒多師資。或許申後晤，行當數追隨。

桐城相國仿高青邱意作漁樵耕牧詩次韻四首

漁

淥水度年華，吾生豈有涯。偶然成小住，得意即爲家。蓑短雨難濕，帆輕風易斜。仙源應不誤，試認舊栽花。

樵

鳥道千盤路，何妨結一椽。山深知曆永，柯爛識幾先。松下逢鄰叟，雲中羨列仙。豈無斤斧外，終老不材年。

耕

要術家家守，田功處處齊。儉因依瘠土，朴爲近愚溪。燒罷資春雨，膏融趁晚犁。倦來耽一枕，多在緑楊隄。

牧

草屩誇能事，平生善起居。勞終嗤快馬，逸不讓安車。約略名村落，依稀似亥魚。上林應有詔，卜式竟何如。

次答王樓山見懷原韻

無端歸思到長林，梁月懷人夜色沉。入夢猶驚三峽險，題詩終憶五雲深。功名他日推黄散，踪跡同朝有素心。尺一早伸回路請，莫言相隔碧山岑。

憶昔旌幢過楚山，郵亭夜雨一彈間。醫方從古稱三折，候火於今見八還。萬里情知終老別，百年要駐未衰顔。浮家舊有吴趨約，好泛由拳水半灣。

送海昌相公致政歸里

皇帝聖武御極功，眷懷碩德禮數殊。或以内相受節鉞，或由舊學京第居。登庸群老資訏謨，調燮六氣歌唐虞。鑒公忠誠繼枚卜，父老稱賀相歡娛。朝正藩使望顔色，改容却立斂襟裾。一心從乂一德孚，仁風廣扇治術鋪。公曰成功四時序，況當清晏化日舒。上章乞身還鈞樞，臣拜稽首其歸歟。帝念勤懇允所請，同朝祖帳開東都。十行墨敕宣後命，詔許公子隨公輿。公年則耄神則癯，逍遥不用傍人扶。雖云不用傍人扶，花間石畔行相呼。畫圖傳寫太平事，道路比並大小疏。群也行年未五十，望秋先隕柳與蒲。去年邊塞歷登頓，歸來頭禿豁左車。憶昔槐廳列兩拜，春風坐我東堂隅。陳力未效慚報稱，編摩夜校紅梨書。十年許我仍問字，煙艇一棹來西湖。

梅功升明府被鴻博薦召試後還任候進止賦此志别

黄帝垂衣裳，后牧不識字。書契溯所由，本屬理人事。未學謂之學，卜氏解其義。爲宰須讀書，柴也懼不眊。俗論分四科，淵流剖爲二。遂有輕薄才，闘靡同騁駟。風雲競紛葩，案牘棄如屣。亦有拘曲儒，箋注滋論議。民社落其手，裁决失措置。儒服爲衆嗤，權輿誰所致。
綱宏綱羅，登進多不次。明詔求遺賢，例得升外吏。梅君古文學，我友之所畏。作令别十年，
轉徙梁宋地。所居無威名，頗師保障意。王公領三州，天子方倚畀。緇衣感風詩，往往好是
懿。先以循良徵，復以鴻博被。姓氏入楓宸，遭逢實兹始。最績著上考，閤門應明試。千言寸
暑成，縱筆無賸思。吾老輒倒棚，對之能不愧。行矣且之官，其以我言治。更無引肘人，陽鱎
皇會深避。東都盛卓魯，自昔聞三異。德化務身先，推讓感童穉。雖非千世譽，早有輶軒至。

香樹齋詩集卷七

盧孝子詩

姚江孝子蕙江孫，幼後於叔以父論。父病思食江味鮮，攜筐潛影走江濱。江濤一齧絶攀援，漁人救之乃得全。郭索滿筐堆滿盤，父求食之寢始安。無何亡命來黃巾，父子相失啼且奔。中林遇虎虎則馴，得父所在笑語温。渠魁就殲餘孽存，賊舟載父行欲殉。繞舟痛哭聲已吞，賊黨感之急遣還。戒勿安土守粥饘，懼有追者刑火爇。父老疾作宿草間，賊平奉歸卒里門，手土築冢血漬殷。母有愛女愛更偏，謂非所出宜棄捐。讒人搆之媒孽紛，陷以非罪終脱然。密遣所暱伺諸原，投之以石中項肩。側身一跌如千鈞，母得其狀心乃歡。天明獨歸爲母言，負罪引慝涙如泉。母實有女侍晨昏，兒罪當死乞母憐，願守宗祏終餘年。貨入非所敢私焉，言已復泣涕漣漣。母亦悔悟勸慰敦，進以漿食授以廛，讒者有術無由緣。嗚呼孝子遇何屯，處屯而亨荷皇天。王祥佩刀古所傳，姚江孝子殆其人。

許别駕渭符寄懷于午晴詩五章音節清越漢魏餘響也適得渭符尺牘依韻奉寄兼似王孟亭太守

一日復一日，俛仰托群動。平生寡期許，名義實所重。候鳥感此情，林間發清弄。

懷人目梁宋，流盼極所如。明月無剩照，廣素委清渠。何期相思夕，忽報雲間書。

展禽列下位，積毁疑曾參。曠觀賢哲儔，千載抱孤襟。欲寄無一語，寂寞感希音。

古調與世遺，持此更誰與。一從宿瘤嫁，幾誤桑間女。遲暮幸勿悲，中夜惟延佇。

白石有餘響，微吟中清商。四海得二彦，況復同壇堂。還期各努力，盛世垂旂常。

題蔣漱芳師記夢册

先生示群夢子柞《引遊三神山記》。群讀而嘆曰：『噫，大哉！五倫之管也。』自有天地萬物以來，氣之所屬，神之所行，化之所極，至神仙邈矣。然立可絶也，而所以立者不可絶，形可外也，而所以形者不可外。群嘗西逾空同，過廣成之故墟，曰：『此神仙之遇於君臣者也。』又數千年而傳瑶池之事，其蹟與空同相類，故西王母吟曰：『嘉命不遷，我惟帝女。』儼然凛君臣之分焉。他如黄初平之鞭石也，于方外之訪德晦也，漢樂府之歌李夫人也，唐詩人曹唐之咏劉阮也，此又神仙之遇於兄弟、遇於夫婦者也。至於師友之間，或款款下泉，或移情海上，遐搜冥討，不可勝紀。其説雖近於荒唐，而以理推之，無一物不在倫類之中，即無一息不在感通之内。則公子既仙去，而翩然見於先生之夢，以一展其孺慕之思也，宜哉。觀四老之言曰：『貴客乘天風至此，當是宿根。請一宴鳳凰池，爲第六郎盡孝養，祝純嘏。』吾不知所謂四老者何人，所謂鳳凰池者又何地？即記考夢，即夢擬境，其爲神仙無疑。噫！何篤於父子之情又如此。夫列仙者，流往來於無何有之鄉，出入於廣漠之野，古今所聞猶相感若是，當吾世而不致身竭力以事君親者，抑又何也？爰作詩二章，以歌之。裁取白雲贈答之謡，思續束晳補笙之義云爾。

父兮兒安，誰則告之？今此下民，誰則覺之？我巾我篚，我寧不思。神仙匪遠，遂成嘉游。三爵既具，降福孔多。

右擬公子作歌

予歸服勤，瞻此萬民。日方中天，式敘彝倫。汝其降耶，予復汝顧。汝不能來，非我有咎。將二十年，再夢見汝。

右擬先生答詞

題竇静菴先生訓子圖卷應令嗣聞子請也時聞子之官蜀中兼以誌勉

先生際昌期，行醇學亦正。窮達無殊操，修短能受命。禮義爲菑畬，典籍中緯經。講學朱陽間，懦立頑可訂。我生恨已晚，未遂執經請。每於所遺編，一一深考評。學規無支詞，忠孝乃其柄。其餘諸述作，無不本庸行。在易非探奇，即邇可明性。豈惟榛莽開，自覺功利屏。私淑三十年，去蔽事心鏡。昨夏識令子，旅寓喜鄰並。粹然儒者姿，守己志已定。家學夙所承，門材斯爲稱。篋中訓子圖，展拜我生敬。風和披春容，山立仰剛勁。庭草不須除，琹几有餘净。叔也舞勺年，隨兄事陶泳。昔爲白華潔，趨侍樂温凊。今膺百里符，初筮觀爲政。從來稽古懷，高步慮易勝。坐言洵非虚，民社始一證。期子報循良，好抒昔未竟。毋令韓退之，嘲笑投短檠。

冀州試院夢見瑟齋晨從邸報中得瑟齋中春所寄書一音問耳形於寤寐先物之兆不可不以詩紀之用王龍標鄭縣宿陶太公館中贈馮六元二韻並約巨州李六丈同作

使節臨畿南，扃户理所務。校文廢寢興，宵夢隔情故。何期假寐餘，恍入江南路。心契赴如泉，神合疾于鶩。夙昔本同根，托體承雨露。皇路多分鑣，遷轉亦已屢。子職司倉庾，五載紆南顧。我兹程衆材，陳力方種樹。致身無終期，何用感遲暮。淩晨驛使來，遺我以尺素。一讀慰調飢，千里豁陰霧。在夢信知幻，展紙亮非晤。暫辭案牘紛，庭際一迴步。良覿委異時，賢豪有深慕。寄言各加餐，黽勉以任數。

附前題　　李紘

平生違俗人，偃蹇空世務。頃復寓京華，閉户隔親故。何哉我來斯，驅車并冀路。十載知使君，今日從所騖。帝心眷畿甸，英才承雨露。學士領新銜，文教敷已屢。一朝院齋啟，晨起方四顧。翳翳長空雲，藹藹簷間樹。怪此早來書，夙知翻成暮。云是同心人，相思積平素。精誠一爲通，關河消瘴霧。尚寐欣握手，展書復神晤。傍觀生太息，張范今同步。冥心謝塵俗，悠悠輕悦慕。君子意何如，願托交遊數。

自瀛海之津門將發軔矣時雨大至遂不果行約同志分韻以誌

仲夏困炎歊，望雨釋衆害。仰見大荒垂，濕雲亂流靄。譬如進餓人，犒以一簞糲。從來多遠憂，兹喜出望外。歡聲溢城闉，歌咏庶能繪。遥知懷新苗，迎風摇旆旆。此邦拱神京，千里環如帶。精誠有通塞，考課分殿最。採風坐觀成，更祝天恩大。從兹無愆陽，遍地澤滂沛。豈惟民力紓，司教實所賴。恐恐益信修，内疚自懲艾。天人理不殊，感應事豈昧。自非秉丹忱，何由答時泰。斯義夙所持，興起畢月會。明發兼巡農，星旌洗塵埃。

附 次韻　李紘

帝心感何微，天心慈不害。要令陽無愆，應候生雲靄。由來大化成，珍此粗與糲。烝民惟粒食，陳常應不外。猗歟望郊畿，太平真可繪。自從文命申，使節翻旂旆。忠孝厲文章，禮樂摩冠帶。十五國之風，首善斯云最。今者看移旌，從公無小大。何期隨車雨，萬同快霑霈。欣欣士既榮，亹亹民俱賴。使者心益恭，特此將無艾。顧我汗漫人，循躬愧多昧。紀事孰能良，秉心初去泰。瀛海一月蹤，默默成風會。高詠仰宗工，清心拂塵埃。

附 次韻　邊連寶

五月需雨急，屯膏農所害。天乃厭輿情，飄空蕩雲靄。直以賜嘉禾，豈但飽粗糲。拂拂禹甸中，灑灑周原外。情催杜甫詩，景入王維繪。直如水瀉盆，斜似風捲旆。踴躍動襏襫，忭舞傾冠帶。八極均所欣，三輔尤稱最。既渥帝澤深，復感聖功大。匪由奏格勤，奚以甘霖霈。大人固有歡，小子亦攸賴。富歲蠲饑寒，内省芟蕭艾。土物以臧心，此義不可昧。吹律中蕤賓，占卦在豐泰。有筆巨如椽，紀茲千載會。再三尋繹之，肺腑滌埃壒。

附次韻　蔣溥

六宇際豐登，三時農不害。文教盛神畿，光氣動霄靄。隨車澍甘霖，何慮民食糲。盈寧有其象，歡欣遍垓外。志喜野興謡，雨珠筆難繪。負弩先使節，多士拜高旆。清風静行麈，金章輝綬帶。供奉兼持衡，隆遇斯爲最。喜雨讀瑶篇，細膩含博大。雖未隨韉靮，恍如覩霑霈。具見作霖才，行屬蒼生賴。吟箋窺一斑，遐福正未艾。報國惟薦賢，此理無容昧。朗鑒本澄空，堂陛況交泰。此日共承明，千載慶良會。爽氣挹西山，襟韻超埃壒。

静安試院落齒

我年未四十，一齒動於右。左車忽繼之，落勢頗驚驟。當其初動時，豁若雙羽箆。觸物痛如砭，舉觶下若溜。餘者輒苦之，輔也乃爲寇。譬兹官已鰥，戀位猶宿留。妄想再固方，豈惜千金購。不然竟拔去，或冀神所祐。後復復三年，使節臨岣嶁。病卧鼓瑟祠，黄冠忽來叩。謂當亟去之，子意更何復。不聞羽欲胎，哺而活者鷇。五穀生之蟊，中始於初彀。子其用吾言，餘族庶無門。言已三叩齒，兩齒落如走。歸來揖親知，頤頰但微瘦。今兹七年來，保攝期善後。齧乾戒饔飱，嚼細慎飣餖。行年今五十，厥事奈何又。訓士駐畿南，披閲夜兼晝。商搉倚諸子，採録日以富。邱山轉棟梁，江漢濯錦繡。生徒列屏墻，示以如蘭臭。亦有媚學人，考業及句讀。啟迪兼講論，於道已膚陋。敷言昔所重，典樂司教胄。誰能惜唇齒，而不以力副。校文務芟蕪，敦行嚴去狃。勤勞非所辭，疢疾乃嬰舊。遂使浹月間，餘齒不自守。動摇半食時，一齒已隨漱。捫舌尋故痕，踪跡等廢堠。亦如晨星移，躔度僅餘宿。事同辭條華，在物無重茂。十年三落齒，其理孰能究。存者二十九，堅好仍輻輳。以齒計餘齡，應有百年壽。生徒卒所請，我舌猶能授。大藥倘可求，行矣訪勾漏。爲題落齒詩，四月日在戊。

潞河曉發

晚出國東門，重闉亘名州。車轂但相擊，帆檣亦何稠。市廛紛可任，地劇咨難周。移時巷柝起，庶得塵鞅休。微星隱雲外，耿耿如螢流。仍縈鄉井夢，時動邊塞愁。母氏方自浙北上，弟姪各遠宦在外。村醪稍斟酌，牕紙鳴颼颾。愧乏理人具，豈釋負荷憂。祛妄謝窘步，燭物務旁求。詎敢滯旌旆，廼以娱清遊。

薊州

無終古唐鎮，鑿翠自爲屏。地絡三河水，天連九子星。迎霜秋草白，帶雨遠峰青。鼙鼓傳開寶，時平那更聽。

恭輓世宗憲皇帝四首

海寓資神略，昇平運大猷。如何極象坼，纔及歲星周。夜月離宮閉，西風閶闔秋。白雲乘不返，悽惻帝鄉游。

正位當陽日，憂勤念八荒。商書宜駿厲，周禮最精詳。天意原仁愛，王權有弛張。畏神兼服孝，千載憶軒皇。

講幄承天眷，微才知遇殊。龍髯驚墮劍，鶴喙泣銜珠。從死身何補，酬恩志豈辜。承明廬外路，魂斷舊金鋪。

高衢繼日月，顧命集臣僚。憑玉恩猶沃，宅宗道已昭。典謨光自耿，弓劍慟難消。惟有涓埃意，殷勤答聖朝。

乙卯十月廿三日恭和御製二律

依戀惟餘一寸心，攀髯無路黯孤襟。千行呼搶千行淚，萬國哀思萬國欽。聲教永貽青史炳，音徽長共白雲深。紹庭陟降瞻來格，日月光中仰帝臨。

至德由來涵至性，蓼莪賦就益增悲。敬誠兩字承庭訓，典禮三年展孝思。浹月光儀頻入夢，終身悽愴自因時。微臣莫罄平生感，衰弱今慙聖主知。

十月三十日世宗憲皇帝誕辰也皇上恭謁雍和宫祭奠畢復哀吟以志思慕敬依御製元韻一首

浹月哀思又屆旬，驚逢聖節淚頻頻。遥知航海輸誠國，尚慶呼嵩獻壽辰。痛溢班聯瞻大孝，肅將方物必躬親。從今此日齋虔切，億萬年中悉子臣。

勵衣園閣學於直廬庭際疊石引水栽竹數竿顔曰竹溪並爲圖以記之屬題

只尺應須論千里，少陵畵繪能事矣。先生讀詩善解繪，結構早得詩中理。槐陰潑乳柳低迷，直舍近在鳳城西。泉甘土肥風物好，偶然種竹名爲溪。平津賓客半冰署，此是當年舊遊處。猶記尚書退食時，烏絲命寫連蜷賦。彈指風流近十年，郎君重築舊平泉。已仍旋馬爲廳事，更探房山石一拳。一拳石畔一弓水，水聲琤琤石齒齒。墻外轆轤響乍翻，波紋細蹴游魚起。就中點綴不可名，天然位置如琢成。十洲三島有東本，煙江疊嶂頃刻呈。是時涼秋露初下，琉璃笛簟平如砑。醉來夢作輞川遊，但聽琴筑階前瀉。

題楊忠愍公疏稿手蹟用東坡輓韓康公三首韻

世廟多嵩黨，公真第一臣。早聞廷鞫日，感泣路旁人。浩氣留遺疏，英風想搢紳。由來論直道，終日在斯民。

要落權奸膽，非關樹大勳。幾回過拒馬，春水薦夫君。西市千年血，圜門午夜氛。公靈知不爽，猶自護遺文。

憒襟看一豁，碧海已生塵。俎豆興朝德，陽和大地春。同時忠烈在，先太常海石公，官給諫，劾嵩落職。事載《明史》本傳。奕世簡編新。祖澤誰能忘，因之淚滿巾。

題晴嵐藕香書屋圖

賜園近闕城西隅，環環活水相縈紆。群書萬卷飾犀象，柳陰低護神仙居。神仙舊籍三清上，家傳本是瀛洲長。先生幼服便勤業，孫胡之徒日來往。十五氣誼凌高雲，十九對策天下聞。分外不欲加毫末，維誦往往逾宵分。長日藕花最深處，紅塵十丈不得度。重簾不捲裙屐稀，坐久餘情八九步。即今珥筆侍承明，金鋪玉墄聞書聲。天家雨露爲世澤，文章報國須精誠。由來寸陰皆可惜，知不足者學乃益。我亦堯夫舊賓客，題詩留訂燈煙迹。

晴嵐得余所藏陳道復墨花長卷用東坡題煙江疊嶂圖韻作詩貽余奉答一首

人言十日畫一山，苦心雕鏤成雲煙。不如放筆圖草木，須臾香色紛鬱然。白陽雜花十二種，枝枝得地澆春泉。當其蘸筆弄生意，如石飲羽鯨吸川。敵南弟子誰入室，山人名在周藍前。一瓢一笠隱吴下，要于筆墨全其天。後來寫生尚工緻，能事間亦分餘妍。虞山往矣不可作，廟市贋筆誇南田。此卷流傳落我手，長隨行篋三十年。外喧不至時展玩，衆香馥馥風娟娟。由來嚴器收藏有定數，相逢一笑歸龍眠。龍眠太史名家子，才望官職人中仙。急呼絹素作臨本，固知僧繇世世延。夙緣不如老坡對畫空太息，摹山範水但歌雲煙篇。

題徐雪柯先生殉難卷後

霅水何清漣，弁峰何巀嶪。山川特鍾靈，篤生挺忠烈。卓然雪柯公，苧溪舊閥閱。束髮秉奇姿，守身持勁節。四十貢于鄉，場屋久蹉跌。冷官寄婺州，操比素絲潔。講堂集生徒，詩禮爲陳説。金華有先生，盡立程門雪。異最報三年，遠駕靈山轍。是時嶺海南，伏莽多草竊。所親勸遲留，叱馭弗敢輟。綰綬遠之官，萬里一子挈。蒼頭兩三人，長征步蹩躠。五月正炎曦，流爍竟忘熱。象郡踞海外，尚未通舟楫。下車署陸安，獄訟流水决。踰月代者來，羊城困羈紲。質衣供粥饘，清白不能涅。明年靖廉州，青牛梗餘孽。聚衆肆跳梁，戈鋋滿城堞。節鉞重公才，煩公掃蟻穴。躬冒矢石間，誓將小醜滅。三月殲其魁，一焚擣厥窟。南賓隸版圖，靈山始就列。居民鳥獸散，室廬茆未結。況值旱乾餘，遺黎靡有孑。辛勤撫字勞，不敢事操切。匝月襁負歸，慈母心已竭。匆聞賊騎來，孤城竄倪耋。仗劍獨登陴，内訌肘多掣。草木盡爲兵，風雲竟慘裂。格刃刃已摧，格手手復折。罵賊怒厲聲，遂爲賊所劫。弱子牽爺裾，哭聲痛嗚咽。堂堂徐長官，豈受賊所巇。丹心對白日，捐軀脰已絶。同時子與僕，致命洒碧血。嗚呼忠義魂，張許足比絜。孝義萃一門，浩氣總無缺。到今靈山祠，蠻荒叫鵑鴂。丹荔與黄蕉，廟薦瓣香爇。我公騎箕遊，下視皆蠓蠛。

贈沈東甫有序

歲在庚戌，暮春之初，與苕上沈炳震遇於京師宣武坊吴侍御齋中。出所纂《新舊唐書合鈔》二百六十餘卷及雜著十數卷讀之，驚嘆曰：『此今日之王贊善、馬鄱陽也。』後客晉水，予亦祇役兩河。昨歲春，方裁薦牘，卒遘私艱，倉遽還京師。宫詹王先生自塞外歸，慰予於苫次，問交遊中有醇謹彊記者，因具以告。明日，宫詹舉以應詔。雖遇合遲速，有數存焉，而宫詹虚公愛才，不讓賀季真矣。東甫訪予於鴛水，用《古柏行》韻贈之。東甫，炳震字也。

松之茂矣悦老柏，我有肝腸非鐵石。憶昔相逢紫藤下，攜來著作盈數尺。都人無論知不知，但窺斑豹皆愛惜。吟肩倦倚春燈紅，芒鞵醉踏雪花白。斗柄燦爛文昌東，求賢詔下明光宫。經年謬忝幾輔任，才謝伯樂群誰空。卓哉宫詹相門裔，俛拾清議多高風。得登薦牘名最後，典屬要殿麒麟功。禦攘冰雪推梁棟，由來呵護神所重。珠玉生成自上天，敢謂吹嘘便能送。鈞天韶奏正喧闐，洞庭瞥見回鸞鳳。負薪牧豕亦偶然，終古奇才皆柄用。

五月朔謁先武肅祠見競渡作

緩緩歸來花未殘，英雄百戰尚加餐。射潮强弩千年閟，出水蒼鱗五月寒。風颭靈旗陳宿衛，鳥依山翠下虛壇。只今麥飯船頭拜，多説錢王最愛看。

安平泉和東坡韻

不到安平逾二紀，重來雲徑尚依然。客愁未管開花候，僧去誰傳種樹年。但識千齡終是幻，何妨一椀便成仙。家家瓶盎争相致，試問應居第幾泉。

布袍芒履且等源，小立移時更惘然。令僕羈人真一夢，父兄攜我記當年。噴雲自湧青松色，據石還疑緑幘仙。世上誰能知海眼，好憑神物護名泉。

泊嶼城同文虎作

片帆平野落，孤嶼有橋通。陌上桑重眼，墻邊榴正紅。人家笭箵外，生計緯蕭中。憑眺思先澤，吾懷正不窮。

秋初過汪舜陶范湖別業

異代詩人宅，金陀舊得名。水窮疑有路，晝静欲無聲。纖綌風能浣，虚亭席屢更。晚來池上立，林色落餘清。

久未得埜亭姪信適陶氏甥有黔中之行却寄一首用少陵贈鄭諫議十韻敘事紀恩告哀言别情見乎詞

十年官遠徼，循拊有能名。鸞鳳終成隊，驊騮自不争。揭竿誰起釁，安堵更何驚。孟獲憑擒縱，將軍倚老成。一從新詔下，萬井炊煙生。我昨遭私難，倉皇返使旌。墓門飛歲月，神道肅峥嶸。時爲先慈舉襄甫畢。哀鴈遲天末，雙魚隔楚衡。風詩今有託，葵藿會同傾。豈效窮途哭，徒悲阮步兵。

秋日家鴻博坤一同陳明經梧軒朱濳起王乙㲾兩茂才過訪分韻

卧病謝人事，真成仲蔚居。清風故人約，握手一相於。砌草侵階暮，池鮮入饌初。何因當此際，對酒獨愁予。

四子吾邦彦，相逢盡短衫。一言同出處，與俗各酸鹹。屋角烏連尾，雲間鏡出函。明當來往數，有意共秋帆。

題同年邵峙東編修使蜀圖

素練凝寒色，迴看劍閣賒。詩人紅靺鞨，官樹玉丫叉。棧路連雲直，星旌帶雨斜。寺門依古堞，落日有鳴笳。

立馬蠶叢外，南雲一髮通。奉親懷蜀錦，得句問郫筒。十載依鄉井，何人到藥籠。惟餘韋幔裏，長得想清風。

中秋後一日集回谿草堂咏盆中佛手柑分得屑字

黄柑僅五尺，盆盎便攜挈。其葉剪刀圭，其幹綴曲鐵。其實何垂垂，各各呈魁傑。如拳勢可吞，似掌露初櫛。隱條乾不枯，得氣瘦而凸。噴人灑香霧，近席下瓊屑。自從貢船留，遂與海嶠别。秋庭盛群英，此樹乃一瞥。對之八九步，心賞未忍折。斜曛茶熟時，供養當禪悦。

題徐澂齋前輩吴淞歸隱圖

校書劉井廿年夢，買水榕門萬里身。贏得太平風月在，吴淞江上一閒人。

後九月九日即事

堆盤黄甲自爬沙，秋老園蔬綴晚芽。又見兒童傳勝節，獨憐弟妹尚無家。素冠不是迎風帽，短髮難簪應候花。偶上高樓一凝睇，楓丹露白望中賒。

登鍾際飛平遠樓用韋蘇州善福精舍韻

山人有盛遠，于此曾結廬。後來匏菴叟，晚年踵其愚。高致不可作，適余謝馳驅。何因二子後，有客投瓊琚。爲言湖色好，朝暮陰晴殊。乘興有諸子，相約一相俱。自我遘私戚，人跡兩載疎。煙水遠樹外，蘆荻秋雨餘。臨檻寄遐矚，披襟領斯須。始知二子樂，果哉諒非迂。

冬日訪戴巨川學士于吴江禪舍未值用韋蘇州郡齋感秋韻

理楫爲訪舊，水雲迷孤城。非關木葉下，始覺徂歲驚。長廊鬱寒色，半榻懸淒清。應門長鬚人，知我餘深情。云昨山中書，頗言冬日晴。一鼓湖上榜，遂爲湖上行。所思既不遘，積懷向誰傾。梵語出北牖，蟲吟答前榮。如何寤寐期，只就問音形。即境豈無悟，一掬終未盈。

題王玉舉明府繞屋種梅圖

洗硯池邊淡墨痕，書聲香韻入高雲。邑人不是來求判，爲報花開已十分。

家居何遜尋詩地，宦蹟林逋放鶴洲。消受梅花三百樹，最移情處一科頭。

爲第五叔題松下道服圖

臣叔生來有仙骨，下筆往往探月窟。十年吏局多循聲，宦海波中守鯢軏。憶昨三刀入夢初，雙熊北指明光謁。諮諏頗亦採蒭蕘，肯以膏粱廢糠籺。尚書閥閱起清時，大亢吾宗仰如檝。叔也撝謙學張季，衆中親結王生韤。由來富貴等浮雲，泉石風情未消歇。圖成道服神清癯，翩然步虚朝玉闕。松喬有時可往還，廉藺何妨共勳伐。遠情乍訝寄飄飄，俗眼空勞驚咄咄。如予塵鞅苦未休，對鏡但笑添華髮。長鑱倘得相追隨，黄精雪盛來同掘。

題盛明府文炳長風破浪圖

過鳥身輕落日銜，十年人識舊青衫。波濤豈獨憑忠信，正正風時只半帆。

掕擋藥裹與尊罍，第二泉邊江令才。寄語南州諸父老，鄉人今載孟嘗來。

雪夜懷汪謹堂學士即次却寄原韻

坐對停雲日日思，相期要不負昌期。由來白璧蠲微垢，豈獨青松謝衆知。寒去已隨殘雪盡，春回自有好風吹。蘭言千里勞披贈，一字真同九畹滋。

附得集齋先生手書奉寄

汪由敦

郵筒千里劇相思，款款情悰話夙期。一瞥難追前事失，寸心端賴故人知。花因近檻偏多折，柳爲新栽不受吹。寄謝鴛鴦湖畔月，亂雲收盡露華滋。

題何東江寒郊走馬圖

朔風蕭梢雁陣寒，雪飛廣陌雲漫漫。何人據坐鐵鍛鞍，身披猩罽腰腹寬。豪豬裁韡金拂鞭，玉驄官印花連錢。權奇倜儻意騰騫，遠勢直欲淩關山。君家柘水堂幽偏，彈棋橫槊多所歡。匣中寶刀七星懸，丈夫三十奚不官。壯心寫出煩曹韓，人中馬中一筆傳。即今萬匹充天閑，登歌不數太乙年。王良挾策相後先，賦成擲筆馳甘泉。

題眉菴中丞畫竹石

澮煙濃墨掃雲腴，胎脱東坡鳳毛圖。又見蟹爬沙滿紙，千秋一炷落菱湖。

題聽鴻樓詩卷

思親傳季女，曾倚聽鴻樓。至今樓上月，猶照楚江秋。

楊叟惠盆松賦謝

南鄰老翁八十餘，燈火猶作蠅頭書。自言壯日遊天都，山僧手贈松一株。盛以寒玉伴庭石，坐覺衆卉無顏色。當塗貴人索解事，千緡欲乞不可得。我昨上冢衝雪歸，何人剥啄叩雙扉。乃是老翁攜松至，蔥蒨夭矯一見之。吾聞有道者，養松如養孩。亦聞陶彭澤，撫之歸去來。我無斯術少斯致，對松終日心低徊。行者則人居者樹，明年又欲別松去。更約他時賀監歸，邀翁同醉雲生處。

喜瓜田外史歸自睢陽用工部江外草堂韻

應召未得選，抱璞何冲然。遠襟逐高鳥，沉思流春泉。芒鞋無拘束，來往行則便。賓館多轉徙，梁宋仍接延。謂當急省覲，何因復經年。檐牙冰柱交，河角澤腹堅。孤鴻落雲外，之子迴通川。淩晨喜來訪，一放城隅船。我病如鰥魚，永夕無安眠。佳辰但閉户，況當風雪天。人生重徒侶，聚散情屢牽。聞道各努力，豈怵他人先。寸心苟可尚，勳業卑淩煙。恬志妄初去，庶幾真可全。無使百年内，坎壈相糾纏。持此欲誰語，不語還自憐。

寄懷蔣永年倉曹

銜恤居里門，戚戚迷昏晝。來往謝簪裾，魚鴈隔朋舊。憶昔先皇朝，出入同文囿。子節臨江樓，我職忝句讀。今皇離照升，朗鑑並幬覆。旌善一町畦，被命有先後。八紘運鴻鈞，六藝潤清漱。祐薄逢私艱，我歸子復又。平生慕嚶鳴，微好秉同臭。榮華慶所遭，憔悴忽齊遘。驥足方騰騫，寒羽猶宿留。昨喜故人歸，嵩雲拂襟袖。解裝一詣余，乃以子書授。勸慰義則深，披示達謍膄。情知道阻長，分浹如相覯。鏡具愧未攜，裁書目矇瞀。清風倘來思，一艇遲鶯脰。

同里諸子以角里踏燈詞約余同作余雖閉户家居而報賽祈年用存采風之義亦詩人所不廢也

春秋遺事説由拳，烔戒由來自昔年。欲以紅燈作金鏡，吴綾裁出採蓮船。

烘染春羅綴薄雲，塔燈面面比紅裙。亦知羞婦無顔色，不上朱家太守墳。朱買臣墓，在東塔寺後。

秧歌小隊沸春潮，無數遊人落翠翹。掛定琉璃一行水，驪珠直走會龍橋。

長街春色望中收，樹外紅雲水外樓。夜半雙溪橋上立，千枝燈炧月當頭。

將之魏塘守風雙溪曹榕齋明府止宿明日復留馮樹臣少司寇齋頭竟日始發

風挾春潮漲玉津，布帆猶自隔重闉。石尤不信能留客，來伴耆英會上人。

舊時親串幾人存，異姓何妨有弟昆。張丈殷兄多好在，紅燈白髮勸青樽。

莊氏女字于陳未聘而陳氏子死女奔喪如婦禮事與共姜類爲詩記之

近聞江國多貞女，吴門貞女宋氏、邵氏適丐余記。爲釋鄘風第一詩。我特我儀應不改，如金如石總難移。青春已分他生事，黄鵠終成後日期。料有螟蛉存母志，歸陳燕燕莫含悲。

題蔣西曹小影

香散晴空下雪腴，偶攜笠屐坐斯須。到門便有羊求侶，題作蒼松怪石圖。

養松已見摩霄上，分竹還應傍石栽。試取長鑱斸隙地，河陽花種盡攜來。

題同年陸陸堂檢討山堂讀易圖

留語嶺南諸弟子，莫將口舌作先生。花開草長氣孤清，悟後工夫不可名。

一日一爻餘静業，時人呼作吕原明。補亡新雅束長生，乞憲他年重五更。

題陸念劬徵士打鐘掃地圖

法雲猶記諸天會，衣上何人不染花。自笑無陰比作椰，偶然小住便爲家。

大道若能因懶遇，打鐘掃地費工夫。亦知從酪得醍醐，流水無心比户樞。

春日檢原配俞淑人手評李玉溪詩得三絶句

壓殘金線留餘澤，零落行囊三十年。往事無端觸眼前，那禁雙淚湧春泉。

俱是人間稱薄命，不堪到眼正春時。閨人手評玉溪詩，風散餘香故故吹。

黄壚此日應含笑，有子能藏母氏書。瀋墨何曾飽蠹魚，風前仿佛下仙裾。

二月初三日爲太夫人降辰憶隔慈容再更霜露繐幃瞻拜哀愴良深成長律一首示弟妹子姪同作

剪蔬盈榼酒盈巵，繐帳三年兩地垂。天上張星歸北斗，山中春雪滿南枝。那堪弟妹隨肩日，不是團圞介壽時。林立孫曾添行輩，笑啼依舊繞階墀。

附同作　弟界

朝隨仲氏灑清巵，淚眼瞻雲天欲垂。阡草春回腸斷處，杜鵑花放血成枝。存亡憶隔三千里，笑語空思十二時。淒絶那堪當此際，簷梅風落點階墀。

香樹齋詩集卷八

春日集朱潛起茂才桐陰書屋送祝豫堂上舍北上用少陵遊何將軍山林之四

相門餘舊業，鄰並隔河橋。花信當紅藥，詩名上紫霄。偶因攜別席，隨意便相招。豈肯辭衰朽，由來路未遥。

病起驚春晚，扶笻强自支。才人歸北闕，高致續南池。獨往終成賞，微音感衆知。經時多未晤，筆札但紛披。

送客當春晝，繁花氣轉清。晴郊初試馬，官樹正啼鸎。慈母勞針線，朋知勸飯羹。高雲多有意，羨爾已成行。

有情還折柳，無意欲看花。故故尋巢燕，堂堂赴壑蛇。亦知會不遠，在别願成賒。聞下朱門榻，槐陰第幾家。

題董明府朝真圖

董侯作宰如扁俞，三年爲政民氣蘇。弱者噢咻强者鋤，六月渴雨苗欲枯。老農眼穿跪拜趨，侯乃命筆書丹符。某霖下澤如隨車，此邦民俗多患瘧。侯曰無庸爲爾驅，少陵有詩非所須。手煎神液飛雲腴，水帝却立翁嫗娱。青青者草白者蒲，訟庭長晝敲朴無。民大感激歌且呼，八月已報完官租。公餘瀟灑爲斯圖，蒼松怪石坐須臾。手攜椶拂身披朱，儼如洞惠朝清都。百鬼屏迹走訓狐，鸞鶴自下喧笙竽。願侯急起肅冠帶，莫學仙令移雙鳧。

白燕詩

産於汪生峻堂家。毛羽始豐，習飛庭樹，有群燕隨之，數日乃去。燕以志喜，此又其特矣。瓜田外史繪圖以紀其瑞，因題一首。

梨花之髓瑶光精，風前毛羽玉削成。絶似姑射下仙子，冰肌雪色何娉婷。華堂日永風物清，簾鈎初上飛且鳴，遠勢直欲窮青冥。須臾百千類，高下來相迎。或者當空舞，或乃集於庭。喃喃語不已，有如媵婢喧闐歌嘯擁飛瓊。又如裝成鄭旦歸吴日，金錢買看姑蘇城。物以質表異，同類爲之榮。汪氏實占之，厥象爲文明。誰能紀其事，乃是天上之張星。嵌空施毫末，粉本傳素翎。其餘墨點如雨下，着紙一一都能輕。高樓倚倦凝雙睛，依稀更聽梁間聲。

題瓜田外史畫山水

欲上終南登頓繁，滻河東去少煙村。題詩説與同遊者，小轉依稀白鹿原。

題瓜田外史畫

小抹松杉三五枝，秋雯潔浄墨先知。白沙隄外無人跡，落照空山一掣時。

自秦塘泛舟至邏水作用少陵春歸韻

纔見寒梅盡，畦間菜已花。物情多代謝，春意自奢華。遠篠環深寺，輕鷗落淺沙。酒帘風信急，漁簖水痕斜。暫許依初地，終當悟有涯。村橋抱溪處，昔是老夫家。

沈固廬出心齋夫子愛蓮圖屬題得四絶句

霽月光風識大賢，圖書早歲得真詮。閑情最有濂溪癖，人説東陽也愛蓮。

棐几當年接侍頻，於菟骨格記偏真。誰知連騎題名客，即是擎荷秉笏人。

評量國秀振紛葩，我亦曾投賦雪車。手録蠅頭防老讀，先生不獨愛蓮花。先生晚年手訂本朝詩家數十卷，群亦與焉。

敬觀實欲比良弓，抱出孫曾下更豐。忝竊文君家四世，笑余那得不成翁。

題懷橘圖贈沈童子

思親便愛雙枚橘，潑墨能書六幅裙。我是華陰松下客，要將貴壽祝郎君。陳文惠幼時，父省華命書方丈大字。陳摶見而奇之，曰：『此子貴且壽。』已而果然。

同年潘銘三孝廉自保陽歸出所畫壯心千里圖題一絶句

得暫歸來病欲無，笑看顛倒拆天吴。膝前儘有龍媒種，神駿何曾讓畫圖。

題畫

有畫師孫姓者，以山水遊當湖，求售。居月餘，過者不顧。客謂孫曰：『但得錢香樹題詩，可易錢十千。』孫徒步叩門索題。亮其求之誠也，走筆應之。

靉靆群峰擁翠鬟，飛泉百道響潺潺。長松不受人間暑，雲幔低垂晝掩關。

題姚道山太守竹林彈琴圖

一彈蜀風淳，再鼓浙民直。衙散竹陰清，疏桐手拂拭。

代柬呈玉笥師兼懷樓山

火雲千里下高鴻，恰值維舟德壽宮。南宋宮名，無生第宅近此。難忘簡書懷冀北，更添家累在江東。羊城化雨經年隔，鷲嶺鄉心此日同。群時束裝北上。猶有安居王給事，旌幢常得近春風。

夏日招同傅上舍沈明經泛舟西湖得六絶句

故人有約負春前，今日真成暫息肩。佳處一遭同啖蜜，更誰分得是中邊。

安知客也非蘇白，自笑吾耶亦水雲。縱復明朝京洛去，青衫猶欲帶餘芬。

晚涼暑氣欲全消，又聽笙歌下六橋。未許篙師促歸去，有荷花處且停橈。

匝地清陰四面垂，火雲飛不到湖湄。遊人磅礴忘歸處，赬背三農渴雨時。

倒景晴峰一萬層，波紋風細研吴綾。六時最愛篷窻坐，欲唾何人可尚能。

鏡面山谷迹豈陳，由來一覿有前因。他生未要隨明月，乞與湖中作槳人。

落帆亭餞席贈馮樹臣少司寇用少陵渼陂行韻

落帆亭北景最奇，沙平草軟千頃陂。澹雲含雨漏日色，下射碧水摇玻璃。布颿欲挂風初入，兩岸賓朋亦稍集。誰家雙槳剪輕波，似躡行踪恐未及。主人見我笑面開，襟袖照水無纖埃。更召戚鄗三五輩，尊罍肴核多携來。感君意氣厚無極，攀我征衣重拂拭。興酣同唱休洗紅，人生鬚髩難再黑。船頭西望笠澤山，蒼然一髮微茫間。今朝對酒且盡醉，明日相憶隔河關。天門詄蕩明金鋪，當年携手同追趨。由來優禮及宿舊，九重雨露無時無。安車會逐春風至，高雲出岫非無意。受恩未報奈若何，但苦去日何其多。

中秋日淩晨渡揚子江寄兒子汝誠兄弟

布帆風正得清酣，月挂晴空鏡未亟。又送行人到江北，方知稚子尚天南。山容帶露餘葱翠，水色連雲總蔚藍。回首名泉成遠別，平生終自愧幽探。

汪淳修别駕招遊平山堂出雲在前輩寄懷詩見示次韻奉贈兼柬雲在知余渡江後近狀也

風前遠鳥意，天末美人思。晚近存知己，相逢豈後期。詩篇終可感，雲水不憎遲。慚愧驊騮導，何因答盛時。

此邦多勝侶，邀我作同遊。午橋前輩、莪村觀察在座。古道平山路，晴空極目愁。紅燈迴别席，緑樹緩歸舟。風露侵襟袖，微吟感素秋。

維舟廣陵渡，自昔厭卑喧。且喜連宵月，重開舊雨尊。異時多問讀，筆札有寒温。寄語紅梨客，懷人眼欲昏。

山陽舟次題汪西泉觀泉圖用漁洋山人淮北晚行寄廣陵故人韻

分手邗水濱，一帆風色便。展觀觀泉圖，微尚寄清遠。昨飲山堂酒，今飽淮南飯。夢繞萬松亭，同對澄江練。

再題解琴圖用漁洋山人寄宗定九韻

遠泉琮琤和且平，近泉汩㶁音更清。珠璣迸落噴晴雪，默運指法通精誠。蒼松之下白雲客，徙倚獨立終移情。無絃之旨誰領取，天籟自賞空中聲。枉費東坡萬斛水，何曾凡鳥下韶英。

唐榷使英監造景德鎮甆器告成爲陶成圖以紀其職屬余題之

唐公命意師洪鈞，職總埏埴江之漘。火母土子調劑勻，質堅文緻何彬彬。螭龍蜿蜒飛鳥震，碧天雨過開秋雯。魦魚皮嬾橘柚紋，大邑寒玉多傳神。如汝柴宮哥定均，各肖其式繁其倫。縱有好古鑒最真，豈以得舊遺其新。琳琅滿目維國珍，貢船到日香案陳。盛以方物餉賚頻，憶昔召對趨南薰。三拜上器荷皇仁，歸薦祖考肅明禋。包匭封識歲與辰，受恩未報足逡巡。經時一展雙淚痕，斯圖紀績非無因。陶之利用溥八垠，誰其成之王藎臣。秋花羅列無纖塵，籬邊几上色不分。化工在手物在甄，願公煦煦如三春，宣播德意陶斯民。

宿遷舟次得唐榷使寄詩依韻和答時唐秋祀淮黄後陪河道總制閱視河工

挂席指京國，風高淮海秋。清流連地闊，河勢挾川浮。保障資三策，供輸濟六州。丹忱通璧帛，下士自蒙庥。

題雲海歸蓮圖并序

中洲海上人著《黄山賦》三萬餘言，集經籍爲之，十年而成。余讀而愛之，手録數過示子弟曰：『是皆吾儒書也。彼能是，是亦儒而已矣。儒不學古，模不模，範不範也。』自天下名公鉅卿、老生宿學，見此賦，輒咋舌屈伏。昨艤舟淮上，榷使唐公云：『曾與中洲遊數年。木蓮爲黄山靈卉，中洲感之而降。』方示寂之先，唐適夢以木蓮歸之，因繪圖以證。禪理窅冥，吾不能知，爲題此者，誠不欲逸世高蹈之流，泯滅無聞焉耳。

平生願見人，往往隔雲海。中洲禪中儒，狀貌何魁壘。雙屐登黄山，高睇消百痗。摩挲木蓮花，夙慮屏塵猥。作詩證前因，托意比蘭茝。放手賦黄山，群籍無不采。大厨羅珍羞，衆義助醯醢。自非遺世姿，誰能窺其根。我昔曾見之，如獲珠百琲。獨坐想其人，去者不可待。唐公濟世才，器識抱鼎鼐。先我得晚交，雲龍爾其殆。妙理指木蓮，開落悟現在。不見長淮流，萬古自東匯。

宿遷雞

秋蟲亂撲黍欲登，黄雞喔喔飛滿塍。蟲食黍，蟲速死。雞啄蟲，雞上市。客船泝流泊城限，兒童縛雞上船來。二十青錢雞一隻，兒童得錢去買麥。敕厨沽酒呼割雞，雞肋解處蟲猶飛。風高水急莫早行，擁被不寐待雞鳴。

晚渡駱馬湖

船尾河流急，船頭清水生。衆流迴駱馬，千里自横行。帶雨魚罾合，移時堠火明。不須問村酒，且一試茶鐺。

九日懷春明諸公

早約金門侶，題糕近紫宸。誰知皋繹外，猶與鷺鷗親。對酒懷高詠，臨流感寸鱗。露涼時北望，岸幘立船脣。

次答鄭荔鄉太守

十日征衫鞍不離，相逢一揖鄭當時。循良豈獨今之望，風雅終歸宿所期。驥足雲生千里道，鶯聲春婉上林枝。御屏早已題名氏，北指徵車莫再遲。重來羸馬入丹扉，徒駭西風吹袷衣。我昨持衡於此駐，君方亟假未曾歸。論交鄭重情逾耐，落筆騰騫勢欲飛。笛簟他時重翦燭，由來相賞豈相違。

微山湖

水聲又聽碧潺潺，三十年前此往還。斷續微山湖外路，一行秋柳一重山。

舟中坐雨二十韻

舟行四十日，旬日無晴時。昨渡黄河口，稽天浩瀰瀰。牛馬都不辨，那識釣者磯。沸如湯在鼎，急若馬脱羈。人言連夜雨，百川勢相趨。淮水本附庸，歸海惟肩隨。厥功在南服，蜿蜒走江湄。清黄相迎拒，異軌而同馳。六州通貢道，貿遷實所資。如何風失利，東下不敢窺。渡河又十日，上游仍奔踶。一舟百人牽，檣影始寸移。截流過駱馬，水清舟復遲。諸泉建瓴下，罾網略可施。曉來推篷望，雲腳四面垂。先憂一南顧，默禱非有私。天公愛下土，風雨實所司。況當聖明日，祝史方受釐。願天回風伯，下敕停雨師。留此大恩澤，霡霂膏春犁。明年麥欲秀，遍灑蘇窮黎。

割柿

水市擔來晚，青錢問小奚。興能添杜酒，爽欲比哀梨。瓤脆刀初下，霜紅色已齊。當年倦游處，蓆帽坐秋隄。

汪舜陶索賦讀書秋樹根圖得一絶句

長安落葉賦秋聲，墻角經時負短檠。薄笨裝成且歸去，到門雙鶴解逢迎。

再視學政出京留別午晴

舊巢重問笑參寥，燈火比鄰借一宵。十載依仁仍對宇，當年接軫共趨朝。由來宦跡同泥爪，自笑詩名托緯蕭。官馬無端又催去，蘆溝曉月踏霜橋。

紀事

祁州李成姐、郝嗣甲合婚，乾隆三年七月事也。是年冬，復視學於此，乃爲此詩。

祁州李氏女最良，行年十六鐵裲襠。許字於郝年正當，當秋遺穉委連岡。厥父母往服田功，鄰家有婦氏不詳。邀女火伴來隔墻，韈材花様羅滿筐。曰爲我製德難量，行致餺飥充女腸。須臾有人入其房，感女之帨女怒張。大叫里中泣喤喤，里中來救女不傷。罪人欲逃無遁藏，用繩二丈縛路旁。當官數月案未明，郝家小子何忽荒。上白太守走皇皇，守曰無庸女則良。徧召里人得其情，鄰婦服狀置諸桁。惡少笞决獄乃成，祁州李氏女最良。下擔觀者聚里端，太守曰今月日臧。兩姓婚媾得久長，遺以廣漢黄竹箱。樂府小部雜後堂，牛車擁護還其鄉。兩姓感激涕泗雱，政平自見和氣翔。他年添丁户穰穰，倪父所生慎莫忘。子衿無禮惡既彰，群愧司教疏表坊，書用識哉討彼狂。

趙州試院喜雨柬制軍孫懿齋前輩

畿南連晉邑，使節駐名州。閔雨嗟當暑，知時報有秋。已霑千里潤，早釋九重憂。比化心滋愧，爲霖望可收。勤農方考課，紓力正宜籌。屐齒因風折，詩成付督郵。

過雨花寺次吴懸水宗伯韻

我來逢好雨，野衲進山茶。茅屋三重古，河流一道斜。高雲憐去鳥，小坐當浮家。佛鏡還相照，惟添兩鬢華。

古槐篇爲鄭太守作

高柯獨立當庭中，鐵皮包絡疑中空。根盤千尺蛇勢蟄，幹聳十丈雲氣通。百年榮悴有殊色，樹亦何嘗改其德。仰承雨露俯蔭人，似揭官箴太守職。煩歊溽暑不可當，我來正值槐花黄。主人愛客能置驛，科頭樹下爲相羊。相羊磅礴不忍去，帽檐沾處晴欲雨。雙奚捧出古剡藤，請余放筆賦嘉樹。君不見，乳鴉初轂日正長，杈枒繫馬大路旁。又不見，夾道通門故侯第，婆娑不盡陰到地。何如此槐長伴二千石，宜雨宜晴傲松柏。

八月十四日自威縣至南宫途中用白太傅韻三首

仄徑違官道，嚴程應接稀。村童騎犢出，農婦採棉歸。風柳縈新旆，輕塵上故衣。遥瞻斜日外，涼露已霏霏。

瓜蔓初除架，蛩螿送遠聲。高樓連靉靆，積潦净空明。問俗知年稔，占爻觀我生。移時官吏集，畫角起秋城。

使節傳三到，郊原秋好時。風光過鳥疾，心跡暮雲遲。得地花猶發，交柯樹幾枝。由來論臭味，草木有真知。

王樓山觀察除廣東布政使却寄二律

晨起聞新命，中書省望尊。平反三載績，褒錫十行温。豈獨民知富，還令俗可敦。扶胥黄木外，歡笑想騰騫。

宦蹟催人老，霜華鬢各侵。鑑空冀北馬，囊少日南金。强飯雙魚在，思君五嶺深。砭愚如有寄，願得奉清箴。

曲周道中用香山韻

平野秋容净，輕雲晚更開。林喧村社散，水響估帆來。寒節傳鳴雁，鄉心到客杯。經年惟戴月，那問路紆迴。

威縣曉發次潘茂才韻

笋輿侵曉出，隨意换秋衣。近水晨露白，無風林葉飛。晴雲常得住，野鶩未全歸。煙靄迷前導，依稀入翠微。

秋夜客舍題壁次香山韻

賓館論風土，猶堪傲故鄉。柿甜香入酒，菜嫩白於霜。仰看河生角，方知漏已長。多情負梁月，有夢到寒塘。

鄭海峰太守惠梨

多謝滎陽老，張梨惠百枚。好供煩後藥，直與酒爲媒。餉客勞相訝，堆柈已自魁。慚無青李帖，那得報瓊來。

天雄學署雙柏次范丈省齋侍御原韻

四載經過彈指中，重來又見此葱葱。爲承雨露心逾密，不炫文章氣已雄。牕護濃陰深几硯，席依青幕便西東。平生種樹書曾讀，爲問新枝可許同。

文運興朝近百年，摩挲先後想名賢。鐵皮雨蝕凝寒節，黛色晴連散晚煙。自有孤根論倔强，不同凡卉比貞堅。何妨對面稱三友，心跡雙清要共傳。

附原韻　范長發

古柏亭亭使院中，愛看雙峙欝青葱。十圍霜幹參天立，百尺虬枝拔地雄。響入秋牕如唱和，影移碧漢各西東。閒庭獨步尋吟伴，如此清標孰許同。

不知種植是何年，鎖院無塵覺汝賢。漳水月明澄素影，太行雲起接秋煙。幾經冰雪根原固，便露文章節愈堅。大厦欲成梁棟在，晚香好句有心傳。

秋稼

再熟田家九月忙，道逢秋稼滿車箱。蛩螿欲去聲猶在，鴻鴈來賓影自長。曉氣遠涵連露白，晚風低壓帶雲黄。巡行十日清漳路，鼻觀何因但覺香。

楊青谷太守見先慈手澤於村塾中覓以歸余賦謝

煩君遠相寄，先澤墨猶新。石鼓田家臼，椝材爨室薪。塵埃嗟異地，霜露感兹晨。厚意同完璧，丹青亦有神。

晨起集諸生講孝經畢敬誌

至孝今皇治，周行信在兹。絳帷燈火授，縹筆日星垂。藉以攻吾過，多慚作衆師。禮成三避席，前訓莫忘之。

示姜勳

絳帳喜相從，文詞武備通。吾嘗聞大勇，臨事必成功。軍旅敬兼恕，波濤信與忠。由來韜略旨，多在六經中。

題晚香堂步李文貞公韻

堂在府治東偏。志稱韓魏公留守天雄，駐節於此，有『且看寒花晚節香』之句。明隆慶間，王守叔杲慕之，因名其堂。文貞公爲學士時，視學畿輔，乃有斯作。後三十餘年，群亦奉兹役，適公文孫根侯來守是邦，詩中及之。

再入中書三典軍，經綸理學總無分。咽喉宋室曾論武，桃李清時此校文。俯仰笑予同晚節，風流愛爾襲餘芬。衰顏忍負黄花約，仰視晴川正出雲。

紀雪柬孫制軍前輩

皇帝四年十月冬，我攜使節辭天雄。淩兢官騎蕭蕭鳴，蒼茫四野天無風。雲低黯澹凝墨色，仰觀醞釀微赬紅。須臾玉妃奉敕下，素虬十萬翔虛空。小如撒鹽大如絮，凹者欲平凸者崇。由來齊民重初白，麥苗三寸頂已封。試深磬折探馬策，報瑞火急飛郵筒。雪中程途不可計，但見歡笑嬉黃童。村釀留人一停馭，三日猶滯漳河東。吾皇仁聖堯舜姿，感格直與蒼旻通。年來偏災偶見告，蠲租肆眚恩賚重。去年畿輔三見雪，今年冢宰奏屢豐。此雪優渥萬餘里，遺蝗入地非人功。自今以始歲如此，雖有旱魃無由逢。

雪夜宿肥鄉客舍與潘茂才奕

雪夜同客投孤村，薄醪醉人初黃昏。公私不擾田舍静，擁衾如鐵不可眠。案頭枯棋三百六，塵封滿簏忘歲年。潘子高興攜近席，有棋無局何由歡。譬如善飲人，道逢麴車徒流涎。急取判筆畫一紙，十有九行欹斜不整形復漫。潘子貴遲我取速，速者失手悔更難。有時迅雷縱一擊，得勢往往驚旁觀。平生惱恨爛柯事，癡愚況值仙人頑。有山不採荒本業，歸來獨立悲童顔。人生行樂有所性，如朝必饔夕必飧。少事父母老妻子，豈忍惝怳依雲孫。推枰就睡夢仙子，曰子老黠多塵根。十年鞅掌歸不得，有子未教妻髪髧。吏局誰施辟老藥，奈何詵笑看棋人。言已忽見牕紙白，又聽官馬嘶柴門。夜來殘局鼠繙亂，呵凍爲記仙人言。

元旦次彭芝庭侍講韻

淑景占年報十分，曉趍絳闕切層雲。螭坳日射光先入，鷄舌寒凝氣自薰。春勒花枝迴澮沱，詩成珠玉散氤氲。重來慚愧孫陽目，敢説曾空冀北群。

人日西淀歸直口占

爆竹遥聞殷似雷，平林斜轉市聲豗。春流一道通橋處，兩岸飛鳴花鴨來。

過鄭州

新羅萬疊展東風，瀛鄭從來一水通。幾番按圖名衆鳥，就中誰是信天翁。

上巳前一日瀛州公廨即事分韻

浮雲浄瀛海，暖氣迴春城。風物懷帝子，魚雅來諸生。高楹散新靄，廣座流餘清。浴德澮塵漬，澡身遺俗嬰。要得除袚旨，自會絲竹情。采拾成即事，遂爾遲星旌。别去各努力，庶以保令名。毋孤他日期，兹意惟硜硜。

東安曉發

夢裏河聲直北趨，又聞屋角唤提壺。繚垣城郭通鷄犬，賽鼓喧闐催杏蒲。春晝宜晴還帶雨，曉山遠見近偏無。停車正欲諏風土，笑指前旌已戒塗。

自寶坻玉田至豐潤作

由來馮翊地，山勢抱金湯。黑壤連雲暗，新鵝帶柳黄。人今仍作客，水已號還鄉。河名。有約春犁早，家家播穀忙。

渡灤水作

山根左折勢迴旋，一道中開到日邊。估客暮收東海市，戍樓春冷北平煙。白雲自擁盧龍塞，斷碣猶題貞觀年。三月灤河重問渡，當流立馬聽濺濺。

送鄭海峰前輩歸山

家具三千卷，官聲二十年。魚緋今在笥，熊軾想高懸。舊事耆英接，新詩谷口傳。循良與獨行，長得奉名賢。

贈姜藥

廣文老去憐姜藥，愛種秋花損俸錢。記得年時花下醉，二分明月十分船。

楊村題壁

曉來銀漢下微涼，帆影風迴過枕傍。獨立披衣欣五際，露華香襍水華香。

重過楊村

五年使節成三到，麥隴青青柳色深。不斷河流明似鏡，常將此水比臣心。

楊村喜晤彭承祚別駕

年來踪跡滯河濱，官冷偏於鷗鷺親。拂我征衣北平雨，手提鄉酒勸鄉人。

夏日遊水西園次韻

長河北下獨當門，笭箵先生署作園。此日停車逢夏五，年時繫艇正黄昏。閑情未要鳴騶近，小坐惟聞乳雀喧。最愛公餘成往復，藥欄曲徑一開樽。

將去心情欲少留，海天景物望中收。百年那得千場會，一飣真當三日休。桃李無言成過眼，水雲有約話從頭。舊遊緩步尋詩地，歷歷猶能記某邱。

過龍山人玉紅草堂感舊

逝水風流不可尋，幾回立馬泪沾襟。野航恰受惟攜鶴，古寺同遊爲拂琴。斗酒未澆高士墓，停雲猶識故人心。宋纖已老重樓在，清節應標獨行林。

哭高章之尚書

麒麟終拔地，忠孝有家風。帝眷咨裴度，人來哭寇公。詩分蘇李後，迹許范韓同。素節臣規在，千秋鑒匪躬。

使節歸來晚，尚書領度支。忽驚列宿隱，不是詔書遲。自昔攀轅地，今開墮淚碑。功名論萬里，彤史永昭垂。

寡知惟自守，辱賞更多憂。大雅寧論報，吾行何以酬。冰淵如隕越，泉壤恐貽羞。此意成千古，從來重信修。

秋雨次鄂休如宫尹韻

坐久添衣罷，牕垂淰淰雲。疏宜紅蓼受，冷帶白蘋分。散直馬知路，偎栖雀戀群。移時庭院爽，草色上微曛。

晚晴次休如韻

晚晴我所重，遲月復看雲。門静無車轍，天高有雁群。自斟謀婦酒，手評課兒文。不覺簾衣外，蟲聲已夜分。

八月十六日恭和御製元韻

秋光薦爽自徘徊，一望西成到眼來。皓月正中呈萬寶，慈雲長近護三台。天香晴靄凝仙仗，玉露清芬介壽杯。擊壤家家歌帝力，昇平景物勝蓬萊。

次韻寄懷青谷太守

相見來清風，相思對霜月。熊軾千里移，輿歌出林樾。君方奉新符，我亦理舊軏。努力慎前途，莫令芳時歇。

寄懷尹元符副憲時元符以養母旋里

烏臺聞内召，五緯正芒寒。專席何曾暖，斑衣遂所歡。臣規朝右望，子鵠里中端。匹馬過通德，無因拜一餐。

平生懷潔白，厚禄況能彰。我愧家公輔，君真范履霜。范文正置義田，家學士爲記。元符出奉捐修學宫，設義塾，亦屬余記其事。早謀收族産，重啟毓賢坊。計日迴旌旆，還登公瑾堂。

種樹頻年職，成陰在幾時。勸經心每切，化俗髮先垂。獨立驚岐路，姱修抱素絲。更期温清暇，説與後賢知。

題夏叟林亭

遠役得清憇，林亭見古風。市喧花影外，詩思鳥聲中。舊架陰蘿接，方池暗水通。主人偏愛客，還勸秫青驄。

次韻奉答嚴松占明府

手開山吏東，一讀一爲歡。照乘雙珠合，長城五字安。高鴻遲夜永，乾鵲忘朝寒。珍重琅玕比，餘芳掩蕙蘭。

聞説留禪榻，冲然感鬢絲。山中芳樹晚，天末美人遲。遠羽飛偏疾，寒雲凍欲凝。春姿終自換，賢路有高枝。

與石圃論酒

十年前一過衡陽，酒味如錫醉異鄉。今日蹄涔重相餉，始知衡酒白於霜。

暮抵臨洺

巖關近沙路，燈火隱高原。鷄宿霜中樹，人喧水外村。時平開隧道，歲稔有重門。候館曾相識，當轅犢又孫。

鴿　房

野鴿誰家養，營居傍古垣。羨他能出入，不是困籠樊。比屋成姻婭，經春長子孫。由來驚怖少，莫忘主人恩。

鴿房依矮砌，面面對林花。鸚鵡多拘束，鶺鴒未有家。啣泥春燕苦，叫月塞鴻斜。小住爲佳耳，吾生願豈賒。

立春前一日成安道中見雪

曾從豳雅説迎年，令節惟憑臈鼓傳。沃壤舊連肥子國，行人又近濁漳邊。樹迴村轉生煙處，風定雲低作雪天。勞動玉妃留一剪，盡將六出灑春前。

大閲恭紀有序

臣聞古聖王創業垂統，必偃武修文，以昭大定。而《周禮》仲冬大閲，則行於農隙，其典視春蒐、夏苗、秋獮、冬狩爲加重焉。蓋有百年不用之兵，無一日不講之武，守文令主，以是爲兢兢焉。誠豫其備，以收其威，而措天下於磐石之安也。我皇上德威所照，無遠弗届。纘緒之初，神人欣悦，番藏諸部落，輸誠恐後，邊境帖然。而苗疆新隸版圖者，亦安堵如故。元年，大兵凱旋。自是海隅日出，先後梯航而至，相望於塗，開闢以來，稱王會者，未有盛於今日者矣。深仁厚德，中外覃敷，用能仰召天和，雨暘時若。四年冬十月，瑞雪徧灑，自京師、畿輔、各省俱獲霑足，當百穀用成之後，豫兆來歲麥秋大有，白叟黄童，歡呼載道。爰諏仲冬吉日，行大閲禮於南苑。此地近郊平衍，百泉注兹，水甘土肥，林木蓊翳。世祖章皇帝修治百堵，爲講武地，建元靈宫，棲神護國，環拱星宿。聖祖仁皇帝時巡於此，作詩以紀先澤。至是上躬謁焉，瞻仰豐碑，敬依元韻，得百有六十言，璀璨珠璣，炳燿寰宇。禁旅虎賁，應期咸集。諸王大臣之訓練將士也，俱各禀睿謨，步伐整齊，紀律嚴肅。上親擐甲胄，徧歷軍營，有旨賞軍士錢糧一月，皆感激忭舞，雖挾纊投醪，莫能比擬。是舉也，覲光揚烈，修政順時。《書》稱『克詰戎兵』，《易》稱『聰明睿智，神武不殺』，道固有操乎至要者矣。臣陳群才識謭陋，濫厠詞垣，曾兩任學士，備員禁廷，今復忝職納言，視學畿輔，恭逢盛典，敬效颺言之義，製長律四章以獻。

瑞雪初晴輦路開，覲揚典禮肅風雷。寒凝貔虎千宫集，雲擁郊原萬騎來。紺殿丹青思締造，奎章金碧仰昭回。吾皇繼序兼繩武，祗席從知慶八垓。

禁旅兵樞慎所司，親承指授下丹墀。陣通變化終歸律，法合韜鈐在出奇。文德久敷寰宇内，武功敢忘太平時。軍中共仰黄雲近，韎韐躬臨視六師。

不數騶虞賦五豝，禮成恩賚復頻加。玉匙飽啖大官米，金錯分嘗哈密瓜。聖主衛民心最切，諸軍奉德聽無譁。欣瞻鳳藻從天下，墨色澄新映曉霞。

一人親握帝王符，天縱多能裕睿謨。玉帳開時光日月，龍旂展處伏孫吴。九重宵旰惟無逸，八政賓師戒不虞。珥筆聲詩懷吉甫，爲傳虎拜與山呼。

訪存畏前輩留飲

下直訪戚舊，寒色何淩兢。座中三四輩，頭銜盡條冰。主人敕清厨，異物實俎胥。憐我風雪來，杯箸爲我增。別悰各填委，新詩互抄謄。勵摻指松柏，辨臭同淄澠。微契偶一感，心荄輒生艿。得朋況有酒，掉頭更誰能。巷柝休聒耳，譚深意騫騰。倘許高興繼，還踏銅街燈。

天雄試院得姚範冶編修箋云以奉養母大夫人請假旋里行有日矣陳群于役畿南不獲郊餞爰製長律言情敘別庶幾繞朝贈策之風用托元白代書之義兼寄令兄象山觀察道冲太守

使節來依東晢里，郵筒恰寄白華篇。一聞春水歸帆近，頓覺停雲別思牽。棣萼堂深滋玉樹，宣文帳暖燦金蓮。此行三館人争羡，愛日風光記八磚。

珂里今爲晝錦鄉，同朝多説弟兄强。張憑船裏才名起，吴隱泉邊惠澤長。斑管早傳河北賦，綵衣猶帶海南香。閑居辦得鶯花課，自有佳辰獻北堂。

香樹齋詩集卷九

信都試院喜雨

官齋静無事，春雨況多情。一洗庭樹色，時聞簷鳥聲。滄懷初可愜，及物不能名。曉問衡漳渡，應逢冀缺耕。

往時學使者下車供帳甚盛厥後相繼簡任於此者多清節素著之前輩以次删除惟卧室内設一帳寒則禦風夏避蚊蠅余前後視學於此凡七年涖瀛郡者四將行必撤帳歸所司曰明年來無煩改作也辛酉春復來見帳極新因識數語並綴以詩知繼余而役於此者必朝右大君子慎乃儉德有同志焉

不寢常如枕有警，屏私直似鏡無塵。題詩自有紗籠護，留伴他時絳帳人。

宋貞媛詩

共姜自誓後，焉知幾千祀。厥靈翺且翔，乃下姑蘇市。廣平有貞媛，幼小具衆美。十二字程生，芙蕖映清沚。葑門夾道槐，本是朱陳里。青梅曾繞牀，姪也從姑矣。生年方十三，通經補弟子。神童作孝童，鄉譽膠序起。誰知命脆促，炊黍僅移晷。貞媛居隔垣，一哭但一死。保姆勸無術，宵晝戒嫗婢。媛曰是何庸，我志已決耳。我有一寸心，灑血陳天只。死易生則難，難者實所履。截髮袒而歸，心自儀髧彼。本期並蒂開，而以孤禽委。作詩續柏舟，用以告彤史。

柬黄懋德明府

第二泉邊夜放舟，碧幢皂蓋野塘秋。三年心迹勞清夢，劇地嘔吟驗信修。化俗多方應好試，憂民有病可能瘳。韓魏公詩：『我生盡欲醫民病，赢得憂民病未消。』亦知惠政無奇政，期爾名居最上頭。

雨後校士與司鐸諸公偶論書法並商搉課士規條即次彥兮廣文見貽原韻

雨餘萬彙樂由儀，嗜古來看索靖碑。敢謂孫陽從冀過，不教滄海有珠遺。薰風煦物同生意，廣坐譚經愧衆師。常凛冰淵對幽獨，豈將心迹望人知。

孫孝子詩

汾州屬縣有汾陽，嗟哉孝子孫懋昌。六歲失母何郎當，父滯津水如秋蓬。旋死於客遺路旁，誰其瘞之鄉人張。懋昌稍長痛父亡，日夜啼哭走且僵。走尋父骸跂而望，枯骨遍地春草長。仰不見天如聾盲，又歸叩泣鄉人張。云有津民萬古蒼，爾往詢之庶得詳。千里徒步跣踏霜，一步一跌一稽顙。古蒼曰何容易談，城西官地古北邙。汝父昔瘞破廟東，瘞時淺土覆滿筐，今也水浸流浪浪。瘞時近棺容車箱，今也纍纍如瓜瓤。我今行年六十强，但見新墳狐兔房，不見舊骨還其鄉。懋昌一哭欲斷腸，始識其處不易方。時當王政舉瘞藏，官於此者肅公令。近前數棺小者殤，最後一棺骸骨完。嚙臂取血血交横，以血浸骨入不停。曰今見父吾得生，朝辭津水歸太行。於乎皇天感其誠，鬼神布濩曜晦冥。作詩紀事化下民，買繩理竿表里端。

季弟主恒將之永豐賦長律示之俾觸目警省爲官箴之一助云

行廨偶逢三日聚，官程此去萬山深。儉能化俗應知勉，廉到無家庶可任。每夜焚香惟默默，終朝思過自愔愔。一言訓爾爾須記，要慰泉臺慈母心。

顧用方少司馬惠太極硯賦謝八章即以硯銘爲韻

鵝肪潤龍尾，在握如掌平。願奉珍几席，於焉終吾耕。

出匣對端人，抽毫一伸紙。硯田長不枯，環環有活水。

本以圓爲用，渾淪藏智珠。動静含太極，此是先天圖。

入坐静而廉，賦質黝且澤。鳳味羞殘璋，人間重完璧。

比鏡塵不緇，自照惟硜硜。默然會此意，虛室生空明。

秀潤必豐肌，堅貞亦含理。拱璧守至珍，考祥以爲履。

迴文銘八字，錦織復珠連。深心托盤匜，奥義誰能宣。

寫罷换鵝經，微凹餘墨跡。欲報金琅玕，愧無千匹帛。

題馬文毅公彙草辨疑遺集後

憶昔小醜自盱睢，狐跳鼠伏連山魑。梧江之濱灘水外，孤掌但豎中丞麾。妖氛慘澹薄城郭，勸降不應遭幽羈。罵賊已碎太尉笏，請捄未報秦庭師。命婦愛子各絪縛，殘書亂帖紛相隨。平生最慕草之聖，波磔不使差毫釐。窖中日月如漆黑，討究疑似窮愔義。墨花凝血血猶潤，漏痕傳神神欲飛。正氣終歌信國死，草書留訣平原屍。安知悲憤痛入骨，觀者但賞龍蛇姿。我曾珥筆走三館，作傳早列昭忠祠。妻妾從夫僕從主，全家盡節事更奇。天教八法永不墮，廼使千莫騰圜扉。願向文孫乞一本，布席敬仿千金碑。

謁袁了凡先生祠

祠在寶坻縣廣濟寺西。明萬曆間，先生爲寶坻令，奏免浮糧，報可，居民至今德之。

鄉達袁夫子，專祠赤縣東。平生完萬善，一疏已成功。事見先生集中。祈報羅池北，謳思朱邑同。迎神村鼓動，梟影下空中。

北平使院三松歌用壁間李孝廉東櫰韻

七年三度馬首東，歷春而夏秋未冬。余三至北平，皆非冬時。來時百卉兢獻秀，魚鑰一一開題封。緣坡登磴就平處，堂宇肅肅當寵嵸。入門案牘不掛眼，振襟尋揖三喬松。兩株並聳軒之後，似踞虎豹披蒙茸。低者肩隨高俯首，各有本性含青葱。一株平鋪陰十丈，高張車蓋青童童。月斜倒影城郭外，下瞰雉堞如垣墉。笙簧間作自酬答，況有萬竅來清風。退之老而愚，乃欲東野化爲龍。何如三松非龍亦非雲，龍蟠雲護相追踪。由來後凋質，禦攘冰雪千古同。奈何相賞在盛夏，坐令奇節群嫣紅。松也有知若欲語，忍見衆草丁其窮。座客感之爲起舞，劍佩摩戛鳴錚鏦。句容詞客青蓮裔，拳曲臃腫遭龍鍾。想其醉後潑墨題素壁，肝腸鏤刻工磨礱。調孤似弄雲和瑟，力大擬挽烏號弓。我從校士得清暇，長廊緩步開心胸。讀罷濤聲落衆壑，高歌一撞蒲牢鐘。

附原唱

李東樓

松關茆屋江水東，欲去不去淹春冬。輶軒太史香案吏，後車載我旋提封。灤涼襟帶雄三輔，南臺孤竹高巃嵸。城闉官廨三古松，翠虬揚鬐鹿養茸。令支邱墟燕國故，不知何代長此青蘢葱。此行詰曲隴坂惡，草木摧落山皆童。桃梍李萸不可見，驚沙極目迷荒墉。西齋坐久群動息，唯聞院宇謖謖來天風。人生不如丁令鶴，又不能爲葛陂龍。征輪蓬轉敝裘裂，側身旅食天涯蹤。大枝臃腫小新曲，頗遭詬厲同非同。犧尊青黄誇世用，不爾吐萼飛韶紅。平鱗鏇甲吁可惜，霜淒雪虐時有窮。此松敷榮欣得地，交柯摩戛相錚鏦。飽經歲月天使獨，斤斧不到神靈鍾。古根盤薄化爲石，苔纏蘚剥辭磨礱。我從燕南歷邊塞，新月已見三彎弓。青山萬疊蔽歸路，獨撫老物舒心胸。婆娑清影吟不寐，素壁先已鏗鯨鐘。

和

范長發

狂瀾欲倒孰障東，古音歇響如蟄冬。空廊題句紛唱和，長歌磊落掃塵封。我來北平春欲暮，院静謖謖開寵嵸。喬柯鼎峙張雲幕，乃有千年偃蓋三虬松。此松得地最高潔，山海盤踞超五茸。前庭卓立聳霄漢，後院屹向挺青葱。昨秋天雄咏古柏，摩挲翠幹雙童童。即今孤竹山堂復見歲寒友，淋漓翰藻灑崇墉。緬想採薇作歌標峻節，草木猶帶古清風。句曲仙山卓犖士，獨揮健筆走游龍。邇來大雅何寥落，少陵千載渺雲蹤。歌詞跌宕風格老，宗工擊節非雷同。要自奇崛傲霜骨，詎學桃杏争春紅。惜乎斯人已化鶴，坷壈毋乃坐詩窮。僅留疥壁嘗一指，松濤墨瀋相錚鏦。英鋒自來造物妬，散材何限老龍鍾。流行坎止亦遇耳，偃息免受匠氏礱。昔余西踰瀚海路，萬里曾挂天山弓。白頭尚走盧龍塞，天令老幹盪奇胸。不嫌技癢雕枯腎，詩成一笑寸莛撞洪鐘。

北平曉發次慎齋中翰韻

戴星迴使節，只尺渡雙流。水碧連衣動，山青與蓋浮。清和鴉欲乳，餅餌麥先秋。更喜還京路，垂虹雨腳收。

豐潤道中次慎齋韻

犖确黄泥路，偏宜薄笨車。樵仍山採徑，農熟水耕書。問俗心彌切，扶衰願豈如。清風一相遇，搔首立躊躇。

經盤山作

早知盤谷勝，自昔屢迴車。有約成虚擲，重來尚簡書。逢僧坐松下，對客話真如。塵鞅終當棄，何妨此結廬。

得陶未堂手緘却寄用李青蓮答元丹邱韻

鈴聲飛塞上，郵筒來何處。愧無青琅玕，爲報雙魚去。自昔侍爐煙，連袂香案前。吏局有遷轉，惠政多流傳。因風用相勖，古意結心曲。思之不可見，塞草年年緑。斂轡雙闕間，簿領稍就閒。引頸星谿外，明月懸秋山。

次韻題梅循齋前輩采葵圖

閉娱草木動經時，箋類稽名説衛葵。循齋自著《葵説》。愛足自知微尚在，傾心不與衆芳移。

畫圖托意因誰寄，采掇終朝慎所持。群也平生同臭味，願言封殖亦於斯。

題鄂怡雲詩稿

詩情萬斛湧春泉，會見吹噓送上天。合是前身王給事，知音曾倚七條絃。四詩三筆相門才，第五清如玉鏡臺。頷下驪珠猶在握，笑余空自寶山回。

次韻敬酬范省齋先生兼送南旋

高雲澹天漢，觀物餘沉吟。還壑有本志，出岫原無心。爲霖時既後，晻靄生秋陰。信修違俗韻，真賞終希音。繙身一笑輕，別緒千尺深。揮手聊佇立，好鳥歸故林。故林鬱高柯，林下風月多。迴翔意何適，睍睆聲相和。達人愛初服，志士感逝波。吾聞萬丈瀑，必歷千折坡。湧勢自騰厲，山石以撑磨。亮當歸海門，何用嘆蹉跎。蹉跎任所之，平生謝衆知。大璞要辭琢，純白在不緇。夙昔游姑射，曾揖絶代姿。一從邀顧盼，於焉奉光儀。自驚非盛歲，況懼幸明時。臨岐三執袂，黽勉留箴規。箴規復何如，寶之同素書。惠風時珊珊，化日方徐徐。尋味結心契，出入與佩俱。輪轅在廣陌，載道非虛車。示我前哲範，遺我正室居。還期各努力，相思寄雙魚。

附原韻

范長發

秋鴻辭朔塞，蟋蟀上階吟。明月懸華軒，照我故鄉心。流光眷佳節，遠道惜分陰。豈不念奮飛，如何離賞音。藹藹故人意，綿綿別緒深。手攜一樽酒，酌我雙瑶林。瑶林挺高柯，天際雨露多。君子逢道泰，我歸養天和。睠往驚電影，感來悵頹波。昔余侍閶闔，君方歷金坡。宮中奏雲門，古調相磋磨。一朝行萬里，回首成蹉跎。蹉跎安所之，賴有故人知。故人操冰鏡，歷久不磷緇。陪遊逾三載，皎月冷霜姿。驪珠時吐納，麟閣輝羽儀。恭惟堯舜聖，矧兹休明時。仰追禹皐績，還希鄉哲規。鄉哲信誰如，首推杜尚書。君家恭肅公，兼之馮與徐。林泉尋夙好，進退與道俱。緩音無促節，閒步當安車。苟完向平願，終返班生居。去矣此贈言，乘秋好釣魚。

桐城相國七十壽

年年此日是重陽，節候題糕酒更香。緑髮人胎仙字緑，黄封色映菊花黄。文章後輩推燕國，行誼同朝拜履霜。重譯諸蕃多却立，共看精練冠班行。

辛酉初冬幼海孝廉出樓山中丞所寄叢祠廢營殘陽初月四律讀而愛之即約幼海同和既從郵亭得樓山尺牘並近稿數十首四詩在焉幼海與余去閩嶠六千里而性情所感若相符合一吟詠之微流連引人至於如此然則輕用其性情與自靳其性情者非性情之正亦非詩之正也以初月居後作者亦或有意於其間乎長至日香樹居士錢陳群識

蒼涼一片隱林邱，野篠無人翠欲浮。金碧隨雲多散去，父兄攜手記曾遊。偶來瘦鶴盤松路，時見流螢上石樓。古衲何須資十力，晦明終自有神謀。右《叢祠》

刁斗聞從此地移，太平有詔早班師。菜畦麥隴思他日，畫鼓紅旗憶昔時。老樹烏生八九子，短垣花發兩三枝。長嘶老馬猶閒放，可許行人問路岐。右《廢營》

晻曖西春景未沉，青松冷色有清陰。蝶衣帶去三春怨，鴉背攜來萬里心。讀罷空庭餘眺聽，倦游扶屐尚登臨。常時歸直金華路，一掣多情馬首侵。右《殘陽》

望裏纖阿水氣清，仙人足下已生明。朝傳蓂草添三葉，夜聽元戎報二更。小閣牕虛無客到，春江沙净有船行。年年偷得如眉樣，不管深閨萬里情。右《初月》

題挈黿圖

中流伐鼓公渡河，公無渡河黿興波。黿銜左驂入砥柱，從官瞪目如黿何。誰其奮捄得不死，聞有近臣古冶子。左手操馬右挈黿，微夫人力不濟此。黿既膏鼎桃正花，桃之實矣齊婦鑿。接疆二子真匹夫，恥功不逮何其愚。力士所争志士懼，子房早從赤松去。

春懷二首寄答王樓山中丞

繁花摇春風，泱漭接海宇。天末有佳人，夙昔心相許。幽夢寄嶺雲，高鴻落江浦。道遠莫致之，庭際一延佇。織素守故簾，古心運機杼。願保貧時交，撫今復懷古。

一别動逾紀，揮手憶河梁。方經冬夜永，復對春日長。仰觀雲間鶴，雙翼自翺翔。明明如可掇，欲即天一方。幽蘭曾作佩，衣袂留餘香。願敦濟川義，千載毋相忘。

登李白樓乾隆三年九月十三日，舟泊濟寧。時夜將半，月明霜寒，小立船唇。閘吏開板放船，鄰船撑撞，余失足墮水，家人擲篙以援，得不死。因戲謂賓客曰：『吾聞墮水死者，必有鬼物憑之。倘昨夜遇太白，便攜手同去矣。』明日適登斯樓，因題一絶句。

昨夜未曾逢李白，今朝乘興一登樓。樓中人已騎鯨去，樓影當空占上游。

涿鹿道中聞客詠竹垞鴛湖櫂歌口占一絶

客程重問桑乾渡，鄉夢多違顧況臺。十丈紅塵遮不斷，夜深水調枕邊來。

春帖子詞

玉琯葭灰動，宜春綵燕飛。九重方愛日，萬國仰恩暉。

釀雪東風尚作寒，茆檐此日慶同歡。欲知宵旰因時勵，纔入春來便履端。

農祥晨正應星躔，氣轉東郊木德先。畫鼓紅旗雙導引，土牛特爲報豐年。

樓山中丞寄近詩題云於公廨夢見修亭苦吟長律醒時猶記騫元二韻因依韻作詩以記其事亦成一首

霜緘尺素到修門，短檠寒牕手自翻。老去懷人猶有夢，醒來得意已忘言。魚方在藻情知樂，鵬趁扶雲勢更騫。當局應須各努力，好求民莫副調元。

送岑藕生宦閩中

弱冠起詩名，麗句傳秋雨。相門文讌多，對酒拜大户。偶然落險韻，往往淩郊愈。皇路盛清才，佳士承華組。之官海嶠深，啁啾風俗古。尋春入花坑，帽簷滴紺乳。期君徵車來，好乞荔支譜。

正月十四夜同人名攜一篚小集分得心字

直舍初就適，門枉一逕深。潛鱗尚停躍，春鳥已弄音。際兹傳柑節，感我求友心。榼攜出時饌，步接來華簪。合意形自外，契道意可諶。嘉辰歡亦屢，小會始自今。願言繼真率，長得奉規箴。

移寓賜園喜謹堂至兼呈同直諸公

面山亭榭敞南榮，褭屐相邀有送迎。心迹要從魚鳥洽，頭銜笑比水雲清。短檠共對兩行直，舊榻重鋪八尺平。只隔鳳城三十里，但聞爆竹到天明。

恭和御製耕耤禮成元韻八首

萬寶年年此發祥，禮通百祀制綦詳。先期豐澤開耕處，黄犉輕縻早服箱。

亥臨木德應農時，一墢躬親候豈遲。壥左掃塗平似掌，綵雲容與引龍旗。

祈報明禋爲重農，松間雅奏序鏞鐘。禮成受祉天顔喜，緑酎香濃福更濃。

衮衣繪米山龍麗，翠幕歌詞金鼓摐。豈獨課耕還教孝，坐令風俗啟蒙厖。景物纔過三月三，從耕百爾集郊南。由來粒粒皆辛苦，應抱虛糜廪禄慙。望耕臺敞黛壇東，蒲杏風和日正中。人履先疇思舊德，勤民聖主紹家風。載筆詞臣補曲臺，移時終畝上農來。分明七月詩中見，犁雨鋤雲傍水隈。古稱民事備中天，精意誰能廣疏牋。但願八埏書大有，九重猶自凛寅乾。

賦得春蠶作繭限十五咸

慘憺春蠶力，惟將萬縷緘。女紅欣有托，衣被早能咸。出浴魚翻水，初眠馬上銜。吐絲成簇室，辭箔便攀巉。方言，吴人呼蠶將作繭爲上山。引緒心先盡，同功種不凡。獻時光粲粲，繅處手摻摻。非紙猶千疊，如綸在一纖。清和齊採摘，燕語正呢喃。

丹鳳曲

丹山有雛鳳，厥靈本星精。引吭諧鍾吕，爲儀表文明。曾聞唐虞世，翩然下韶韺。後來未千載，再集岐周鳴。至今卷阿什，托興有餘情。自從翽羽祕，衆鳥相與名。燕鴻識春秋，鳩鵲知雨晴。大雅久不作，搶榆徒紛争。朱明懿文德，五色呈蓬瀛。瞥見丹山質，來應黄河清。朝陽升初旭，高岡梧桐生。佇看虞周後，自爾歌太平。

賦得卷幔山泉入鏡中

坐對青銅静裏緣，枕中琴筑遠聲傳。忽開書幌光初動，便揖山容景乍懸。香篆輕移遮不斷，簾鈎斜掛瀹還連。霜寒晝澈一泓水，雪冷晴飛十斛泉。似練偶垂衣桁外，如珠疑落硯田邊。空能繪色方爲照，净可鐫無豈墮禪。若覓匡廬留束本，要從白馬悟真詮。由來障物皆如幔，取鑒須神未卷先。

送朱源長主簿

剥啄人來別，臨風贈一言。書名照碑版，宦迹近鄉園。幕府攀留重，銓衡禮數存。早知求判者，扶杖到公門。

張庶子鵬翀以春林澹靄圖進呈御覽蒙賜題六絶句恭和元韻

貢茗新芽緑腳垂，春山平遠列如眉。誰將只尺傳千里，合是前身李伯時。

寸箋持獻比溪毛，丹筆親酬調更高。若以風詩論報重，玉堂載記譜投桃。

澹靄空濛自出雲，山如屏障水成文。御園試展僧繇墨，榻上林間總不分。

鳳味龍文恩屢承，鸎尊曾受兩三升。庶子紀恩詩有『金盞恩濃醉不勝』之句。紅綃扇是臣家物，用張詠賜扇事。比並今朝恐未勝。

瑶華琢出本天成，盛事留爲館閣榮。香篆螭坳簾乍捲，詩神畫逸喜同清。

奇遇何因得自求，文宗端合奉龍樓。詩成未敢題縑末，爲有天章在上頭。

題林上舍涪雲陶舫硯譜

端石如端人，厥質静而正。徵行謚既彰，傳愛銘可鏡。此册林氏守，名輩互考訂。銛鋒硍鐵阿，圭璧發晶瑩。詞兼鰈柳深，體許斯豐並。借觀不忍釋，秋牕張短檠。龍尾穴已湮，鳳咮賞難更。碧瓦多飄零，黄眼争季孟。品題有群公，石室事稱盛。我老當學耕，與君租一稜。

恭和御製賦得既雨晴亦佳元韻

遠漲遥聽望壑歸，山容初沐澮雲衣。琪花影重承新旭，玉漏聲清出禁扉。廣坐愛傳秋信早，纖絺恰受午風微。對時育物宸襟暢，静裏還應識治幾。

午日賜物恭紀二首

葵　扇

明月新裁樣，蒼筤管細擎。常舒非匠巧，密稜自天成。初覺蚊蠅遠，方知枕簟清。奉揚微悃在，要與藿同傾。

宫　葛

奉使逢今日，黄封走近畿。重鶩當暑節，仍與賜生衣。輕潤甘蕉卷，辛勤越女機。承恩無可獻，捧出不能歸。

恭和御製夏日御園閒詠元韻八首

朱明麗景澹宸襟，恰值郊原正沃霖。馴鳥隔花音上下，游魚唼葉影浮沉。稍紓赬赤三農望，乍慰勤勞五夜心。觀物幾餘非却物，静中消息與時斟。

雨餘衫袖似新秋，出沐晴嵐翠欲流。鏡滿霞光初捲幔，檻收池影一登樓。絲絃清越連三島，魚鳥靈奇補十洲。大邑磁中香百和，園丁特地進花籌。

一抹濃陰下遠帷，午鐘徐度出花遲。碧開曲沼平於掌，青闢疏畦列似棋。竹院午餘飛燕子，柳塘深處㲉鴉兒。天家饒有田家趣，啞軋車聲水足時。

落照侵簾棐几明，閒敲詩味覺餘清。水雲有約欣成遇，鷗鷺忘機可作盟。荷净納涼依北渚，榴紅照跟敞南榮。經旬次第封章入，爲報諸方盡課耕。

琳瑯御筆抵雙南，鶴翥鵠騫體勢含。洗硯溪流時帶黑，近山屏幅半拖藍。神仙得地居饒勝，聖哲因時學更耽。閒愛研朱講周易，共欽祕義自韜涵。

參天高閣護長松，黛色偏於雨後濃。石磴嵌空雲浛浛，板橋低亞路重重。偶通花港迴船纜，待東山泉試野春。行樂四時隨領取，可知宜夏亦宜冬。

牕櫺輕潤籠蟬紗，報雨天光露早霞。雪白花中多夢蝶，水紅枝下慣藏蛙。名碑摹就珍初搨，貢茗擎來點一芽。城市炎歊應不到，蓬萊長在帝王家。

摩詰山居畫樣新，花如絲繡草如茵。膽瓶光起抽蒲劍，蓆帽香生簪艾人。課雨量晴三伏近，先憂後樂一家春。早傳無逸豳風意，擊壤聲中感至仁。

恭和御製食荔支有感元韻

水程計日進離支，聞説陳園種最奇。寢廟先修方物薦，嶠雲早傍貢船移。瓊漿自昔承恩賜，玉液於今動孝思。化被遐陬知此意，由來孺慕必因時。

代東寄春暉學士前輩

早年姓氏重淩煙，一笑翻身羨偓佺。白社詩篇傳禁籞，頭聽風度領平泉。連蜷賦字曾勞讀，宛轉歌聲亦屢牽。記得城隅春宴罷，一分明月浸絲絃。

開緘字字耀明璫，聲價黄金論斗量。文望宜爲真學士，書名比作小歐陽。多情社燕迎風下，有約春駒引夢長。時惠寄近著二種：一曰《烏衣香牒》，一曰《春駒小譜》。觀化偶然聊寓意，流傳直欲傲庚桑。

次答田退齋小宰

同朝清議讓崇班，啟事人今且暫閑。書托歸鴻來遠塞，夢隨曉月落秋山。酬庸舊典隆三接，醫國新方候八還。露白楓丹苔逕掃，好擕魚笏共追攀。

恭和御製落葉詩元韻六首

譜曲多情豈自由，飄然獨往可能留。空山鎮日無人掃，幽澗經時帶雨流。畫角鳴笳驛路晚，殘荷折葦野塘秋。蕭森那禁年華感，多少閒居爲賦愁。

曾説春紅未比紅，停車愛看舞晴空。輕如柳絮離如籜，冷似寒雲卷似蓬。何處別人辭故里，誰家秋士泣西風。更餘蔀屋添薪望，盡入周流睿覽中。

榮悴多含造物心，貞元默運義逾深。揔稜響雜梧桐雨，牆腳晴連薜荔陰。堆滿長廊僧有約，踏翻幽徑鶴初尋。蕭蕭一夜鳴皐外，刀尺催人是者音。

偶入山中景更殊，帽簷亂撲立斯須。鈎傳小李多雙夾，點入迂倪乍有無。古寺霜濃初過雁，夕陽風急正啼烏。由來凡卉成消歇，獨賞清松一萬株。時扈從，經盤山萬松寺下。

無端擲地竟如何，庭院飄零入夜多。要悟辭條終抱質，方知去水可迴波。因風直欲群飛鳥，遲月應無礙遠柯。村落微霜秋正老，誰將寒色到關河。

蛩螿唧唧解吟秋，繪影傳聲一樣愁。即事山坳曾跋馬，尋詩水曲有停舟。因之感遇空悲杜，待得看花便憶劉。三復宸章齊萬彙，欣依香海比千漚。

恭和御製冬日瀛臺即事元韻

寒暾映曉瑞光凝，蓬島偏宜雪後登。簾額數峰堆削玉，檐牙幾柱對條冰。詩成暖閣珠千琲，煙散平林香一層。澤國遺蝗應入地，人言三白最堪憑。

天然瀛海拱西華，景物仙家自有家。玉洞雲生渾似畫，雪車火速便於艖。寒鴉逐隊聲相壓，蒼隼摩空勢欲斜。忽聽鼕鼕迎臘鼓，帝城何處動輕葭。

重陽前二日次于耐圃殿撰韻

鴈鴻侵曉落高城，半日輕陰半日晴。園圃荒蕪曾負約，功名衰白愧無成。菊花泥客燈前影，刀尺催人夢裏聲。老去悲秋惟漫興，始知杜甫最多情。

幾回憶昔自匆匆，搔首踟躕問太空。獨鳥遲歸偏易晚，秋花難老不憎風。縱無招飲終當往，便約登高可許同。鄰並過從吾與爾，豈因案牘廢詩筒。

直廬蕭散足音跫，獨往真成可笑儂。少日心情多一擲，故人雲水尚千重。雨中蟲語聲偏近，霜後秋容色更濃。傍晚朝回看洗馬，女墻竇栗日西舂。乍涼天氣作重陽，得便能寬是酒腸。乘興有時邀近局，爲歡何處正當場。多愁不獨張平子，後樂終懷范履霜。巷柝宵來成不寐，題詩聊以報瓊章。

次韻周蘭坡檢討移居

十笏規模仿雪堂，庭楸徙倚得朝涼。好徵秀句盈千紙，足抵明珠贈百筐。入座客能鞭湜籍，到門我亦是求羊。小車下直初亭午，魚熟清廚飯已香。

代東滄亭乞茗

十杉亭外月如鈎，一別風流又幾秋。蟹眼生時齋閣静，會應遣侍晚甘侯。

望雲思雪意恭和御製元韻

玉虬乘遠馭，萬里正排空。帶墨微微黑，含赬黯黯紅。朔風初欲定，瑞氣已先融。影合珠簾外，寒生銀海中。象能占大稔，道可驗扶隆。此際皇心豫，同雲望不窮。

謹堂少司馬職思齋落成同人小敘分韻得月字

知君非懷居，旋馬通左閥。誰歟得來往，群也慣趨謁。謂當作三間，笑指隟數笏。過從昨偶違，居然見突兀。庭際委欂櫨，門限初可越。今朝復來看，種菊花正活。新竹移墻陰，鳳尾翠如潑。顔之曰職思，其意本蟋蟀。訂頑有深省，官邪直高揭。是時冬令初，百果充肴核。便招棋槊侶，更接王張襪。情話雜詼諧，討辨窮毛髮。席近杯屢欹，夜永燭易跋。我生寡所修，行身困蹩躠。十載承令言，中道才既竭。登車乘朽棧，浮海依廣筏。貫弗愧後賢，樹立讓先達。勤動何可任，行樂易消歇。故夫思之用，如泉自汩汩。醉筆爲此詩，風義聊取撮。休沐當再過，好遲西軒月。

長至前一日同延清總憲衣園納言恒軒退齋兩少宰齋宿仁壽寺延清出王書城總憲所寄貢柑見惠各賦一律兼懷書城

寒郊下直午牕晴，香霧霏霏舊雨情。雙顆乍分黄帕暖，六人同領白雲清。予五人及書城先後俱任司寇。使緘遠到迎葭琯，佛火先嘗近藥鐺。得句因風寄官閣，梅花開徧五羊城。

次退齋韻

銜恤三年故里居，曾過通德訪清閭。別因未慣愁無那，詩爲催成意有餘。我亦多情重搔首，愛而不見獨踟躕。春冰漸處飛雙鯉，定有加餐托素書。

春帖子詞

梅萼和風近，蘭陔愛日長。慈寧齊獻壽，捧上萬年觴。

黄支奉款歸王會，青海輸誠俟館門。共慶先春祈穀早，六龍臨亥駕金根。乾隆八年，太歲在亥。

三陽啟處應知閏，十葉開時爲報春。佇見淳風風九有，還祈好雨雨千畇。

正月二十一日雪

撲簾寒色上青氈，又見鵝毛到檻前。有約瓊霙裁五出，無香薝蔔散諸天。招尋近局聯同舍，檢點春柈笑隔年。何處老農還遲雪，好攜清旆下翩然。

恭和御製元旦試筆元韻

淑氣先回黼座邊，履端節候在春前。冰融漸滴壺中水，風軟知添柳外煙。宸翰如雲同復旦，天章似莢可編年。金蓮漏永金雞曉，此際吾皇正體乾。

翔陽近斗指東升，景物朝來自蔚蒸。建福春從三殿合，慈寧壽與九如增。晴烘列炬通銀漢，霧靄重霄簇綺綾。隸首紀元推亥子，閏餘應律啟初乘。

恭和御製正月初十日立春元韻

金闕東華面面開，鳳鳴臨曉自徘徊。憂勤丹扆七年後，襦袴芀簷今日纔。剪綵勝中天子壽，迎春杖外野人杯。試燈風信過三日，歡喜家家上市來。

雪獅次矩齋韻

何來絶域姿，踞此寒玉坪。毛片凈塵垢，骨骼通晶瑩。搏捖施人巧，猛厲渾天成。獅本烏弋種，雪乃青女精。嚴威有傅托，階墄添峥嶸。早見衆狸伏，俄聞群犬驚。尾拖萬縷線，毹含六飛霙。畜兇利鈎爪，伺間睒星睛。豈惟靖鬼怪，直欲收欃槍。側若碎兕虭，卧若分象儜。厥功既遺蝗，餘勇猶防獰。呈瑞符漢譯，應禱紓湯牲。近池渴驥飲，倚砌斷蝀横。避炎贔屭静，助吼兒童攖。誰當頊刻怒，百態倏忽生。留題紙筆費，愛賞尊罍傾。朝暾射孔竅，半夜穿鼬鼪。活火煨榾柮，石鼎聊煎烹。因之悟物幻，藉以占時亨。有夢到西極，兩腋風猶清。

上巳後一日孫端人中允張雪薌編修過敝齋夜話分得玉字

春來風雪多，即事但録録。巷泥晴可步，湔帬過幾族。晚鵲噪前簷，客來成不速。新詩發蒙泉，舊釀試寒主。話昔迹已陳，任簡歡取續。相遇忽又違，所得未盈掬。討領貴及時，至理自含蓄。還期月下投，繼此聊往復。

春暮同人集松裔少宰遠香亭得深字

雅興山公治，爲歡亦偶尋。席移隨徑仄，吹緩忘杯深。還意自成遇，高雲同此心。歸來逐飛鳥，輕策指城陰。

香樹齋詩集卷十

和東村集陶韻

敝衣不掩骭，白石匪療飢。興來忽歌嘯，悽至亦漣洏。平生抱幽尚，述志聊賦詩。揮杯樂賢聖，時復一中之。卓犖恣清矚，遠意若爲期。握手便宣示，往往遭訴嗤。及兹春遊晚，巾車駕遲遲。迎繁仍送謝，俛首如含悲。佳節未可任，老至不自知。課兒親典籍，豈曰工文辭。黄金有時盡，何如一經遺。

晴嵐學士示姚三崧編修奉太夫人移居詩次韻

君年方强仕，戀母歸故林。晨疏陳微悃，夕裝遂初心。回憶廿載客，有夢空勞尋。蒔花翻階前，樹草滋庭陰。晻曖遲日景，睍睆好鳥音。人生在至樂，能不輕黄金。清時敦孝治，能不遺華簪。

築室皖城北，雉堞延山光。清娱集賓館，爽氣生書堂。舞迴錦照席，霞飛彩流裳。上壽來仙侣，奉藥出玉箱。一言既傳要，百琲何由償。主婦善斫鱠，稺子能鳴簧。嘉辰屬仁里，紫鳳相回翔。

高歌叶清徵，曲奏休洗紅。自顧本秋籜，乃敢承春風，恐負夙昔期，勝處多成空。偶參堅固義，弱草匪飄蓬。執陋抱燕石，齊物混楚弓。汲泉候新胍，芟蕪憐故叢。亦知方輸滯，未識九術通。握手鏡機子，小鄰祝雞翁。一别青雲端，高卧空山中。因之托寒羽，持以比鳴蟲。

松

忽忽端居又一冬，題詩便憶故園松。性情癖與煙霞合，天地恩從泠澹濃。要使清標長不改，何妨衆卉也相容。寒山遠望青葱處，强半高僧野鶴蹤。

恭和御製柳絮元韻

柳條纔壓帽簷巡，柳絮飛飛渡遠津。已逐游絲飄萬里，還隨榆莢舞三春。撲來畫閣花間蝶，點入清池鏡裏塵。一種閒愁付長笛，天涯誰是未歸人。

着世寬然比一稊，浮雲幻影豈全迷。翩翩過眼無多子，渺渺行空自遠兮。幾片如煙散清曉，千堆似雪擁長堤。春犁半夜廉纖雨，小巷明朝踏作泥。

乍糝離筵似鬢霜，時時已暗讀書堂。飛揚忽憶退之句，飄泊真如白也狂。布地粘天非爾力，因風逐水爲誰忙。由來變化含生意，縱使春陰亦未妨。

風時玉屑散依霏，入硯穿簾未易揮。黄雀披綿堪比軟，青桐潑乳欲方肥。無端便落還看起，有意相遭忽又飛。倘似木棉花可採，人間寒女好裝衣。

亦知色相兩無窮，根蒂能參可鑒空。魚唼浮湛隨細浪，燕銜零亂趁微風。沾衣遠道迷征騎，掃徑閒情課贅童。唱罷陽關人醉後，飛來應帶一分紅。

題金慎齋西曹東征贈策圖

東都門外柳如絲，送別人歸鞭影遲。畫角一聲魚鑰啟，殘星幾點挂紅旗。

馬後桃花馬前雪，出關那得不回頭。桃花本是無情物，也逐西風上客裘。

鴨頭春水天然緑，鐵嶺晴嵐分外青。收拾奚囊伴歸篋，瓜期遲爾白雲亭。

送蔣明經假歸鴛湖

三年抱策寄宫墻，自有聲華起六堂。急假寧親春水便，暫留話別午陰長。不將令僕移甘旨，要與蓀荃托遠芳。孝治即今徵辟在，佩刀終見屬王祥。

送尹元長大司馬總制兩江

秦嶺纔看使節回，又馳賜馬訪江梅。同朝僉曰惟公可，萬口争呼活我來。共識名醫多秘要，只將元氣好扶培。天章親製南薰操，上親製五言長律，以寵其行。解愠風傳在阜財。

我皇仁政邁周宣，回挽陽和造化權。威曲三千歸總制，郡州什伯況毗連。公才公望堪長駕，民畏民懷有夙緣。他日康功應奏績，農書斗粟值三錢。

恭和御製御門日雨元韻

南薰解愠入絲桐，好雨知時應碧穹。潤澤已欣書歲稔，敬勤益自凛宸躬。重簾侵曉沉金島，長檠連宵卜玉蟲。賡和瑶篇咸志喜，周宣雲漢豈能同。

畢月同躔仰静臨，滂沱自古況斯今。須知禹甸一犁雨，幾費堯階五夜心。柳岸漁罾迎溜下，茅簷社酒帶香斟。佇看報足連章入，飛騎衝泥慰更深。

賦得折檻旌直臣得交字

漢家中葉事，玉石竟相淆。張禹慚師傅，朱雲豈斗筲。挺身屬微賤，指佞厲炰烋。一死争倉卒，千秋定泰交。直聲流奩簡，折檻在螭坳。斷擬同漁罟，投應比漆膠。轉圜風可掇，曲突喻終抛。杜舉平生感，因之賦解嘲。

送蔣恒軒少宰巡撫湖南

偶移講席掌風雷，江漢争傳使相來。去日斗杓隨斾轉，到時石廪見雲開。南交門户尊天吏，東觀才華應上台。報國勳名須努力，花前且盡故人杯。

題家挹清小影

分派出臨安，清門世澤寒。詩人正席吏，隱士折腰官。曾識鬚眉古，誰傳襟袖寬。笑他閔仲叔，猶自累猪肝。

題陳上舍對牀風雨圖

清漣居士神仙儔，下直鍵户耽文修。誰歟同志古太邱，曰紀曰諶皆從遊。鄰街老屋竹石幽，牙籤插架供討蒐。有時流覽發高唱，卿相往往迴鳴騶。君不見，范堯夫，喜近賢士孫與胡，貴日猶傳幼時帳，燈煙如墨色糢糊。又不見，膠西相，下帷廣川抱所尚，有園不窺經三年，天人一策義何暢。今日雞鳴風雨聲，他年宰府會同徵。好攜挂杖三升酒，來訪坡翁八尺藤。

題　畫

隄外行人木末，雲中遠騎山頭。對面花光似錦，染衣水色如油。

疊疊青山臨水，霏霏紅雨連村。倘許圖中著我，春遊定到黄昏。

寄懷同年宋西玒太守

移疾卧梁苑，遺經授孫子。身處夷惠間，情適悲喜裏。榮禄世所慕，一笑如敝屣。始知作郡去，爲訪衡山耳。

弱冠交老蒼，師資有醇儒。高睇邈流俗，抗懷講唐虞。端居念舊侶，忽枉山中書。書中言相憶，珍重復何如。

尊酒寄本性，琹槊皆天真。不謂當晚近，乃復見斯人。未覺軒冕貴，因知鳥魚親。嗤彼勞勞者，彳亍迷前津。

宦遊到潦海，曾訪管寧宅。歸攬盤谷勝，相對何悦懌。一卷東征詩，愛之如尺璧。縱復上注來，肯過二千石。

恭和御製對雨元韻

聖敬感虛空，如絲自叶桐。遞涼來石燕，振滯發豐隆。已見珠跳瓦，無須水接筒。緑簑攜釣具，頳背趁田功。似此心先慰，因之望不窮。萬方同仰澤，難盡是宸衷。

題晴嵐光禄桃花流水扁舟圖

石門鏁深翠，中有神仙窟。結糾互煙雲，風日想懷葛。洞口花正繁，紺乳時一潑。仙人張志和，游戲弄出没。偶坐舴艋子，飄然露丰骨。平川幾千里，望春春不歇。始知天地奢，生意常勃勃。西疇土脉膏，東作事耕垡。平生濟時具，隱隱思轉斡。願借不繫舟，化作航海筏。

德司空太夫人八十壽次西林相國韻

鶴髮宣文出絳幃，鵷班鳳管列成圍。月卿子舍供丹臒，令子司空前輩。星使孫行獻繡衣。令孫給諫奉使巡視海疆。天筆褒勳爲介壽，相公述德與停騑。太平釀作人間福，今有何妨古亦稀。

秋日喜退齋少宰晴嵐光禄過雙樹軒小敘

風林纖月尚藏鉤，剥啄人來此小休。冷澹交情偏耐久，蕭疏門巷只宜秋。捲帷討古資修綆，緩步尋花豁遠眸。我懶且愚還廢學，故應畏見賈長頭。

經旬花竹夢郊居，高閣誰傳到小車。隨意槃餐歸直後，重陽時節午晴初。蛩吟近牖添秋思，鴈字排雲下碧虚。多謝柯亭舊同侣，姓名記石未遺予。

冬日同謹堂少司馬晴嵐光禄虚亭祭酒宿煙郊村舍

去年秋九月，隨蹕此焉駐。今年迎鑾來，復問三河渡。是時冬欲深，澤腹猶未固。長虹亘津梁，潞瀯自奔注。僕夫稍南指，村舍投薄暮。年豐有雞豚，俗儉守樸素。秫稭高於簷，明流淡如露。同旅作比鄰，來往不數步。杯竽進陶匏，行李雜農具。田家有真樂，令我發深慕。我本山中人，幼服勤稼圃。遭逢堯舜君，仁孝日布濩。大道東諸峰，東得上陵路。歲時萬乘來，不廢耕斂務。老充侍從臣，竊喜騄駬附。倘許假年期，斯會料應屢。明流，酒名。

聖駕東巡盛京恭謁祖陵大禮慶成詩五言律三十首，用上下平韻，謹序。

欽惟皇上德配苞符，功隆位育。建其有極，歛五福以錫庶民。奉三無私，懷百神而柔喬嶽。邇安遠至，既道濟而知周。禮備樂明，復本仁而率義。謂我朝發祥遼海，正位興京。如太陽之出暘谷，歷上春而照八荒。如洪河之導崑岡，經九折乃行中國。源遠流長，譜系在履武生商以上。義章志敬，羹墻在郊堯宗嚳之先。萬代所瞻，三陵相望。一十二州清淑，全萃幽營。二十八宿精靈，適當析木。嶽祇瀆鬼，趨原廟以朝宗。虎踞龍蟠，夾橋山而拱護。妥陟降之神，與天同體。衍肇基之慶，應地無疆。

洪惟我聖祖仁皇帝，三親玉趾，瞻松柏之丸丸。亦越我世宗憲皇帝，一奉綸音，拜几筵之肅肅。皇帝欽明繼軌，健順同符。敬侍慈闈，聿繩祖武。時維月吉，當萬寶之告成。諏彼辰良，駕六飛而順動。金支秋麗雲霞，捧華蓋以飄颻。寶扇晴開日月，照鸞旗而絢爛。幔城所指，黍谷迴春。黄屋俯臨，蒼生望歲。扈千官而逾大漠，從七萃而詣陪畿。吉日既蠲，明禋肇舉。鱗筍毛虡，奏厥和聲。雞勺虎彝，陳其德産。惟孝子爲能享親，鄗黍江茆，各以其職來助。斯聖人祭則受福，東鶼西鰈，可致之祥畢臻。遂開明堂，肆覲東后。天揖土揖時揖，大集禹甸衣冠。鬱齊醴齊盎齊，侑以周庭笙瑟。挹湛恩而不竭，視大賚而彌光。愷澤可待於下流，至仁不遺於一物。法祖受釐，介十千年景命。與民同樂，遍億萬里提封。由發軔以至迴鑾，節氣歷秋冬成易。抵龍庭而還鳳闕，經過皆錦繡河山。四海永清，一人有慶。明於禘嘗之義，庶事康哉。欣逢仁壽之君，大孝備矣。夫時雨將降，柱礎猶知。大樂既調，跂踶解舞。矧臣職列卿班，躬覩盛典。聚百順而致四靈，遠駕元和聖德。橅三唐而規兩漢，愧非吉甫歌詩。雖繪天畫日，蓋非筆墨所能，而藿向葵傾，亦其精忱所結。謹拜手稽首而獻詩曰：

時邁隆禋祀，巡方首在東。豈惟尊舜典，亦自守家風。諏日剛柔協，抒忱肸蠁通。百年興禮樂，大孝備皇躬。其一

王氣十重結，神皋實所鍾。插天高一柱，拔地起三峰。長白當蹲虎，巫閭拱卧龍。圖經金鏡在，萬派仰山宗。其二

水勢天然勝，縈迴抱此邦。南趍朝少海，東迤走三江。析木星辰會，箕封教化厖。百泉流脉遠，鳴玉自淙淙。其三

七校臨秋發，黄雲四野垂。雨師先灑道，風伯肅清馳。大漠如弦直，周廬戴月移。聖情多悦豫，傳與百僚知。其四

一人隆孝治，色養奉慈闈。野老將芹潔，番君獻雉肥。細旃承子舍，衮服尚萊衣。十二天閑馬，和鸞過翠微。其五

聖勤天所縱，左纛集車書。批答綸音捷，諏諮清問虚。尋詩秋柳外，校射晚涼餘。右史鄒枚侣，濡毫富石渠。其六

環衛諸藩集，琱弓帳殿趨。傾葵迴日照，獻壽効嵩呼。燈映千潭月，歌繙一串珠。邊民懷祖德，今日慶同符。其七

開運基王業，興京輦路西。千秋避風雨，萬族感梟鷖。松柏長如幄，雲霞自作梯。曾孫親薦幣，穆穆契天倪。其八

禮行於望祀，清蹕肅清齋。北鎮牲先視，東維璧可埋。裒時諸政舉，受職百神皆。呵護山靈效，皇心亦孔諧。其九

祖功艱締造，天眷重扶培。草昧真龍出，風塵寶劍開。五雲生饗殿，萬壑赴泉臺。祭畢猶凝睇，雄圖亦信哉。其十

層巒平敞下，隆業欝輪囷。彤史尊丕顯，蒼生感至仁。謨謀三代遠，著作百年新。佇想皇誠展，師師助慶禋。其十一

典禮隆殷薦，光華糺素雯。綏成歌下武，克配頌思文。閟寢香醪徹，寒楸曉炬分。盛朝追遠事，直欲陋云云。其十二

先皇潛邸日，奉命謁陵園。昔感無聲考，今歆有道孫。職方修備物，率土荷隆恩。自此移風俗，誰能外本源。其十三

更敉功宗祀，惇崇逮下寬。策勳盟帶礪，開國際艱難。褒鄂森毛髮，伊萊儼佩冠。一從邀錫類，感激動千官。其十四

星旂臨肅慎，父老拜龍顏。暖氣迴青女，恩光上翠鬟。盛傳天子幸，樂似主人還。譜出迎鑾曲，輿情極仰攀。其十五

作賦抒宸藻，鴻濛赴筆先。所憑長在德，所寶亦惟賢。殷室書傳亳，周家史載瀍。瑶編真邁古，慚愧鄭毛箋。其十六

升中尊法座，清漏曉趨朝。侍從仍隨豹，嫖姚盡珥貂。官儀依舊蕞，世德奏新韶。仰見罘罳外，祥光靄慶霄。其十七

在鎬君臣樂，歡聲或載呶。蓼蕭天上露，燔炙大官庖。忠告聯賓禮，昇平重泰交。陪京朝會地，磐石鞏桑苞。其十八

濱海東藩國，由來凜食毛。同仁明詔下，邀福使臣叨。日近無私照，天高有覆幬。鴨頭江水緑，遍灑作恩膏。其十九

庶事親裁決，黄封日捆馱。早傳行帳裏，猶問夜如何。俗阜雞豚接，年豐秉穗多。幾餘遊伴奂，歌詠矢卷阿。其二十

恩從崇政下，糺縵有光華。塞艸知生意，春風長道芽。雞竿迎赤縣，鳳詔拜黄麻。遼水沙河路，懽騰十萬家。其二十一

慶賜循周令，今開内府藏。水衡司後乘，文綺拜承筐。豐沛多新賚，南陽是故鄉。願留十日駐，牛酒會千場。其二十二

翠輦經過處，蠲租并薄征。非邀路旁譽，爲勸野人耕。白屋鳩先唤，黄昏犬不驚。康衢歌帝力，能感未能名。其二十三

下令修軍禮，熊羆走駭霆。八宮師后陣，兩翼法羲經。武庫光凝紫，兵韜氣結青。承平有如此，萬里靖王庭。其二十四

春色來天上，恩波遍大淩。虎賁齎白鏹，台背被紅綾。振谷歡聲動，投醪勇氣騰。賞兵還餉老，德意況頻仍。其二十五

矍相曾觀德，騶虞上射侯。應弦當滿月，屬羽正高秋。七札心皆貫，三聯勢可收。多能真聖武，俛首伏諸酋。其二十六

肯構思前業，當年燕翼深。茅茨承祖制，黄瓦豈堯心。君德修思永，民時授必欽。家傳十六字，紹述匪斯今。其二十七

瑞符長在握，玉檢不須探。布濩恩膏浹，從容要道參。健行惟用九，郅運自登三。茀禄膺天眷，昭融樂既湛。其二十八

皇仁同怙冒，舉念及窮檐。雪色寒初近，春聲夜更添。葭應飛玉琯，星已燭鈎鈐。天文書：『王者孝則鈎鈐明。』望幸依升日，都人盡仰瞻。其二十九

銕驪回輦路，平掌少嶄嵚。日影金根耀，嵐光綵仗銜。慶成旋玉闕，紀盛溢琅函。萬國歡心合，敷天感至誠。其三十

春帖子詞

愛日依丹陛，慈雲護玉墀。纈成千勝葉，先上萬年枝。

陪京風月切蓬萊，盛典巡方慶八垓。借問春從何處到，鑾輿親自日邊回。

閏餘歲序至如川，又見貞元應瑞編。長養風吹通蜡後，晴和日近浴蠶天。

送張約齋少宗伯予告歸桐城次桐城相國元韻

車馬東都行已成，先生人與職俱清。品題泉石從吾好，歌詠昇平見至情。奉養家兒先予告，令子方伯公於前歲乞假，回籍奉母。明農元老未歸耕。首行命婦齊眉好，拄杖攜孫皮閣迎。

盛事傳家紀宦成，故園雲水領雙清。薦賢自代同朝疏，詔可君恩千載情。閑課定修諸子職，春遊便勸野人耕。一時謝姪何甥在，隨意林亭有送迎。

送春日過退齋邸寓送盧抱孫同年之官保陽

人來塞外正花時，又拜新恩試一麾。春色要依良吏去，別懷先與酒杯知。遼東獨鶴歸偏疾，日下雙鳧晚更移。着耳輕雷過麥隴，隨車甘雨未嫌遲。

遇擔上芍藥買數朵歸口占

寢興忙裏度年華，兩眼惟憑案牘遮。常閔一春無好雨，誰知滿市有名花。舊磁重拂堆寒玉，小几新添護紫霞。何日如酥看遍灑，好馱細馬訪山家。

恭和御製四月朔日作元韻

鳩聲連曉急，薌薦事初過。榆莢飄無數，雲容竟若何。枝文傳珥筆，是日召試翰詹臺省郎官諸臣。閔雨托新哦。佇想滂沱遍，欣瞻玉耤禾。

恭和御製進宮見路旁麥苗待澤孔亟秋禾尚未佈種愁焉有憂賦以自咎元韻

龍見舉正雩，肇祀本祈歲。明詔曰躬親，盛典考傳記。水旱如身瘝，胞與引己累。昨者諏良辰，於焉戒趣司。遵塗肅晨征，寓目觸深寄。晴莎亦懷新，稚麥自標致。縱含承露姿，終披待澤意。甘霖實未沾，嘉種恐徒備。傳聞殷周興，閔雨感祥瑞。至今雲漢篇，風詩義所繫。宸章三復餘，臣職益難置。願言拜豐隆，幸勿阻屏翳。沛然降自天，如酥必到地。王省首庶徵，帝鑒消差戾。宣茲百六言，敬爾聽三事。近臣仍叔才，蘸筆一詮次。

懷西玒

大火西北流，清風送長夏。端居懷友朋，結念此静者。自君移疾去，歸卧嵩山下。孤夢違丹扉，狂吟聯白社。有時寄登涉，代步或乘馬。心遠豈辭偏，賞獨寧論寡。終期上注來，重理花前斝。

孚嘉世講以陪祀賢良祠詩見示次和一首用志先業

十策東都定一生，兩朝魚水見深情。臯伊自比如山重，琹鶴相隨似葉輕。功勒河渠垂琬琰，節馳絶域有逢迎。莫言楚相家何在，猶見文孫宦玉京。

衣園中丞晴嵐銀臺於扇上合作枯木竹石贈延清總憲次延清韻

誰將懷袠珍，捉筆綴青玉。迂叟仿初成，丹邱肖更酷。寒林葉正飛，幽篠陰猶緑。遠煙滁霏霏，清音鳴簌簌。怪石如佳人，翠袖倚修竹。對之遣煩歊，少焉醫凡俗。嵌空琢雲根，款厚截解谷。靈異苟在腕，所得不盈掬。萬丈神可追，數尺勢已足。希聲悟無絃，奇服矜可欲。澮抹餘蕭疎，古皴孕深曲。豈惟供跋紀，直以資眺矚。連翩臺閣才，管領書畫局。以我厠其間，如牛已饜菽。偶來寶山遊，幾眩窮子目。臨妝驚尹邢，樹壘觀羊陸。申紙請再爲，觸暑未敢瀆。昔避舍已三，今老年近六。勵衣園張晴嵐力既齊，劉錢總憲及予也。韻相續。聲名附驥尾，流傳等寓木。何當叩伯陽，序次標卷軸。

乾隆九年六月上以御製墨蘭並題詩一首賜左副都御史臣勵宗萬因得敬閱恭紀九韻

時雨遍四野，炎熱净塵壒。南薰適幾餘，覩物得寧泰。天筆召墨卿，便與真宰會。國香几席呈，坐挹空谷最。其氣何揚揚，其葉何肺肺。澹泊含芬菲，婀娜發晻藹。當午懸高齋，徑草掩晚馤。自非臺中賢，誰能拜清賚。永承玉署暉，名位占耒艾。

藕絲次横山副憲韻

迎刀雪色斷還連，纔吐春蠶未作綿。情緒無多誰引惹，齒唇偶着便縈纏。妾心似藕何曾染，郎意如絲到處牽。夏薦筵前低語讅，漫將白髮比新鮮。

春葱初綰似勾留，清緒真同詩思抽。采芰製衣煩補綴，舉杯飛羽共沉浮。衰齡翰藻應羞短，盛世牛毛那比稠。狂欲呼童相引去，風前栩栩列仙儔。

題茉莉

暑風斜日鬬晴芳，氣味能生枕簟涼。一夜秋霖愁未採，曉來隱葉白於霜。

恭和御製夜雨元韻

浪浪甘霈似珠流，按轡豐隆徹夜游。自昨恩綸專撫恤，從今睿慮到田疇。倚爲晚熟催耕急，添得貧家借種愁。聖主當陽籌府事，陳謨要識在惟修。

恭和御製甘霖既沾詣暢春園問安恭慰聖母望歲之誠并成長句用誌盛德元韻

曾頒明旨下彤庭，曰厪慈懷仰惠寧。典禮正隆三祀舉，甘霖上應百神靈。母儀萬國先憂遠，天眖吾皇至治馨。喜雨詩成傳盛德，千秋宮史永垂青。

恭和御製秋夜泛湖賦唐文皇爽氣澄蘭沼之句得詩五首

夕川氣溶溶，霽色遞微爽。新月涵清暉，餘靄滌萬象。翠深拂遠幔，峰净排秋掌。聖情愜静寄，於焉一俛仰。

理榜始俛仰思古人，元音感何既。荷香浥簾初，桂露沾衣未。所得自無多，即事良可貴。

好風動增波，虛明豁林氣。林氣夜更澄，穆然遐睇凝。霏霏金莖露，融融玉壺冰。至妙如可掇，幽探靡勿勝。

緬往契禾黍，撫序期秋登。秋登望何極，迴櫂遵前灘。華滋發晚藹，雜佩攀芳蘭。幾暇非屏務，遊適乃任觀。

爲問夜前躅，眺聽陳餘歡。歡餘薄言旋，裵裒駐星沼。仙居違只尺，巘影露分秒。遣興洵多諧，暫閑豈真了。

如何，檐際蟾光皎。

恭和御製泛月有作元韻

流螢時清遊命蘭橈，桂魄浮玉渚。好風若爲期，相遲一相許。言尋菡萏洲，極望蒹葭浦。

近人，水鳥自呼侶。高致寄晴波，宸襟澹容與。天香灑空中，静裏資聽覩。

恭和御製九日奉皇太后登高元韻

慈闈今節届登臨候，秋光到面前。綵衣迎鳳輦，仙樂簇香筵。籬色黄初鑄，山容青可延。

有慶，萬寶獻豐年。

恭和御製九日題菊花韻

菊本神仙食，秋來亦可人。千名添譜牒，九日更情親。村落家家富，階除葉葉勻。自邀天筆賞，花隱豈終淪。

爲天瓶大司寇題項孔彰仿韓晉公五牛圖

一牛低頭就杈枒，似着養處來搔爬。一牛下坂氣不駾，尻高肤起何褷襹，項寬二尺如布袋。其一長身負千斤，墨烘赭石玳瑁紋。其一欲行行且顧，思食細草舌一吐。最後一牛角不岐，鼻孔綰以雙紺絲。鈎輈千聲農事急，縹軛待爾當扶犁。韓公移鎮銷强藩，羽書織絡戎馬存。乃能游戲弄筆墨，不畫老驥畫烏犍。吴興三跋不可見，誰將能事留生面。項翁好古復師古，剡藤寫出全牛五。或放水草或金絡，束縛散漫皆有取。君不聞白石歌，開門迎客火光燭，夜半單衣三擊角。又不聞漢邴相，出見毆者如不知，停車一問春和時。涇南尚書袖此卷，禁中邀我同一展。詩成試取作蹄筌，何年并跋韓公本。

恭和御製秋日奉皇太后遊玉泉山周覽西海近郊穫事即景賦詩十四韻

穫事周原早，言觀正及辰。金支隨法駕，仙仗指天闉。聖孝歡承永，民勞歛必詢。百靈齊警蹕，萬井叶吹豳。懿德遵堯舜，慈懷一拊循。當雩方待澤，禱雨荷躬親。自昨誠先格，今兹願已申。再鳴銅雀候，一豫玉泉濱。雞犬村莊古，桑麻風俗醇。印文溪詰曲，錦色石嶙峋。擊壤田家樂，鈞天畫裏身。漁歌腔自遠，餳笛韻皆真。入饌霜秔潔，迎杯露菊新。居然懷葛世，特地與留春。

駕幸翰林院分賦得講字

輪奂起奎垣，螭鰲迎御棒。向榮柯發條，濬脉井通港。周孔會精神，堯湯齊背項。山輝玉韞煙，川媚珠胎蚌。籲俊重旁招，經邦資坐講。所希鈞化鑪，俗厚銷争鉔。

恭和御製駕幸翰林院賜宴分韻聯句後復得詩四首并示諸臣元韻

瓊筵晨啟坐生春，聖主親賢比握珍。鴻運百年興禮樂，鹿鳴初什答君臣。袖中鰲禁香煙裊，庭際瀛洲草色新。插架賜書千萬軸，小留天步到檐巡。

璇題雲構好栖鸞，環侍群仙七等冠。優渥恩綸真異數，琳琅新句許傳看。文光直上應千尺，和氣融來是一團。不漏蓬壺清淺水，也隨學海助波瀾。

賡歌體製擬珠聯，百六詩成第一篇。步輦初臨瞻至聖，頭廳並遣謁唐賢。院署有孔子神廟、韓愈祠，是日行禮有差。曈曨日影浮鷄樹，澹沲風光上鶴煙。不到五雲清祕地，那知人世有神仙。

共欽聖德日昭融，提命諄諄感寸衷。縱有心期思樹立，慚無學殖答登崇。承筐賚予恩光偏，申宴叨陪茀禄同。楯陛千行誰不羡，幾生修到玉堂中。

帝臨四章章六句

斯文之府，斯人之林。月良日吉，大壯厥瞻。帝臨視兮，落以雲咸。一解

雲咸既成，載歌紀美。侑以三爵，飭以二簋。魚在沼兮，鶴鳴于囿。二解

天子穆穆，元臣雍雍。百辟卿士，式道攄頌。汝爲汝翼，一德在躬。三解

賓既醉止，儀亦右止。于胥樂兮，從官稽首。從官稽首，保世曼壽。四解

棘之光六章一章八句二章四句三章七句四章六句五章六句六章四句

鼓淵淵，鷺于下。棘之光，耀青瑣。羽林芬，門豁閜。天馬來，旂旖旎。一解

百川溶溶海之歸，萬舍鱗鱗士所依。罛鱣鮷兮羅鱨鯊，指春秋以爲期。二解

惟士近光，惟皇造士。若作室，材杞梓。珠不脛，走通市。藹藹王多惟所使。三解

魚魚雅雅，多士之心寫。雅雅魚魚，多士之歡娱。山嵸巃兮百卉殖，聚而升兮有孝德。四解

繚垣庳舍，皇則式之。誕告司命，慎黜陟之。我明四張，取士其必得。五解

瞻彼飛鳥，集于中林。青青子衿，實勞我心。六解

長至前二日齋宿仁壽寺示誠兒

自汝攜襆被，就此城南業。朝回暮色沉，呼喚無人接。初猶頗未慣，繼乃覺已輒。子舍迹偶違，學圃心所涉。咫尺竟成念，忽忽如不愜。今宵陪祀來，齋房設妥帖。不謂禪榻旁，孫志親鼓篋。殘雪有餘暉，老樹無剩葉。短檠一吟哦，長廊還步屧。載賡退之詩，朔風鳴獵獵。

仁壽寺贈史上舍時與誠同肄業於此

上舍東閣才，下帷節已折。自恨少也孤，文奧未窺闑。笄東父書來，辛苦甘囓雪。京兆試不利，對我忽怡悦。謂當卒所請，詎惜才既竭。師彼石徂徠，十載鄉問絶。我愧范履霜，屈爾諸子列。貫串寡所儲，欲叩更何揭。願工門内車，行合門外轍。燈煙共宵分，留帳他年説。

小除夜詠懷用延清總憲冬夜詠雪韻

撫序歲方晏，積雪回庭陰。家累并老懷，世慮嬰冲襟。省德集愆悔，任遇遺升沉。所懼心力短，難究物理深。有時發清興，托意聊孤吟。嚶鳴求其侶，豈不懷好音。自非兼金固，寧謝華髮侵。寄言與松柏，眷兹女蘿心。